지식과 삶과 생각을 넘나드는 통합교육 길잡이
열린 눈으로 생각의 무지개를 펼쳐라

갈 길 몰라 헤매던 청소년 시절에 힘을 북돋아 주셨던
수원중학교 은사님이셨던 홍승복 스승님과
고등학교 때 한글의 꿈을 키워 주셨던 오동춘 스승님께 이 책을 바칩니다.

지식과 삶과 생각을 넘나드는 통합교육 길잡이

열린 눈으로 생각의 무지개를 펼쳐라

김슬옹

책머리에

15년 만에 날아온 제자의 편지

정말 오랜만에 인사드립니다. 교수님. 1997년, 갓 대학에 입학한 설렘을 뒤로 교양국어 수업을 들었는데 벌써 15년 세월이 흘렀네요. 정말 시간이 유수와 같습니다. 세상이 편리해져 인터넷 뉴스 검색을 통해 교수님 사진 뵈오니 그때 그 시절과 하나도 안 변하셨네요.

저는 2002년도에 연세대학교를 졸업하고, 대학원에서 경제학 공부를 하다 지금은 LG 유플러스에서 근무하고 있습니다. 선생님 뵈었을 때는 배가 홀쭉한 청년이었는데, 이제 마음만 홀쭉한 대한민국 중년 직장인이 되었습니다.

세상물정 모르는 갓 고등학교 졸업한 새내기들에게 학기 내내 수평적인 대화를 통해 주도적으로 생각하고 균형 있게 세상을 바라보는 법을 가르쳐 주셨던 교수님 강의의 신선함은 지금도 잊을 수 없습니다.

수업을 받으며 교수님이 말씀도 잘하시고, 유머감각도 있으시니 나중에 제가 결혼을 하면 주례는 교수님께 꼭 부탁드려야겠다는 생각을 했었는데, 15년이 지나서야 드디어 20대 학부생 시절에 품었던 꿈을 실천에 옮깁니다.

올해 인생의 반려자를 만나 10월에 결혼하게 되었습니다. 친구들은 모두 가정을 이루고 초등학생 자녀를 둔 30대 후반의 나이에 초혼이라 한편으로는 부끄럽기도 하고, 또 어느 한 편으로는 인생의 큰 분기점을 맞이한 긴장감도 있습니다. 중년의 나이에 인생 제2막을 여는 15년 전 제자에게 주례선생님으로서 다시 한 번 가르침을 베풀어 주시기를 부탁드립니다.

2012년 10월 13일 오후 4시 50분으로 때를 잡았고, 장소는 신도림역에 있는 웨딩홀입니다. 교수님 학기 시작으로 바쁘시겠지만, 꼭 시간 내 주셔서 가르침 부탁드리겠습니다.

전화로 말씀드리기에 조금 긴 내용이라 우선 글로 적었습니다.

이중원 올림

이 책을 준비하던 2012년 9월 어느 날, 15년 전에 가르친 제자로부터 한 장의 전자 편지가 날아들었다. 청소년들과 함께 나누고 싶은 책 첫머리에 이 편지를 인용하는 이유가 있다. 바로 이중원 신랑이 기억하고 있는 "수평적인 대화를 통해 주도적으로 생각하고 균형 있게 세상을 바라보는 법"에 대한 가르침 때문이다. 바로 나는 이 책에서 그런 가르침을 청소년들에게 들려주고 싶은 욕심이 굴뚝같다.

청소년들과 15년 동안 한결같이 나눈 물음은 두 가지였다.

♣ 곰은 느린가요. 빠른가요?

♣ 여기 우유통에 정확하게 우유가 딱 반이 들어 있습니다. 다현이는 "우유가 반씩이나 남았구나."라고 얘기했고, 다찬이는 "우유가 반밖에 안 남았구나."라고 말했습니다. 누가 긍정적으로 말했습니까?(본문 3장 참조)

첫 번째 물음에 대해 대부분은 "느리다"라고 대답한다. 그럼 나는 "이 세상에 곰은 몇 종이나 있느냐"고 묻는다. 그 모든 곰이 느리냐고 물으면 학생들은 금세 자신들의 대답이 무엇이 문제인지를 깨닫게 된다.

두 번째 물음에 대해서는 또 이렇게 묻는다. 우유를 싫어하는 사람이나 좋아하는 사람이나 "우유가 반씩이나 남았구나."라는 말이 긍정적으로 다가오는가 묻는다. 역시 영특한 학생들은 자신들의 한결같은 대답의 문제를 깨닫게 된다. 이런 과정을 거쳐 나는 학생들에게 이렇게 말한다.

생각하는 방식이 바뀌지 않는 한 그 어떤 지식도 지혜나 지성으로 발전하기 어려울 것이다.

그렇다고 생각하는 방식이 지식보다 더 중요하다는 것은 아니다. 생각과 지식은 맞물려 돌아가기 때문이다. 흔히 우리 어른들이 하는 말에 "뭘 알아야 면장을 해 먹지."라는 말이 있다. 바로 생각하는 힘은 앎, 곧 지식에서 나온다. 그래서 끊임없이 배우고 생각하는 것이다.

물론 이 모든 것들은 더불어 살아가는 삶의 뿌리가 되고 자양분이 되고 가지가 되고 줄기가 될 때 의미가 있다. 가지가 바뀌는 것은 작은 변화이고 줄기가 바뀌는 것은 큰 변화이고 변혁이다. 뿌리가 바뀌는 것은 혁명이다. 뿌리를 둘러싼 흙까지 바뀐다면 빅뱅이 될 것이다. 가장 큰 혁명이건 빅뱅이건 중요한 것은 가지가 바뀌지 않는 한, 실제 일어나지 않을 것이고 의미가 없을 것이다. 자잘한 삶 속에서 하나하나 바꿔가면 그것이 혁명이고 빅뱅이 아닐까.

글쓴이가 이런 삶과 지식과 생각에 대해 진지하게 고민하게 된 것은 자의 반 타의 반 국비로 배우는 그야말로 특목고인 국립철도고등학교에 들어가면서였다. 실업계 학교이다 보니 인문계 다니는 친구들보다 더 많은 시간을 갖게 되었고 그 덕분에 많은 책을 읽게 되었다. 1학년 말에는 독서토론과 한글문화운동을 하는 교외 동아리인 '한글나무(국어운동고등학생 연합회)'에 가입해 다양한 활동을 하며 세상에 대한 시야를 넓혀 갔다. 이때 외솔 최현배 선생이 쓴 『우리말 존중의 근본 뜻』을 읽고 국어학자로의 꿈을 갖게 되었다. 이때 우리

말글의 슬기롭고 옹골찬 옹달샘이 되자는 의미에서 '슬옹'이라는 새로운 이름을 갖게 되었다.

결국 이 책은 글쓴이의 청소년 시절의 방황과 꿈에서 비롯되었다. 또한 대학원 시절 중고생들과 오래 만나면서 함께 고민하고 꿈꿨던 삶과 생각과 지식에 대한 생각들을 담았다. 여기 실린 대부분의 글은 장봉환 선생님이 만든 『논술세대』라는 잡지를 통해 학생들과 한 해 가까이 나눈 대화를 기록한 것이다. 그 기록물을 모아 2000년에 『삐딱하게 보고 뒤집어 생각해라』라는 책으로 펴내 많은 독자들의 사랑을 받았지만 10년 만에 크게 바꿔 다시 펴내게 되었다.

이 책은 지식과 생각과 삶을 연결하는 통합교육을 다루고 있다. 진정한 통합교육은 통합에 있지 않고 구성 요소의 다양한 힘에 대한 통찰력에 있다. 종합과 총체성으로의 통합이 아니라는 것이다. 문제를 구성하고 있는 다양한 요소를 끌어오는 힘이 있으면 된다. 그 다양한 요소가 지식이건 아니면 매체이건 그것의 맥락을 이해하고 상황에 따라 자신의 주체적 의지에 따라 재구성할 수 있으면 된다.

이 책이 듣기·말하기, 읽기·쓰기와 영화, 만화, 노래 등의 매체, 그리고 역사, 철학, 과학 등 다양한 학문과 지식의 범주를 이리저리 다뤘지만, 그것은 백화점처럼 종합하려는 것이 아니라 우리 학생들이 문제를 해결하는 다양한 전략을 찾을 수 있게 하기 위해서다. 그래서 중요한 것이 맥락인데, 맥락은 주어지는 것도 소중하지만 만들어 나가는 맥락이 너 필요하다. 우리 학생들은 숱한 문제에 대해 어떤 맥락을 설정하고 의미를 찾을 것인가가 매우 절실하다. 정희성님의 시 가운데 우리의 만남을 더욱 부추겨 줄 좋은 시가 있다.

　　한 그리움이 다른 그리움에게

정희성

　　　어느 날 당신과 내가
　　　날과 씨로 만나서
　　　하나의 꿈을 엮을 수만 있다면
　　　우리들의 꿈이 만나
　　　한 쪽의 비단이 된다면
　　　나는 기다리리, 추운 길목에서
　　　오랜 침묵과 외로움 끝에
　　　한 슬픔이 다른 슬픔에게 손을 주고
　　　한 그리움이 다른 그리움의
　　　그윽한 눈을 들여다볼 때
　　　어느 겨울인들 우리들의 사랑을 춥게 하리
　　　외롭고 긴 기다림 끝에 어느 날 당신과 내가 만나
　　　하나의 꿈을 엮을 수만 있다면

-『세계의 문학』, 1997년 봄호

그렇다. 날과 씨가 홀로 있으면 단지 재료에 지나지 않지만 둘이 만나 하나로 합치면 포근한 비단이 된다. 여기서 날과 씨는 청소년 여러분과 내가 될 수도 있고 힘든 세상 함께 헤쳐 나가는 벗끼리일 수도 있다. 그 길에서 우리들의 진지한 물음이 함께 한다면 위 시의 한 구절처럼 어느 겨울인들 우리들의 사랑을 춥게 하겠는가.

이 책은 크게 네 부로 구성하였다. 1부에서는 왜 우리가 열심히 묻고 다시 생각해야 하는지를 밝혔다. 2부에서는 서로의 열린 관계를 위해 무엇을 고민해야 하는지를 다뤘다. 3부에서는 지식을 지혜로 바꾸는 다양한 전략을 살폈다. 4부에서는 삶과 생각과 지식을 받아들이고 표현하는 언어 문제를 돌아보았다.

이 책은 또물또 선생님들과의 오랜 나눔이 바탕이 되었다. 특히 한정숙, 김두루한, 조상민, 유이분, 김민정, 정성현, 이멋진, 김기섭, 최형미, 김명미, 김경분, 최근영 선생님들과의 동지애가 큰 힘이 되었다. 십여 년 만나온 중고등 학생들은 내 지식과 지혜의 옹달샘이 되었다. 지은이가 다녔던 철도고등학교 업무과 벗들은 변치 않은 힘을 실어 주었다. 최종 원고를 꼼꼼하게 읽고 매서운 글매무새를 보여준 김수정, 김웅, 김유 세 선생님의 따뜻한 손길도 기린다.

알짬터 독서토론 한마당 최운선 교수님, 김은옥 선생님, 전국독서새물결모임의 임영규, 김한용, 박정애, 예경순, 이현숙 선생님들과 나눈 지혜의 숲은 늘 싱그럽다. 현대창의성연구소 임선하 소장님도 늘 등대와 같은 빛을 주셨다.

청소년들과의 아름다운 인연을 알뜰살뜰 귀한 책으로 만들어 주신 글누림의 최종숙 사장님, 이홍주 국장님, 이대곤 편집장님과 임애정 선생님과의 소중한 인연을 기록에 남긴다.

2013년 5월
김슬옹

내리비치(차례)

책머리에 4

여는 글 철들 무렵에 본 아버지 일기장 12

1부 열린 눈으로 바라보기

1장 또물또! 묻고 또 묻자 20

2장 익숙한 것들 다시 보기 34

3장 이제는 잠자리 눈이 되어 보자 51

4장 흑백논리에서 다차원의 거미줄망으로 74

5장 고전을 통해 생각해 보는 열린 관점, 치열한 나의 생각 96

2부 관계 맺기 세상 맺기

1장 복잡하지만 매력적인 관계 114

2장 정상과 비정상이라는 오해 129

3장 사람다운 삶을 향한 몸부림, 르네상스 144

4장 광릉수목원과 맥락 설정 153

5장 역사와 운명에 대한 마음 열기 165

3부 지식과 삶 넘나들기

1장 통합, 통섭 지식의 즐거움 190

2장 명작 다시 읽기 201

3장 읽기와 쓰기를 두려워 말라 214

4장 고전 다시 읽기 228

5장 창의 인성과 독서 전략 245

4부 말과 세상 횡단하기

1장 말에 담긴 세상, 말로 바꾸는 세상 254

2장 나는 왜 이름을 바꾸었나 260

3장 청소년 욕망의 언어 267

4장 세계화 시대 우리말 음운 지식의 소중함 272

5장 '동아리'라는 말의 유래와 우리의 꿈 277

닫는 글 청소년들과 나누고 싶은 말들:초인, 중용, 시중, 또물또 288

부   록 부모님과 함께 읽는 글
        통합 국어 능력 어떻게 키울 것인가 292

찾아보기 312

철들 무렵에 본 아버지 일기장
머릿속의 위인과 가슴속의 위인

중학교 3학년 때인 1976년 고입 연합고사를 앞둔 가을 하늘은 늘 찌뿌듯했다. 또래 아이들은 연합고사 준비에 여념이 없었지만 고등학교 진학조차 어려웠던 나에게는 청명한 가을 하늘은 없었다. 누나와 형이 그랬듯이 중졸로 끝내야 하는 가정 형편이 원망스럽기까지 했다. 형도 공부를 좋아했지만 가정 형편 때문에 중학교 졸업 후 유리 가게 점원으로 가 그때까지 일하고 있었기 때문이다.

타고난 공부벌레인 나는 인문계 고등학교에 꼭 가고 싶었다. 그래서인지 그동안 10년 넘게 여섯 식구가 단칸방살이를 했어도 별 불평이 없었던 내가, 결국 고입 시험 앞에서는 아버지를 원망하는 처지가 된 셈이었다.

그러던 어느 날, 나는 자전거를 고치다 손을 베이고 말았다. 부랴부랴 아까징끼(빨간 소독약 '머큐로크롬액'의 그 당시 용어)를 찾기 위해 방 서랍을 뒤지는데 웬 고서적 같은 낡은 공책이 손에 잡혔다. 호기심에 얼른 펼쳐 들었을 때, 나는 나도 모르게 그 공책 속으로 빨려 들어갔다. 아버지가 젊었을 때 쓰셨던 일기장임을 알았기 때문이다. 그저 무섭고 무뚝뚝한 아버지로만 알고 있었는데 그분이 쓴 섬세한 일기장이라니…… 어느 정도 읽었을 때 온몸이 묘한 감정으로 휩싸여 오는 것을 어렴풋이 느꼈다. 사실 이때까지의 아버지라는 존재는

▲ 아버지 일기장 표지

▲ 아버지 일기장 속 어느 날 일기

조금 과장을 한다면 두려움 자체였다. 초등학교 때 아버지께 천자문을 배우면서 숱하게 벌선 기억이 아버지에 대한 전체 이미지처럼 자리 잡고 있었기 때문이다. 삼남매가 비오는 날 울타리 없는 마당에서 토끼뜀 뛰는 장면은 동네의 전설처럼 내려올 정도이다.

파란 펜글씨로 촘촘히 써내려간 일기. 나는 금단의 사과를 몰래 먹듯 살살 떨면서 단숨에 읽어 내려갔다. 너무 떨려 얼마 동안 읽었는지 기억나지 않지만, 이 일기장이 나의 운명을 바꿔 놓은 것만은 틀림없다. 일기는 아버지가 군대에서 제대하고 시골 할아버지 댁을 가출하면서 시작되고 있었다.

아버지는 경기도 오산 시골 초등학교만 마치고 할아버지 농사를 도와드리다가 군대에 가셨다. 제대했을 때는 농사로는 먹고 살기가 너무 싫어 할아버지 만류에도 가출을 하셨다. 그래서 가출을 하고 처음으로 안착한 곳이 경기도 수원시 권선동이었는데, 훗날(나의 중학교 시절) 아시아의 전설적인 역도 연수가 된 안지영 선수 집 선슴살이였다는 것이다. 막상 가출은 했지만 별 기술도 없어서 장사를 하기 위한 밑천 마련을 위해 잠시 몸을 의탁한 셈이었다. 이때부터 몇 해 동안인, 아버지 20대 청춘의 고뇌가 고스란히 실려 있었다. 막상 농사짓기 싫고 많은 돈을 벌려고 가출했지만, 농사지을 때 이상으로 고생한 이야기하며, 그래도 이를 악물고 반드시 성공해 고향으로 돌아가겠다는 결심하며……. 안지영 선수 집에서 나와 목장에서도 몇 해 일을 하셨는데 처음에는 젖을 제대로 못 짜 갖은 꾸지람을 받았던 이야기하며 그야말로 머슴으로서의 온갖 고생이 쓰여 있었다. 그러니까 나는 아버지의 20대 초반의 일기장을 본 셈이었다. 너무 떨려 더 이상의 일기를 찾아볼 엄두가 나지 않았지만 일기는 20대의 기록만을 담고 있었던 듯하다.

나는 아버지의 일기장을 본 뒤 두렵기만 했던 아버지가 자상한 내 마음의 위인으로 다가옴을 느낄 수 있었다. 그렇다고 쉽게 아버지와의 관계가 바뀐 것은 아니었지만, 아버지가 무거운 장사를 끝내고 돌아오시면 나도 모르게 잽싸게 뛰어나가 아버지의 힘든 짐을 받아들게 되었다. 그 전에는 '공부해야 되는데' 하면서 마지못해 나가 파김치가 된 아버지를 맞았지만 일기장을 본 뒤로는 힘차게 뛰어나가 아버지를 맞았다. 이렇게 변화되는 과정 속에서 나는 중대 결심을 하게 된다.

"그래. 나도 내 스스로 내 인생을 열어 가리라."

그래서 나는 현실상 어려운 인문계 고등학교 진학에 대한 꿈을 과감히 접고, 대신 스스로 부자가 되겠다는 꿈을 추가했다. 공부에 대한 꿈을 접은 것이 아니라 검정고시를 볼 생각을 한 것이다. 이런 생각에 의연해질 무렵 우리 집 형편을 잘 아시던 수원중학교 홍승복 담임선생님께서 국비로 배울 수 있는 철도고등학교에 대한 정보를 알려 주셨다. 나는 적성과는 별개로 주저 않고 이 학교를 선택했다. 공무원이 되면 부자가 될 수 있는 길이 열리리라 생각했기 때문이다. 그 당시 공무원 월급이 박봉이라는 것을 모르기도 했지만, 공무원이 최고라는 아버지 말씀대로 한 셈이었다.

다행히 합격해 아름다운 철도원 김행균 씨의 동기가 되었다. 하지만 급하게 선택한 진로여서였을까? 적성이라는 것이 중요하다는 것을 철도고등학교에 다니면서 알게 되었다. 그렇다고 쉽게 진로를 다시 바꾸지는 못하고 방황의 숲을 헤매게 되었다. 다행히 독서와 교외 동아리 활동(한글학회 부설 한글나무, 지도교사 : 오동춘, 1977~1979)으로 전화위복의 계기를 마련할 수 있었다. 그때 친구들과 읽었던 외솔 최현배님의 『우리말 존중의 근본 뜻』이란 책이 내 인생의 진로를 바꿔 놓았기 때문이다. 이 책을 읽고 고등학교 2학년 때 슬기롭고 옹골찬 국어학자가 되어야겠다는 의미에서 이름도 '용성(庸性)'이라는 한자식 이름에서 토박이말 이름(슬옹)으로 바꾸었다. 친구들에게 이 가슴 벅찬 이름을 알려 주기 위해 몰래 이름표를 바꿔 달고 다녔다. 일주일 만에 선생님께 들

▲ 철도고 2학년 시절, 벗 정연철(왼쪽)과 함께

▲ 고등학교 동아리 '한글나무'에서 외솔 무덤을 참배하고 나서 (1978). 윗줄 어딘가 바로 보는 이가 필자, 맨 아래 교복 입은 여학생이 탤런트 서갑숙, 그 옆이 지도교사 오동춘 스승님

켜 뜯기고야 말았지만 다행히도 그 전날 찍은 사진이 남아 그때의 열정을 증언해 주고 있다.

철도 공무원과 10여 개의 일자리를 전전하면서, 고학으로 대학원을 마칠 때까지, 힘들 때마다 나의 힘이 되어 준 것은 아버지의 일기장이었다. 초등학교 때 흠모했던 위인들이 내 머릿속의 위인이었다면, 중학교 때 갑자기 마음 속으로 다가오신 아버지는 가슴속의 위인이었던 셈이다.

아버지는 20대에 처절하게 증오했던 가난의 설움을 오랫동안 벗어나지 못하셨다. 막내인 내가 중학교를 졸업할 때까지도 단칸방살이를 벗어나지 못하셨기 때문이다. 사실 여동생도 가난 때문에 감기를 제때 치료하지 못해 내가 세 살 때 폐렴으로 죽었다. 세 살 때 기억은 나지 않는 것이 보통이지만 여동생이 죽은 충격적인 사건 때문인지, 아버지께서 동생의 몸에 붕대를 감던 모습하며 야산에 묻던 장면이 아직도 생생하다.

수원 공군 비행기장 옆에 살았던 우리는 그곳의 라면과 누룽지 부스러기를 한 포대씩 사다가 한 달 내내 끓여 먹었던 기억이 난다. 아버지는 목장에서 겨우 자전거를 구입하시고 자전거로 빈병을 모아 파는 장사부터 시작해서, 오토바이로 아이스크림을 배달하는 배달

업을 10여 년이나 하셨다. 아이스크림이 녹으면 아까워 버리지 못하시고 상자째 집으로 가져오셨다. 그래서 삼남매가 옹기종기 모여 이삼십 개의 '하드'를 먹어 치웠던 기억이 새롭다. 많을 때는 배탈날까봐 끓여 먹기도 했는데 그게 그렇게 맛있었다. 내가 대학원을 마칠 때쯤 트럭으로 배달을

▲ 안룡초등학교 48회 졸업식에서 졸업생 대표말을 낭독하는 지은이와 학부모 대표말을 낭독하는 지은이 아버지

하시면서 자수성가를 하셨지만, 환갑 몇 년 뒤에 그만두셨다.

도매업을 그만두실 때는 남부럽지 않게 사는 처지가 되셨지만 몇 년 째 15년 된 트럭을 버리지 못하셨다. 그렇다고 자가용으로 쓰지도 못하고 결국 13년 된 '봉고'랑 맞바꾸셨다.

최근 레저용 비싼 차를 살 형편도 되시지만 굳이 13년 된 중고 봉고를 택하신 아버지. 상당한 재산을 종친회 장학금으로 내놓으신 아버지. 가난의 한을 화려한 돈으로 풀지 않으시는 아버지. 어쩌면 아버지는 지난날에는 할 수 없이 가난한 삶을 일기장에 그렸지만, 이제는 그것을 추억으로, 다른 것으로 일기장을 채우실지 모른다.

오늘 밤, 아버지께 일기장을 보여 주십사 졸라야겠다.

---

* 이 글을 미처 부지 못하시고 2009년 11월 23일 갑자기 운명하신 아버님(김흥주, 金興柱) 영전에 삼가 이 책을 바칩니다. 아버님께서는 사재를 털어 경기도 오산에 언인 장학회관을 세우시고 연안 김씨 오산 종중 회장으로 7년간 헌신하시다가 향년 75세로 별세하셨습니다.

열린 눈으로

1부

바라보기

1장 또물또! 묻고 또 묻자

2장 익숙한 것들 다시 보기

3장 이제는 잠자리 눈이 되어 보자

4장 흑백논리에서 다차원의 거미줄망으로

5장 고전을 통해 생각해 보는 열린 관점, 치열한 나의 생각

1장 또물또! 묻고 또 묻자

하나, 또물또로 열어가는 삶

또물또! 이 말은 '또물음또'의 준말이다. 글자 그대로 '묻고 또 묻자'는 뜻인데, 강의 시간에 질문을 자주 하는 학생과 질문을 거의 하지 않는 학생들을 위해 만들었다. 자주 하는 학생은 더 자주 하고, 하지 않는 학생은 좀 더 분발하라는 의미가 담겨 있다. 그림은 열심히 묻는 물음표를 품은 학생들의 얼굴을 그린 '또물또' 멋그림(로고)이다.

굳이 공부를 위해서가 아니더라도 우리는 끊임없이 물으며 살아야 한다. 왜 물어야 하는지, 어떻게 물어야 하는지가 중요할 뿐이다. 물음으로써 내가 있고 서로가 있고 이 세상이 있다.

또물또! 자꾸 부르니 그 의미가 달콩달콩 새롭다. 신나는 느낌이 자꾸만 혀끝을 간질인다. 내친김에 이제부터는 청소년 여러분을 그렇게 부르려고 한다. 또물또는 특정 개인이 될 수도 있고 모두를 의미할 수도 있다.

물음의 소중함을 일깨워 준 책이 있다. 조선시대 최고의 교육서 『소학』을 보면 논어 읽기에 대한 무척 소중한 독서법이 나온다.

『논어』를 읽는 사람이 오직 책 속에서 (공자의) 제자들이 질문한 것을 곧 자기의 질문으로 생각하고, 성인(공자)이 대답한 것을 오늘날 자신의 귀로 들었다고 생각한다면 자연히 깨달음이 있을 것이다. 만약 『논어』나 『맹자』를 깊이 탐구해 그 의미를 깊이 탐구하고 음미해 점차로 함양해 나갈 수 있다면 뛰어난 자질을 이룰 수 있을 것이다.

– 『이정전서』 번역, 『소학』, 윤호창 역, 홍익출판사, 1999, 210면

이러한 독서법에서 눈여겨볼 것은 『논어』에서 제자들이 공자에게 묻는 질문을 독자가 묻는 것으로 생각하라는 것이다. 이것이야말로 책 속에 몰입하는 최적의 방법 아닌가. 공자의 말씀이 아무리 큰 뜻을 담고 있다 할지라도 그냥 맹목적으로 받아들이는 것은 바람직하지 않다. 독자가 직접 공자의 제자가 되어 물음을 통해 그 가르침의 뜻을 탐구하고 되새겨 본다면 그것이야말로 공자의 말씀을 피와 살이 되게 하는 방법이다.

질문 양식으로만 본다면 『논어』는 크게 세 가지 방식으로 구성되어 있다. 첫 번째는 제자가 묻고 스승이 답하는 방식이다.

"죽음에 대해 알고 싶습니다."

"삶도 아직 다 모르는데 어찌 죽음을 말하겠는가?"

자로가 다시 물었다.

"귀신 섬기는 법을 말씀해 주십시오."

"사람도 다 못 섬기는데 어찌 귀신을 말하겠느냐?"

앞의 구절은 제자(자로)가 묻고 공자가 답하는 내용이다. 두 번째
는 스승(공자)이 묻고 제자가 답하는 방식이다.

　　"그렇게 하고서 쌀밥과 비단 옷을 입더라도 편하겠는가?"
　　"예, 편할 것 같습니다."
　　"군자가 상을 입었을 때는 기름진 음식을 먹어도 맛있지 않고, 음악
을 들어도 즐겁지 않으며, 거처가 편하지 못하기 때문에 3년상을 하는
것이다. 네가 편하다면 그렇게 해라."
　　그리고 나서 재아가 나가자 다른 제자들을 향해 말했다.
　　"재아는 어질지 못하구나. 자식이 태어나서 3년이 지나야 부모 품을
벗어날 수 있다. 3년상은 세상이 모두 다 지내는 상이다. 재아도 부모에
게서 3년 동안 사랑을 받았는가?"

　　이 구절은 공자가 재아에게 물은 것이다. 이렇게 교육을 위해 묻
는 것을 발문이라 한다. 이러한 스승과 제자의 묻고 답하기나 대화
뿐만 아니라 제자끼리의 대화나 토론도 중요하다. 이것이 세 번째
방식이다.

　　"삼(參)아, 내 도는 하나로 꿰뚫어져 있다."
　　"예, 알고 있습니다."
　　공자가 나가자 다른 제자들이 증삼에게 조금 전 선생님의 말씀이 무
슨 이야기인가를 물었다. 그러자 증삼이 말했다.

"선생님의 도는 충(흔들리지 않는 마음)과 서(남을 배려하는 마음)일뿐입
니다."

이와 같이 끊임없이 질문과 대답, 대화, 토론으로 구성되어 있는
책이 『논어』이다. '공자 왈 맹자 왈'이란 인구에 회자되는 상용구처
럼 공자의 말씀이 일방적으로 전달되는 책이 아닌 것이다. 여기에
『논어』라는 고전의 위대함이 있다.

이와 같은 점은 『논어』가 왜 위대한 고전인가와 그 위대한 고전을
어떻게 읽어야 하는가를 같이 보여 준다. 인류의 3대 경전으로 『성
경』, 『불경』, 『논어』를 든다. 이 가운데 『논어』는 유별나게 다르다. 다
른 두 경전은 '경(經)'이라는 말이 붙었지만 『논어』는 그런 말이 없을
뿐 아니라 오히려 '논(論)'이라는 말이 붙어 있다. '−경'은 토론이나
이의제기가 어려운 불멸의 책을 뜻한다. 그런데 '논−'은 토론과 논
증으로 이루어진 책임을 보여 준다.

『논어』는 바로 공자의 말을 금과옥조로 마치 경전처럼 기술한 책
이 아니라 공자와 제자의 질의응답 또는 토론 상황을 기술해 놓은
책이다. 곧 성경과 불경은 종교 경전으로서는 위대한 책이지만 토론
이나 논증용 책은 아니다. 이에 반해 『논어』는 마치 경전처럼 권위
를 가지면서도 토론이나 논증을 위한 책이기도 한 것이다.

둘, 왜 물어야 하는가

사실 독서도 그렇고 배움도 그렇고 그 모든 것은 물음에서 시작해서 물음으로 끝난다. 우리네 삶 자체가 스스로 알뜰살뜰 묻지 않는다면 진정한 주체로 살아갈 수 없다. 쉬운 예로 운동화를 사러 갔다고 가정해 보자.

나 아저씨, 260짜리 운동화 좀 보여 주세요.
아저씨 (두 종류의 운동화를 내놓으면서) 이것은 삼만 원이고 요것은 사만 원이란다. (사만 원짜리를 가리키면서) 좋은 것으로 신지 그러니.

만일 "네, 좋은 것으로 주세요."라고 대답만 했다면 어떻게 됐을까. 아저씨의 논리대로라면 일단 비싼 것이 좋다는 통념이 깔려 있다. 그런데 과연 비싸다고 더 좋은 것일까. '싼 게 비지떡'이라는 말이 있기는 하지만 그것은 대체로 그렇다는 뜻이지 늘 그렇다는 것은 아닐 것이다. 만약 사만 원짜리 물건이 우리나라에서 생산됐지만 상표만 빌려 로열티를 지불한 것이라면 어떨까. 다시 말해 제품의 질은 삼만 원짜리보다 못한데 로열티 때문에 더 비싼 것이라면. 그러니 제품의 질을 꼼꼼히 따져 보든지, 최소한 다음과 같은 물음이 필요하다.

만일 이렇게 묻지 않고 그대로 샀다고 한다면 또물또는 어떤 일을 한 것일까? 싼 제품보다 질이 낮은데도 돈은 더 지불했으니 자신과 가정 경제에 영향을 끼칠 것이고, 또 잘못된 자본주의 질서를 부추기는 꼴이 되진 않았을까. 자본주의는 절대 빈곤을 해결해 주고 근대화를 촉진시키는 데 핵심 구실을 했지만 빈익빈 부익부라는 상대적 빈곤 문제(절대적 빈곤 문제도 남아 있다)와 잘못된 소비문화를 만들었다.

잘못된 소비문화의 두드러진 보기로 브랜드의 허상을 좇는 행위를 들 수 있다. 그러다 보니 브랜드의 가치를 높이기 위해 제품의 질 개발에 정성을 쏟는 것이 아니라 허상(이미지)을 조작하기 위해 광고에 더 많은 투자를 하는 것이 요즘 흐름이다. 그로 인한 막대한 광고비는 결국 소비자의 몫으로 돌아오기 마련이다. 이런 흐름에 휩쓸리는 소비자라면 제품을 소비하는 것이 아니라 브랜드를 소비하는 격이다. 물론 브랜드 위주의 소비가 꼭 나쁜 것은 아니다. 비록 허상일지라도 마음의 위안이 될 수 있기 때문이다.

그렇다면 우리는 어떻게 제대로 물을 수 있을까? 이른바 '문제의식'이라는 것이 없다면 우리는 제대로 물을 수 없을 것이다. 그렇다면 문제의식이란 무엇일까. 앞의 운동화 가게 이야기를 통해 짐작은 했겠지만 조금 자세히 풀어 보자. 문제의식은 첫째로, 현상이나 사실의 원인이나 근원을 따져 보는 의식이라고 할 수 있다. 이것보다 저것이 더 비싼 근거나 원인은 무엇일까 살펴보는 마음과 태도가 문제의식이다.

둘째는, 현상이나 사물을 총체적으로 보려는 의식이다. '양치기 소년'을 잘 알고 있을 것이다. 그 이야기에서 우리가 단순히 한 면만을 본다면, 거짓말은 나쁘고 양치기 소년은 나쁜 거짓말을 했으므로 죽어도 싸다는 식의 일방적인 교훈 외는 얻을 수 없다. 그러나 이 사건을 우리가 총체적으로 본다면 이야기는 달라진다. 먼저 그가 왜 거짓말을 했는가라는 맥락을 살펴봐야 한다. 분명 심심해서 그랬을 테고 심심한 이유에는 그 소년의 외로운 근무 조건이 작용했을 것이다. 그렇다면 마을 사람들 책임도 어느 정도 있지 않았을까? 만일 그런 문제를 해결하지 않으면 누군가가 와도 똑같은 거짓말을 할 가능성이 있다. 설령 그 소년의 상습적인 거짓말이 나쁘더라도 늑대에게 비참하게 물려 죽는 것이 정당하다고 생각할 수는 없다.

세 번째, 실천의식이 필요하다. 머릿속으로만 생각해서는 사물의 원인이나 본질을 제대로 볼 수 없고, 또 전체적으로 볼 수 없다. 문제의식은 고정된 것이 아니기 때문에 끊임없는 실천행위 속에서 새로운 문제의식이 싹트는 것이다. 운동화 가게에서 '비싸다고 좋은 것일까'라는 생각만 하고 실천으로 옮기지 않는다면 그런 문제의식은 소용이 없다. 그래서 이러한 문제의식을 실행에 옮기는 것을 '문제제기' 또는 '문제설정'이라고 하고, 문제제기를 통해 뭔가를 이루고자 하는 전체적인 과정을 '문제전략'이라 한다.

우리는 문제제기와 실천행위를 통해 우리 삶의 주인이요, 주체가

될 수 있는 것이니 끊임없이 물음으로써 허위의식이나 잘못된 사회
현상을 바로잡고 제대로 된 삶을 일구는 진정한 일꾼이 될 수 있다.

셋, 어떻게 물어야 하는가

스무 해 이상을 아이들을 열정적으로 가르쳐 온 김두루한이란 선
생님이 계신다. 두루두루 하나 되는 세상을 위해 애쓰시겠다고 이름
을 그렇게 지었다고 한다. 이분이 어떤 강연에서 청중들을 뭉클하게
만든 고백이 있는데, 선생으로서의 평생 소원이 제대로 된 질문을
받아 보는 것이라고 한다.

> 선생님, 이 책 36쪽이 안 보여요.
> 선생님, 두샘 자습서 2번 답이 이상해요.

이런 물음도 필요하지만 애오라지 이런 물음만 던지니 지쳤다고
한다. 도대체 이 선생님이 받고 싶어 하고, 나 역시 기대하는 물음은
무엇인가. 생텍쥐페리의 『어린왕자』 한 구절을 다시 읽으면서 생각
해 보자.

> 내가 소혹성 B612호에 관해 이렇게 자세히 이야기하고 그 번호까지
> 일러주는 것은 어른들 때문이다. 어른들은 숫자를 좋아한다.

새로 사귄 친구 이야기를 할 때면 그들은 가장 중요한 것은 물어보는 적이 없다. "그 애 목소리는 어떻지? 그 앤 어떤 놀이를 좋아하니? 나비를 수집하는지?"라는 말을 그들은 절대로 하지 않는다.

"그 앤 몇 살이니? 형제는 몇이고? 몸무게는? 아버지 수입은 얼마야?" 하고 그들은 묻는다. 그제서야 그 친구가 어떤 사람인지 알게 된 줄로 생각하는 것이다.

만약 어른들에게 "창가에는 제라늄 화분이 있고 지붕에는 비둘기가 있는 장밋빛 벽돌집을 보았어요."라고 말하면 어른들은 그 집이 어떤 집인지 상상하지 못한다. 어른들에게는 "십만 프랑짜리 집을 보았어요."라고 말해야만 한다. 그러면 그들은 "야, 근사하겠구나!" 하고 소리친다.

그래서 "어린왕자가 매혹적이었고, 웃었고, 양 한 마리를 갖고 싶어 했다는 것이 그가 이 세상에 있었던 증거야. 어떤 사람이 양을 갖고 싶어한다면 그건 그가 이 세상에 있다는 증거야."라고 말한다면 그들은 어깨를 으쓱하고는 여러분을 어린아이 취급할 것이다. 그러나 "그가 떠나온 별은 소혹성 B612호입니다."라고 말하면 수긍을 하고 더 이상 질문을 해대며 귀찮게 굴지도 않을 것이다. 어른들은 다 그렇다. 그들을 나쁘게 생각해서는 안 된다. 어린아이들은 어른들을 항상 너그럽게 대해야만 한다.

하지만 인생을 이해하는 우리는 숫자 같은 것은 아랑곳하지 않는다! 나는 이야기를 동화 같은 식으로 시작하고 싶었다. 나는 이렇게 말하고 싶었다.

"옛날에 자기보다 좀 클까 말까 한 별에서 살고 있는 어린왕자가 있

있는데 그는 친구를 가지고 싶었답니다……." 인생을 이해하는 사람들에겐 그게 훨씬 더 진실된 느낌을 주었을 것이다.

왜냐하면 나는 사람들이 이 책을 건성으로 읽는 것을 원치 않기 때문이다. 이 추억을 이야기하면서 나는 깊은 슬픔을 느낀다. 내 친구가 그의 양과 함께 떠나가 버린 지도 벌써 여섯 해가 된다. 내가 여기서 그를 묘사해 보려 애쓰는 것은 그를 잊지 않기 위해서다. 한 사람의 친구를 잊는다는 것은 슬픈 일이니까. 누구나 다 친구를 가져보는 것은 아니다. 그를 잊는다면 나는 숫자밖에는 흥미가 없는 어른들과 같은 사람이 될지도 모른다. 내가 그림물감 한 상자와 연필을 산 것은 이런 까닭에서였다. 여섯 살 적에 속이 보이거나 보이지 않는 보아 구렁이 이외에는 그려 본 일이 없는 사람이 이 나이에 다시 그림을 그린다는 것은 정말 힘든 일이다! 물론 되도록 실물에 가까운 초상화를 그려 보려고 노력은 하겠다. 하지만 꼭 성공하리라는 자신은 없다. 어떤 그림은 괜찮은데 또 어떤 그림은 닮지를 않았다. 키도 조금씩 틀리곤 한다. 여기서는 어린왕자가 너무 크고 저기서는 너무 작다. 그의 옷 색깔에서도 역시 자신이 없다. 그래서 나는 이렇게 저렇게 더듬더듬 그려 본다. 보다 중요한 어떤 부분을 잘못 그릴지도 모른다. 하지만 그것은 용서해주어야 한다. 내 친구는 설명을 해 주는 적이 없었기 때문이다. 내가 자기와 비슷하다고 생각했는지도 모르겠다. 그러나 불행히도 나는 상자 안쪽에 있는 양을 볼 줄 모른다. 나도 어쩌면 조금은 어른들과 비슷한지도 모를 일이다. 아마 늙어 버린 모양이다.

−생텍쥐페리 지음, 전성자 옮김, 『어린왕자』, 문예출판사, 1972, 18~19면

윗글에서 나타난 상반된 물음과 진술을 다시 정리해 보면 다음과 같다.

1 ♣ 그 애 목소리는 어떻지? 그 애가 좋아하는 놀이는 무엇이지? 나비를 수집하는지?

◇ 나이가 몇이지? 형제는 몇이고? 체중은 얼마지? 아버지 수입은 얼마야?

2 ♣ 장터에는 제라늄 화분이 있고 지붕에는 비둘기가 있는 분홍빛의 벽돌집을 보았어요.

◇ 십만 프랑짜리 집을 보았어요.

1의 다이아몬드(◇)와 같은 물음에는 **2**의 다이아몬드와 같은

대답밖에 할 수 없을 것이다. 과연 우리가 **2**의 토끼풀(♣)과 같은 답을 얻기 위해서는 **1**의 토끼풀과 같은 물음이 필요하다는 것을 『어린왕자』는 우리에게 너무나 잘 보여 주고 있다. 또한 여기서 우리는 진실한 물음은 진실한 대답을 낳고 그 대답은 다시 물음이 될 수 있음을 알 수 있다.

대답이 다시 물음이 되는 삶을 위해 우리는 무엇을 해야 할까 다시 한 번 생각해 보자. 구체적인 물음 방식은 묻고자 하는 상황과 맥락에 따라 달라진다. 대상에 초점을 맞추는 경우라면 "그렇게 생각할 필요가 있을까, 어떤 문제제기에서 그런 현상이 나왔는가?"와 같이 묻게 될 것이다. 대상을 바라보는 나에게 초점을 맞추는 경우에는 "나라면 과연 어떻게 생각할 것인가, 우리에게 어떤 의미가 있는가?"와 같이 물어야 한다. 그리고 대상과 나의 관계에 초점을 맞추는 경우도 있다.

결국 문제의식과 비판정신을 실제 삶 속에서 나누는 것이 문제제기인데 그 구체적인 전략은 상황에 따라서, 문제제기를 하는 사람마다 다를 것이다. 다만 문제제기는 대립의식이 아니라 비판적 공존의 밑바탕이라는 점이다. 그러므로 과학적 근거와 분명한 관점이 설정돼야 한다. 문제제기는 비판적 사고력, 논리적 사고력, 창의적 사고력의 출발 지점이자 도달 지점이 되는 셈이다.

무심코 지나쳤던 우리 주변 삶에 대해 문제제기를 해 보자. 이런 삶을 위해 「물음 속에 내가 있네」라는 시를 써 보았다.

물음 속에 내가 있네

물음 속에 내가 있네
묻고 나니 내가 보이고
선생님이 보이네
진실로 물으니 대답이 우뚝 서고
그 대답은 다시 물음이 되네
오직 내 물음 속에서 싹이 트고 열매가 맺히네
내가 묻고 또 벗이 물으니
물음이 책이 되고
진리의 길이 되네.

결국 우리는 제대로 된 물음을 던지기 위해 사는 것이 아닐까. 신기하게도 '물음'이란 말은 모두 울림소리(유성음)로만 되어 있다. 울림소리란 무엇일까? 허파의 공기가 울대(성문)를 지나 목 안으로 나올 때에 좁혀진 팽팽한 목청을 떨어 울려서 나는 소리로, 모든 홀소리(모음 : ㅏ, ㅓ, ㅗ, ㅜ, ㅡ, ㅣ 등)와 ㅇ, ㄴ, ㅁ, ㄹ 같은 닿소리(자음)를 말한다.

목청이 서로 가까워져 울림이 있었듯이, 물음을 통해 이 세상과 제대로 소통하면서 우리들의 만남도 좀 더 가까워져 진한 울림이 있었으면 좋겠다.

단계	갈래	발문
1단계 관심트기 판짜마당	1. 흥미 유발	〈ㅊ ㅈ ㅍ ㄱ〉은 어떤 말의 첫머리 글자일까?(칠전팔기)
	2. 내용 예측	이 속담에서 연상되는 내용을 열 가지만 써 보자.
	3. 경험 찾기	실제로 열 번 이상 시도해 본 적이 있는가?
	4. 미리 조사	노력에 대한 속담 자료를 찾아보자.
2단계 이해트기 또렷마당	1. 전체 흐름	다양한 맥락 속에서 이 속담의 의미를 종합해 보자.
	2. 특정 내용	남성들이 구애를 위해 이 속담을 사용하였다면 그 의미는 무엇인가?
	3. 낱말 문장	'열 번'의 의미는 무엇인가?
	4. 핵심 주제	이 속담이 우리 사회에서 의도하는 의미는 무엇인가?
3단계 생각트기 토론마당	1. 토론거리 정하기	이 속담이 남성들 위주로 쓰이므로 성차별 속담은 아닌가?
	2. 주제별 따져보기	위 토론거리에 대해 '노력'과 '평등' 측면에서 토론해 보자.
	3. 입장별 따져보기	위 토론거리에 대해 남성들의 줄기찬 프러포즈를 받은 다양한 여성 입장에서 토론해 보자.
	4. 토론 정리하기	지금까지의 토론 결과를 정리해 보자.
4단계 삶터트기 실천마당	1. 도움 찾기	이 속담의 문제를 실제 어떤 문제에 적용하고 싶은가?
	2. 목표 설정	그렇다면 그런 문제 해결을 통해 어떤 목표를 이루고 싶은가?
	3. 실천 세움	그 목표를 이루기 위해 어떤 실천을 할 것인가?
	4. 쓰기 실천	지금까지 활동 결과를 바탕으로 제목을 정하고 천 자 칼럼을 써 보자.

2장 익숙한 것들 다시 보기

하나, 익숙한 것들 다시 보기

제대로 된 문제제기가 우리의 삶을 튼튼하게 묶어 준다. 문제제기는 꼭 질문의 형태로만 나타나지는 않는다. 일기로 자신에게 물을 수도 있고 편지로 벗에게 물을 수도 있고 그림으로 나타낼 수도 있다. 또는 답답한 마음을 문서로 작성해 인터넷 게시판에 올릴 수도 있다.

▲ 수원 팔달산 꼭대기에 있는 세계문화유산 지정 기념돌

우리 주변을 조금만 둘러보아도 문제제기는 얼마든지 가능하다. 문제는 무심결에 넘어가는 것이다. 이제 우리가 함께 고민해야 할 것은 다양한 물음 방식이 아니라 그 물음이 어떻게 해야 자연스럽게 울려 나오냐는 것이다. 그것은 바로 우리 주변 삶에 대한 관심에서 출발하

는 것이 아닐까. 그런 문제를 나는, 내가 30년 동안 살았던 수원성에 관한 이야기로 풀어 보려고 한다. 왜냐하면 수원성 근처에서 삼십 년 넘게 살면서 수원성에 대해 제대로 물음을 던지지 못한 나의 부끄러운 과거를 고백하기 위해서이다.

수원성은 1997년에 세계문화유산으로 지정되어 세계적인 성이 되었다. 글쓴이는 수원에서 초등학교, 중학교를 다니면서 늘 다음과 같은 말을 들어야 했다.

수원은 정조의 효성에 의해 건설된 곳이다.
너희들은 수원에 살고 있다.
그러므로 너희들은 효도를 해야 한다.

여기서 수원은 수원성으로 바꾸어도 된다. 왜냐하면 옛날 우리나라 성(城)은 보통 산성과 성안에 사람이 살도록 만든 읍성으로 나누

▲ 수원 팔달산에 있는 효원의 종각

▲ 수원 팔달문(1904년)

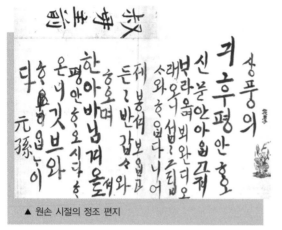

▲ 원손 시절의 정조 편지

는데 수원성은 바로 읍성이기 때문이다. 수원성은 수원의 상징인 셈이다. 위 논리를 다시 풀어 보면 정조의 지극한 효성에 의해 수원성이 건설되었으니 이곳에 살고 있는 여러분들은 효를 실천하는 학생이 되어야 한다는 가르침이었다고 볼 수 있겠다. 효는 우리가 꼭 지켜야 할 만고불변의 도리이니 효를 강조하는 가르침이야 지극히 당연하지만 효의 의미만을 강조해서인지 수원성이 갖고 있는 다른 의미를 되새겨 보지 못했다는 것이 안타깝다는 것이다. 수원성이 단지 정조의 효심 때문에 지어진 것이라고 하기에는 성은 크고 역사의 의미가 깊고 넓다.

물론 여러 역사적 기록으로 볼 때 정조의 효심은 남달랐음을 알수 있다. 아버지 사도세자가 당파 싸움 와중에 뒤주에 갇혀 죽는 것을 열한 살에 목격한 정조이고 보니, 아버지에 대한 그리움이 더욱 사무쳤을 것이다. 정조의 어머니이자 사도세자 부인인 혜경궁 홍씨가 지은 『한중록』에 다음과 같은 구절이 보인다.

그리고 선왕(정조)께서 나(혜경궁 홍씨)에게 말씀하시길, "이 땅(사도세자가 지금 묻혀 있는 곳)이 고인의 말에 이르자면 천 리에 한 번 만나는 땅이오이다. 효묘(孝廟)•1)를 모시려 하던 곳을 얻어 썼으니 무슨 한이 있으며, '현릉' 2자로서 세상에서 내 깊은 뜻을 이해할 것이외다."

하신즉 그때 주야로 애쓰시며 애모 망극*2)하시던 일을 어찌 다 기록하겠는가? 원소(園所)*3)를 옮겨 모신 후 성효(聖孝)*4)가 새로이 간절하시어 어진(御眞 : 임금의 화상이나 사진)을 재전(齋殿 : 재실로 능이나 묘에 있는 전각을 말함)에 봉안(奉安)*5)하여 성묘하시는 뜻을 붙이시고 5일에 한 번씩 봉심(奉審 : 임금의 뜻을 받들어 종묘나 능을 살피는 일)하시게 하시며 매년 정월에 원행(園行)*6)하여 참배하시었다. 봄, 가을로 나무를 심어 장식을 하심이 친히 심으신 것이나 다름없이 하시고, 인하여 또 구읍(舊邑)*7)의 백성들을 화성(지금 수원 일대)으로 옮기시며 원소(園所)를 정성껏 보호하기 위하여 크게 성을 쌓고 행궁을 장려하게 지으셨다. 을묘년(정조 19년) 중춘(仲春)*8)에 나를 데리고 원소에 참배하시고 돌아와서 봉수당(奉壽堂)에서 잔치를 베푸시었을 때 내외빈척(內外嬪戚), 문무신료(文武臣僚)를 모아 밤을 이어 잘 대접하시었으며 노인께는 낙남헌(落南軒)*9)에서 술을 권하시고 궁핍한 백성들에게는 신풍루*9)에서 쌀을 주어 환성과 기쁨이 화성으로부터 경도(京都 : 서울)에까지 미쳐 넘쳤으니 이것이 모두 다 이 노모를 위한 효사(孝思)에서 하신 일이라 하여 일국의 신민 중 누가 흠송, 찬양치 않았겠는가.

―『한중록』, 혜경궁 홍씨, 신동호 옮김, 일신서적, 1994

1) 효묘(孝廟) : 효종

2) 애모(哀慕) : 죽은 사람을 슬프게 사모한다는 뜻.

　망극(罔極) : '망극지통'을 가리키는 말로 부모나 임금을 잃은 것과 같은 큰 슬픔과 고통.

3) 원소(園所) : 왕세자나 세자빈과 왕의 종친 등의 산소.

4) 성효(誠孝) : 마음을 다하여 부모를 섬기는 정성.

5) 봉안(奉安) : 죽은 사람의 위패나 얼굴 그림으로 받들어 모심.

6) 원행(園行) : 왕세자나 세자빈 및 왕의 친척 등의 산소에 감.

7) 구읍(舊邑) : 이전의 읍을 신읍에 상대하여 이르는 말.

8) 중춘(仲春) : 봄이 한창인 때라는 뜻으로, 음력 2월을 달리 이르는 말.

9) 낙남헌(落南軒) : 조선 정조 때에, 임금이 나아가 노인을 위한 잔치를 베풀던 곳.

10) 신풍루 : 경기도 수원시 팔달구 신풍동에 있는 화성행궁의 정문으로 현판은 1795년 정조의 명으로 지은 것임.

이 글을 읽으면 정조의 효심과 백성에 대한 애민 정신이 눈에 선하게 그려진다. 아버지 사도세자에 대한 마음과 어머니 혜경궁 홍씨, 그리고 백성에 이르는 마음까지. 특히 정조의 효심은 워낙 남달라 많은

▲ 정조가 아버지 사도세자 능참배를 마치고 돌아가면서 이 고개에 이르러 더 이상 보이지 않게 될 아버지 능을 바라보며 질질 끌었다고 지지대 고개라 불린다. 지금 이곳은 효행공원으로 조성되어 정조의 효심을 기리고 있다.

뒷이야기와 관련된 말이 전해진다.

서울에서 내려가다 수원에 들어서면 제일 먼저 '지지대 고개'가 있는데 이 이름도 정조의 효심에서 비롯되었다. 정조는 수원에서 7~8km 떨어진 곳에 있는 화성군 태안면 안녕리에 있는 부친의 능인 융릉을 자주 참배하러 다녔는데 이 고개에 오르면 능이 어렴풋이 보였다고 한다. 당연히 정조는 "왜 이리 더디냐(遲遲 : 지지)."라고 역정을 냈고 서울로 돌아갈 때에는 "조금만 있다 가자꾸나." 하며 질질 끌었다고 한다.

원래 이 고개는 도둑들이 한 냥 한 냥 도둑질했다고 '한 냥 고개'라 불렀지만 정조의 효성이 이름까지 바꾸어 놓은 셈이다. 관련된 속담도 있다. '모처럼 능참봉을 하였더니 한 달에 거둥(임금의 행차)이 스물아홉 번'이란 것이다. 교통이 무척이나 불편했을 그 시기니 매달은 아니었겠지만 그 정성을 능히 짐작할 만하다. 능참봉은 묘를 가꾸는 종9품의 낮은 벼슬이요, 본래 할 일이 별로 없는 한가로운 벼슬을 말한다. 가난한 시골 선비가 천신만고 끝에 능참봉을 하였는데 정조의 효성이 지극해 자주 행차하였으니 얼마나 바빴겠는가. 그래서 '모처럼 할 가치가 있는 일을 맡았으나, 그 일 이상으로 귀찮고 괴로운 일이 더 많이 생길 때'를 일컫는 속담으로 일반화되었다.

혜경궁 홍씨도 『한중록』에서 수원성이 효심 때문에 지은 것으로 기술하고 있다. 그러나 정조의 효심만을 강조하는 것은 정조 자신을 위해서나 수원성을 바라보는 우리로서나 모두 좋은 현상은 아니다. 이를 위해서 수원성이 건설될 당시의 맥락을 짚어 보는 것이 좋겠다.

둘, 효심인가 개혁인가

분명한 것은 정조의 효심은 아버지 사도세자의 죽음이라는 정치 사건과 연관되어 있다. 그의 효심은 단순한 한 개인의 효심이 아니다. 그렇다면 효심 때문에 수원성을 건설했느냐 아니냐보다는 그 효심이 어디에서 비롯되었으며 효심을 둘러싼 정치적 배경이 무엇이냐는 것이다. 그러한 배경을 파헤치기 위해 먼저 보아야 할 책이 바로 수원성 건설 과정을 낱낱이 기록한 『화성성역의궤』라는 책이다. 이 책은 한문과 그림으로 되어 있고 한글본인 『뎡니의궤』도 2008년에 뒤늦게 발견되었다.

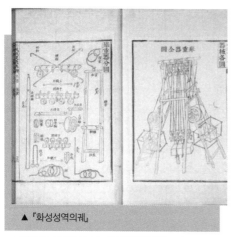

▲『화성성역의궤』

▲『뎡니의궤』의 표지와 본문

『화성성역의궤』는 모두 10권으로 펴낸 책이다. 수원성은 정조 18년(1794) 1월부터 정조 20년(1796) 8월에 걸쳐 건설된 대토목 공사였다. 당연히 엄청난 돈과 인력이 동원되었다. 이런 어마어마한 공사가 임금의 개인적 효심에서만 비롯되었을 리는 없다. 정조는 개인의 정치 개혁을 과감히 밀고 나가면서도 자신의 개혁을 반대하던 노론 신하들과의 정치적 조율도 적절하게 할 줄 알았던 임금이었기 때문이다.

정조는 공사가 끝난 다음 달인 1796년 9월에 김종수(金鍾秀)에게 공사 백서인『화성성역의궤』편찬을 명령하여 그 해 11월에 원고가 완성되었다. 출판은 정조가 죽고 난 뒤인 1801년(순조 1) 9월에 인쇄 발간되었다.

이 책이 놀라운 것은 공사 동기부터 과정, 결과에 이르기까지, 구체적인 공사 현황까지를 낱낱이 기록했기 때문이다. 그러니까 이런 식이다.

며칠날 무슨 공사를 했는데 동원된 인부는 누구누구 몇 명이고 동원된 장비는 무엇이며 든 재료는 무엇이다.

여기에 그림까지 곁들였으니 그야말로 공사 백서인 셈이다. 부실 공사를 일삼는 부끄러운 후손들에게 경종을 울리는 내용이다. 그렇다면 이런 정조 치적의 배경이 된 영정조 시대 전반을 조명해 볼 필요가 있다.

영정조시대는 세종시대 이후에 가장 찬란했던 시기다. 영조의 재임 기간이 1724년에서 1776년, 그 손자인 정조의 재임 기간이 1776년부터 1800년까지이므로 합치면 모두 77년으로 거의 한 세기에 이르는 시기다. 이때는 일반적으로 임진왜란, 병자호란 등으로 신분질서가 동요되고 지배계층 사이의 당쟁이 심화되어 가는 가운데서도 상대적으로 가장 평화로웠던 시기였다. 곧 임란과 병란의 후유증이 어느 정도 치유되면서 상공업이 발달하고 외교적으로 적절한 사대정책과 유화정책으로 안정된 시기였던 것이다. 정조의 아버지 사도세자의 죽음을 이런 맥락에서 이해하지 않으면 안 된다.

광해군을 몰아낸 인조반정 이후로 동인의 한 갈래인 북인이 몰락하면서 17세기에는 주로 서인과 남인이 정권 경쟁을 벌이게 된다. 18세기에는 서인이 다시 노론과 소론으로 나뉘어 대립하였다. 영조는 노론의 추대로 왕이 되었지만 탕평책을 통해 전제왕권의 지위를 세우려 하였다. 하지만 그 자신도 노론편에 서서 자신의 자식(사도세자)까지 죽이게 되는 비운의 주인공이 된다.

정조도 탕평책을 계승하였으나 노론은 벽파로, 정조의 정치 노선을 같이 하는 남인과 소론, 노론의 일부는 시파로 재편성되었다. 정조는 왕권중심의 개혁을 추진하였으므로 신권중심의 붕당정치를 지향하는 노론과는 갈등을 겪고, 왕권우위를 표방하는 남인과는 가까울 수밖에 없었다. 물론 정조는 규장각을 중심으로 하는 문화정치를 표방하였으므로 노론 출신의 진보주의 학자들인 북학파들도 가까이 하였다.

여기서 우리는 정조의 정치 성격을 제대로 이해할 필요가 있다. 수원성 건설의 또 다른 핵심이 거기 들어 있기 때문이다. 정조의 개혁정치는 그 당시 복잡한 정치구도와 밀접한 관련을 맺고 있다.

정조의 정치 개혁이 어떤 배경 아래 나왔고 어떤 성질이냐가 중요하다. 정조가 주도한 주요 개혁정치의 논거로는 첫째, 능 행차 등을 통해 백성의 소리를 많이 귀담아들었다는 것, 그리고 일반 백성이 왕에게 직접 호소하는 제도인 상언(문서를 통한 호소)과 격쟁(왕 행차 때 징을 울리고 직접 나아가 호소하는 것)을 활성화시켰다는 것이다. 둘째, 정조 15년 11년에 '신해통공'을 통해 육의전을 제외한 시전의 금난전권(상행위 독점권)을 혁파하고 자유로운 상업 발전의 계기를 마련했다는 것이다. 셋째는 규장각을 통한 인재 양성과 학문의 진흥 등을 꾀했다는 점이다. 문화와 학문의 발전이야말로 모든 개혁의 중심이 아니겠는가.

정조는 이렇듯 기본적으로 왕권이 중심이 되는 개혁정치를 폈고 신권 중심의 붕당정치를 주장한 노론과 끊임없이 대립되었다. 그렇다고 정조가 한 것은 무조건 진보, 노론이 한 일은 무조건 보수라는 것은 아니다. 신권중심의 붕당정치가 왕권중심의 전제군주 정치보다 진보적인 것이라면 노론을 보수로 몰 수 없는 것이다.

▲ 박지원이 쓴 열하일기 한문 원본

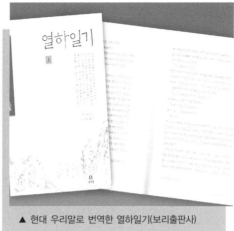
▲ 현대 우리말로 번역한 열하일기(보리출판사)

　정조의 '문체반정'을 통해 이 문제를 다시 생각해 보자. '문체반정'이라는 것은 한문 문체를 바로잡는 조치라는 것인데, 쉽게 말하면 정조의 주장대로라면 그 당시 노론중심의 학자들이 명·청대의 타락한 문체를 쓰고 있으니 그것을 쓰지 말고 시경, 서경 등 유교 경전의 순수한 고전한문으로 되돌아가라는 것이다. 여기서 조선시대 양반들이 한문을 어떻게 부려 썼는지를 이해해야 한다. 그들은 한문을 마구 쓴 것이 아니라 철저하게 중국의 고문을 모방하는 것이 주된 흐름이었다. 그런데 정조 때 노론 가운데 북학파를 중심으로 청나라의 자유로운 문체를 따르는 사람들이 생겨났다. 대표적인 사람이 박지원이다. 그의 열하일기가 그런 문체를 적용한 대표적인 책이다.

　박지원은 청나라의 패관소품체를 따랐으면서도 한국형 한문이라 불릴 만큼 독특한 문체를 부려 썼다. 이런 흐름으로 볼 경우 굳이 이분법적으로 따진다면 박지원이 진보이고 정조가 보수가 되지 않겠는가. 그러니까 단순히 진보, 보수 따위의 이분법적으로 따지는 것이 그리 바람직하지 않다는 것이다. 또한 쉬운 한글 문체로만 보면 정조나 박지원이나 다를 바가 없다. 박지원은 언문(훈민정음)으로 쓰는 것을 철저하게 거부했다. 문학가이면서도 모국어를 제대로 담아낼 수 있는 훈민정음을 거부한 것은 지극히 보수적인 태도이다. 이런 면에서 정조는 진보적이다. 『오륜행실도』와 같은 언문 번역책을 백성들에게 널리 폈기 때문이다.

정조가 문체반정을 시도한 것은 일종의 정치전략으로 보기도 한다. 그러니까 정조편인 남인 계통 중에서 서학을 하는 사람들이 많이 생기고, 그런 서학이 노론에 의해 비판을 받으니 정조는 노론이 주로 따랐던 청나라의 새로운 흐름을 반영하는 패관소품체도 마찬가지로 잘못이라 했다는 것이다. 교묘한 양비론 전략으로 정적들을 견제한 셈이다. 이런 논리대로라면 정조의 문체반정은 노론을 견제하기 위한 정책의 하나라는 점이다.

패관소품체란, 패관이란 말과 소품체를 합쳐 놓은 말로 원래 중국 한나라에서 민간 풍속을 수집하는 관리 이름이었다. 그래서 민담 따위를 수록한 수필류의 글을 '패관소설'이라 한다. 소품은 소설이란 뜻으로 역시 전설, 민담 따위를 수록, 기록한 글을 말한다. 『수호전』, 『삼국지』 등이 대표적인 소품이다. 결국 이런 문체들은 정통 유학 문체가 아닌 품격이 낮은 문체라는 것이다. 정조가 이런 문체를 반대한 것은 정조 개인 뜻이 아니라 그 당시 보수적인 유학자들의 정통 흐름이었다. 언문이 아닌 한문체로만 본다면 그 당시 구체적인 삶을 적극적으로 묘사한 박지원의 한문 문체가 더 진보적이라 하겠다.

이런 흐름이 매우 복잡하게 느껴질 수 있다. 그만큼 역사란 복잡하고 다층적이다. 결국 수원성 건설은 정조의 왕권 중심의 개혁정치와 노론과의 대립구도, 효심 등이 어우러져 이루어진 것이라 볼 수 있을 것이다. 그밖에 수도권 방위전략이라는 현실적 필요성을 들기도 한다.

이제 왜 우리가 수원성의 역사적 맥락을 자세히 파헤쳐야 하는지를 알 수 있다. 단순히 효심으로만 보아서는 자세한 맥락이 보이지 않는다. 그리고 더욱 중요한 것은 왜 효심이라는 통념에 둘러싸여 정조시대의 그 중요한 의미를 파고들지 않았느냐는 것이다. 오랜 세월 멀뚱멀뚱 바라만 본 것이 못내 아쉽다. 좀 더 가까이 있는 것일수록 더욱 관심을 가지고 바라보았다면 수원성의 의미는 내게 더욱 알차게 다가오지 않았을까.

셋, 다시 구체적 삶에 대한 관심으로

이제 우리가 무심결에 그냥 지나쳤던 구체적인 삶의 모습을 되짚어 볼 차례다. 우선 다음 이야기에 대해 생각해 보자.

철수와 강토는 내연산으로 소풍을 갔다 왔다. 자연시간에 식물에 대해서 공부하다가 선생님이 산에 가서 본 나무들을 모두 얘기해 보자고 했다. 그러자 강토는 다만 소나무와 그 외 많은 나무들이라고 대답했다. 사실 강토는 소나무 외에 특별히 기억나는 나무가 없었다. 그렇지만 철수는 어려서 시골에서 자랐고 또 평소에 식물에 대해 관심이 많아서 소나무뿐만 아니라 느티나무, 회나무, 참나무, 잣나무, 느릅나무, 밤나무, 굴참나무 등 많은 종류의 나무 이름을 댈 수 있었다.

－포항국어교사모임, 『맥락읽기』에서

강토가 나무들의 이름을 뭉뚱그려 말한 것이 단지 경험이 부족해서일까? 그렇지는 않다고 생각한다. 물론 시골에서 자란 철수가 다양한 이름들을 쉽게 댈 수 있는 가능성을 가졌다 할 수 있지만, 철수도 나무에 대한 관심을 가지고 잘 보지 않았다면 그 많은 나무의 이름을 댈 수 없었을 것이다. 다시 말하면 풍부한 경험이 그대로 산지식으로 생산되지는 않는다는 점이다. 철수도 소풍 가서 아무런 의식 없이 대충 보고 왔다면 강토처럼 뭉뚱그려 대답할 수밖에 없었을 것이다. 거꾸로 강토는 비록 나무에 대한 경험이 없는 도시 소년이지만 관심이 있었다면, 소나무와 다르게 생긴 나무의 이름을 선생님이나 철수에게 물었다면, 그렇게 단순한 대답으로 일관하지는 않았을 것이다.

구체적인 앎의 실천은 단지 경험이나 배경지식의 양으로만 결정되지 않는다. 다음으로 상숙과 정민의 관계에 대해서 생각해 보자.

상숙이는 정민이와 같은 과 동기이다. 하지만 상숙인 늘 정민과 함께 어울렸음에도 불구하고 정민이 곁에 있다는 걸 인식하지 못했다.

그러나 5월 어느 날, 정민이 집회에서 아주 열정적인 선동 연설을 하며 집회를 이끄는 것을 보았다. 그녀는 학생회관 앞 광장의 귀퉁이에 서 있었지만 갑자기 정민이 그녀의 눈에 들어오고 정민의 열정적인 모습이 그녀의 가슴을 파고드는 걸 느꼈다. 그러자 상숙은 정민이 아주 오랜 세월을 함께한 몹시 가까운 사람으로 느껴지는 것이었다.

－포항국어교사모임, 『시 맥락읽기』에서

　같은 과 친구라고 모두가 같은 의미로 다가오는 것은 아닐 것이다. 역시 관심에 의해 그 의미가 오롯이 세워지는 것이다. 물론 관심이 없는 친구라고 해서 의미가 없는 것은 아니다. 다만 어떤 의미냐는 것이다. 밋밋한 의미인지 아니면 열정적 의미인지 말이다. 물론 밋밋한 의미라면 차라리 의미가 없는 것이나 마찬가지이다. 가끔 진실한 친구를 찾기 힘들다고 말하는 사람들이 많다. 그렇다면 먼저 남에게 진실한 친구가 되려고 노력해 봤는지 생각해 볼 일이다. 누군가가 내게 와서 꽃이 되길 바라기 전에 남의 꽃이 되어 보는 것도 의미가 있지 않겠는가. 내친김에 김춘수의 「꽃」이라는 시를 감상해 보자.

꽃

김춘수

내가 그의 이름을 불러 주기 전에는
그는 다만
하나의 몸짓에 지나지 않았다.

내가 그의 이름을 불러 주었을 때
그는 나에게로 와서
꽃이 되었다.

내가 그의 이름을 불러 준 것처럼
나의 이 빛깔과 향기에 알맞은
누가 나의 이름을 불러다오.
그에게로 가서 나도
그의 꽃이 되고 싶다.

우리들은 모두
무엇이 되고 싶다.
나는 너에게 너는 나에게
잊혀지지 않는 하나의 의미가 되고 싶다.

이 시처럼 먼저 친구에게 다가가 보자. 꽃을 친구라고 한다면 같은 또래의 이름 모르는 아이들은 하나의 몸짓일 뿐 의미가 없다는 것이다. 서로 이름을 부르게 됨으로써 알게 되고 의미가 있다는 이야기다. 그렇다고 그 아이들의 이름이 없는 것은 아니니 이름이 어떤 의미냐가 중요하다. 그리고 이 시가 가슴에 와 닿는 것은 내가 남의 이름을 먼저 불렀다는 것이다. 남이 내 이름을 불러주길 바라기 전에 내가 남의 이름을 먼저 불렀다는 사실이다.

물론 이 시에도 아쉬움은 있다. 이름을 알았을 때와 몰랐을 때를 너무 이분법적으로 바라보는 시라는 생각이 들기 때문이다. 우리나라는 아는 사람과 모르는 사람에 대한 배타적 차별이 너무 심한 것이 흠 아니겠는가. 이름을 알면 아는 대로, 모르면 모르는 대로 의미가 있는 건데 말이다. 시를 이렇게 바꿔 보면 어떨까.

벗 _ 김춘수 시 「꽃」 다시 쓰기

내가 그의 이름을 불러 주기 전에는

그는 다만

이름을 가진 동료에 지나지 않았다.

내가 그의 이름을 따스히 불러 주었을 때

그는 나에게로 와서

흐드러진 꽃이 되었다.

내가 그의 이름을 불러 준 것처럼

그도 나의 빛깔과 향기에 알맞은

이름을 불러 주었고

우리는 서로의 꽃이 되었다.

우리들은 모두

무엇이 되고 싶다.

나는 너에게 너는 나에게

잊혀지지 않는 흐드러진 의미가 되고 싶다.

3장 이제는 잠자리 눈이 되어 보자

하나, 왜 키팅 선생은 학생들을 책상 위에 올라가게 했을까

"사랑하면 알게 되고 알게 되면 보이나니, 그때 보이는 것은 그전 같지 않으리라." 유홍준 교수가 쓴 『나의 문화유산 답사기』의 화두가 된 유명한 말이다. 사랑과 관심, 문제제기의 중요성과 지식과의 상관 관계를 아주 명쾌하게 보여 주는 말이다. 이 말을 '아는 만큼 보인다'라고 생각하는 사람들이 많이 있지만 적절한 해석이 아니다. 왜냐하면 사랑과 문제제기가 들어가지 않은 지식은 의미가 없기 때문이다. 많이 배웠어도 별 문제의식 없이 살아가는 사람들이 얼마나 많은가. 차라리 '사랑이나 관심만큼 보인다'라고 하는 것이 더 낫다.

피터 와이어 감독이 만든 영화, 〈죽은 시인의 사회 (Dead Poets Society)〉에는 학생들이 책상 위로 올라가는 장면이 두 번 나온다. 처음에는 키팅 선생님의 지시에 의해서(타의적)였고, 나중에는 학생들 스스로(자의적) 올라갔다. 책상 위로 올라간 것은 똑같지만 실제로는 매우 큰 차이가 난다. 첫 번째 장면에서 키팅 선생님은 수업 중 책상 위로 먼저 올라선다. 놀란 학생들을 향해 그는 "뭔가를 잘 안다고 느낄 때

▲ 키팅 선생이 시켜서 올라간 장면

▲ 학생들 스스로 올라간 장면

그것을 다른 시각에서 봐. 바보같이 보여도 꼭 시도해 봐야 해."라고
말한다.

　두 번째는 키팅 선생님이 '전통, 명예, 규율, 최고'를 교훈으로 내
세우는 권위적인 학교 측에 의해서 학교(교실)를 떠날 때 학생들 스
스로 올라갔다. 이는 어쩔 수 없이 떠나야 하는 선생님에 대한 한없

는 존경의 표시와 이런 선생님을 떠나게 한 현실에 대한 소리 없는 저항의 의미였다. 키팅 선생님은 비록 떠났으나 그의 가르침은 학생들에게 남게 되었다.

그렇다면 첫 번째 장면에서 키팅 선생님은 왜 책상에 올라갔는지 다시 생각해 보자. 올라갔을 때와 올라가지 않았을 때 보이는 것이 서로 다르기 때문이 아닐까. 더욱 중요한 것은 '책상에는 올라가지 말아라, 올라가서는 안 된다'라는 기존의 관념이 누구나가 그렇다고 생각하는 통념이거나, 아니면 고정관념일 수 있다는 것이다. 결국 이 세상을 바라보는 방식을 관점이라 한다면 우리는 여기서 관점의 중요성을 알 수 있다. 물론 보이는 것이 달라지는 것 자체가 중요한 것이 아니라 다르게 보이는 만큼 우리의 삶의 자세도 달라진다는 것 때문이다. 늘 앉던 의자가 권위적인 학교에서 틀에 박힌 지식을 강요하는 관점의 상징이라면, 책상 위에 올라가서 바라보는 관점은 이 세상을 좀 더 새롭게 바라보면서 삶의 참 가치를 추구하는 행위의 관점이라 할 수 있겠다.

그래서 우리가 더욱 주목할 것은 맨 마지막 장면, 잘못된 권력에 의해 쫓겨나는 선생님을 생각하며 한 명씩 스스로 책상 위에 올라간 행동이다. 이는 세상을 새롭고 넓게 바라보려는 아이들의 욕망뿐만 아니라 선생님을 내쫓는 세력에 대한 아이들만의 작은 저항의 의미도 담겨 있을 것이다. 세상을 새롭게 보고 그에 따라 뭔가 실천하는 행위가 뒤따를 때, 이 세상이 진정 아름다워진다는 것 아닐까?

둘, 관점의 갈래 삶의 갈래

관점의 중요성에 대해 살펴 보았으니 이제 관점에는 어떤 것이 있는지 그 갈래를 보면서 삶의 다양한 모습을 살피도록 하자.

관점의 갈래로 첫째로는 긍정–부정, 적극–소극, 거시–미시, 전체–부분, 주관–객관 따위의 인식론적 관점을 들 수 있다. 이러한 관점은 세상을 인식하는 일종의 틀이라고 할 수 있다. 계용묵의 「백치 아다다」라는 단편소설을 읽어 보면 아다다가 두 번째 남편 수롱이가 모아 놓은 돈을 버린 행위가 나온다. 이런 행위에 대해 부정적 관점으로 볼 수도 있고 긍정적 관점으로 볼 수도 있다. 다음 독후감이 그런 대립된 관점을 잘 보여 준다.

독후감 1

아다다의 행동은 정당했다!

"어 어마! 아다아다 아다 아다다."

아다다의 대사이다. 무슨 말인지, 무엇을 전달하려 하는지, 정상인이라는 표찰을 달고 있는 우리로서는 도저히 짐작할 수가 없다. 하지만 이 말을 하는 당사자는 무엇인가를 상대방에게 알리고자 하는 최선의 행동을 보이고 있는 것이고, 그의 표정과 그의 생각 속에는 자신이 표현하고자 하는 것들로 가득 차 있다. 그녀는 과연 어떤 말을 표현하려고 했는가. 그리고 그녀가 보는 세상은 어떠했는가.

계용묵의 「백치 아다다」는 비정상인이라고 불리는 사람을 주인공으로 하고 있다. 그리고 그녀와 관계하고 있는 주위의 인물들을 '돈'이라는 매개로 연결짓고 있다. '돈'과 관계하면서, 선천적으로 모자라다고 평가되는 그녀는 소설의 마지막에 죽음을 맞이한다. 물 흐르듯이 진행되는 이 소설의 마지막 페이지에서 눈을 떼고 나면, 한 가지 의문이 떠오르게 된다. 무엇이 아다다를 죽게 만들었는가?

답은 몇 가지로 생각해 볼 수 있다. 어떻게 보면 그녀의 선천적인 '모자람'이 그녀를 죽게 만들었다고 할 수 있고, 주위의 많은 '정상인'들(그녀의 부모, 시부모, 전 남편, 동네 사람들 모두)의 각박한 행위들이 그녀를 죽였다고도, 그리고 '돈'을 더 귀중하게 생각하는 '수롱'이가 죽였다는 단순한 대답을 할 수도 있다.

이 글에서는 죽은 아다다를 정당화시키려고 한다. 아다다는 정말로 안타깝게 희생되었다는 하나의 결론을 생각하면서 이제 그녀의 행위, 정상인에게는 무지하다고, 미쳤다고 생각되는 행위를 정당화시켜 보려고 한다.

우선은 그녀의 정신 상태에 판단을 가해 보자. 소설 속에 나오는 그녀의 부모나 시부모, 전 남편, 수롱과 이 소설을 읽는 독자 등 소위 정상인의 눈으로 그녀를 바라보았을 때, 그녀는 정말 좀 모자라는 인간이다. 가장 먼저 누구도 그녀가 무엇을 생각하고 있는지 도저히 정확하게 알 수가 없다. 그리고 그녀의 언어 표현이 아니더라도 그 행동을 보았을 때, 정상인과는 다른 역시 모자라는 행동이다.

그러나 그런 단편적인 사실들을 가지고, 정상인과는 행동이나 언어 표현이 다르다고 하는 것으로 그녀를 지능이 모자라는 인간이라고 평가할 수 있겠는가. 그리고 그러한 것으로 인해 그녀가 행한 사회에서 용납할 수 없는 행동(평생 모은 돈을 버려 버리는 행동)은 죽음으로 귀결되어야만 하는가. 아다다는 사회적으로는 '모자라다'는 판정을 받았지만, 그녀는 단지 사회에 적응하지 못했던 것뿐이다. 아니, 그녀는 끊임없이 사회 속에 포함되려고, 그 사회 속에서 하나의 인격체로서 당당하게 적응하려고 노력했지만(여러 가지 일들을 도와주려고 하는 행위들을 그런 노력으로 볼 수 있을 것이다) 사회가 그녀를 용납하지 못했던 것이다.

아다다는 충분히 사회 속에서 어떠한 위치를 차지할 수 있었지만(한때 그녀는 행복했지 않은가) 사회 속에 있는 그 '무엇'의 작용이 그녀의 위치를 빼앗아 버렸던 것이다. 그렇다면, 아다다의 죽음은 그녀의 '모자람'에 직접적인 이유가 있지는 않을 것이다. 그럼? 사회에 대해서 눈을 돌려 보자.

아다다가 그녀의 한때의 행복에서 죽음으로 몰락해 가는 데 결정적으로 커다란 작용을 한 것은 바로 '돈'이라는 사회의 산물이었다. 편리를 위해서, 교환의 능률과 사회 활동의 능률을 위해서 창조된 '화폐'가 한 인간을 몰락시킨 것이다. 아다다는 이전에 한 번 그러한 몰락의 경험을 겪었다. 그러한 경험의 공포로, 그녀는 그 몰락의 직접적인 원인이 되는 것을 제거시키려고 한 것이다.

보통은 이렇게 생각할지도 모른다. 그녀가 모자랐기에 그녀는 그 '돈'이 푸는 '유용성'을 생각하지도 않고, 한때의 경험에서 비롯되는 공포의 감정 때문에 당치도 않은 일을 저질렀다고. 하지만 '돈'이 그 변태를 거듭해 나가는 성질을 가지고 있다면, '수롱'이 논을 사서 부자가 되어 아다다를 또다시 버릴지도 모르는 일이지 않은가. 아다다는 자신에게 다른 사람보다 못한 무엇인가가 있고, 또 그것 때문에 '부'라는 것이 접근해 오면 자신은 버려질 수밖에 없다는 것을 잘 알고 있었다. 그런 그녀가 자신의 행복을 지키기 위해서 할 수 있는 일은 바로 그 행복을 위협하는 근원부터 제거해 버리는 것이었다.

아다다의 행동은 정당했다. 그녀는 '화폐'가 만드는 민간의 몰락을 극복하기 위해 노력했다.

그러나 철저히 혼자서 싸웠던 그녀를 사회는 또다시 모자란 인간으로 평가하고 죽음으로 내몰았던 것이다. 그녀의 죽음은 사회 속에서 일어난 안타까운 희생이었다.

-어느 고등학생의 보고서 전문 인용

독후감 2

아다다는 일종의 처벌을 받았다

인간들이 모여서 만들고 있는 사회라는 하나의 울타리 안에는 그들이 살아가기 위해 만든 많은 약속이 존재하고 있다. 인간은 그러한 약속을 의식하면서, 혹은 또 의식하지 못하는 사이에 지켜 나간다. 그것은 그들이 살아가는 공간에서 보다 안전하게 생활할 수 있도록 하기 위함이다. 그러한 약속을 지키지 않는 인간은 다수의 생존을 위해서 여러 방법으로 처벌된다. 그 규범을 지켜나갈 수 있는 충분한 정신적 능력이 있으면서도 그것을 지키지 않아서 누군가에게 피해를 입힌 인간은 '범죄자'라는 딱지가 붙어 다른 사람들과 격리되거나 생명을 빼앗긴다. 또한, 규범을 지킬 수 없을 만큼의 낮은 정신 상태를 지닌 인간에게는 '모자라는 인간', '백치', '미치광이' 등의 딱지가 붙어 '정상인'과 분리된다. 올바르게 사회를 유지시키기 위함이다.

소설 「백치 아다다」라는 인물에게는 '백치'라는 명칭이 붙어 있다. 그녀는 그 사회에서는 인정받을 수 없는, 그 사회의 여러 약속들을 지킬 수 없다고 판단된 '분리된 인간'이다. 실제로 소설 속에서 그녀는 많은 약속들을 지키지 못한다. 우선, 그녀는 벙어리이다. 사람들의 생각을 서로 나눌 수 있는 '언어'라는 기본적인 약속을 그녀는 지키지 못하는 것이다. 그리고 여러 가지 일들에 대한 올바른 판단을 하지 못한다. 다시 말해, '해야 할 일'과 '하지 말아야 할 일'을 구별하지 못하는 것이다. 또한, 그녀는 사회 속에서 살아가면서 만들어진 많은 물품들을 필요에 따라 편리하게 교환하기 위해 만들어진 '돈'의 유용성을 전혀 알지 못한다. 단순한 판단으로 그 '돈'이 자신을 불행하게 만든다고 생각하는 것이다.

"돈으로 인해 그렇게 행복할 수 있던 자기의 신세는 남편(전 남편)의 마음을 악하게 만듦으로, 그리고 시부모의 눈까지 가리는 것이 되어, 필야엔 쫓겨나지 아니치 못하게 되던 일을 생각하면 돈 소리만 들어도 마음은 좋지 않던 것인데 밭에다 조를 심는다는 것은 불행의 씨를 심는다는 것만 같았기 때문이다."

상식적으로 파악해 보아도 그녀는 단순하다. 그녀를 사랑하는 '수롱'은 자신이 평생 동안 모은 그 '돈'으로 아다다를 행복하게 만들려는 벅찬 꿈을 가지고 있었다. 하지만, 그녀는 그러한 '돈'이 가져다 주는

'유용한 행복'은 자신이 경험하지 못했기에, 그리고 올바른 판단을 할 정신 상태가 되지 못했기에, 그 '돈'에 공포를 느끼는 것이다. 그래서 그녀는 '돈'을 버린다.

"아다다는 바구니를 내려놓고 허리춤 속에서 지전 뭉치를 쥐어들었다. 아다다는 너 같은 것을 버리는 데는 아무런 미련도 없다는 듯이, 넘노는 물결 위에다 획 내어 뿌렸다."

아다다는 이제 자신의 행동으로써 누군가에게 피해를 입힌 것이다. 아다다가 버린 그 '돈'은 '수롱'이 평생 동안 모은, 생명보다 소중한 것이었다. 수롱은 그 돈 속에 자신의 청춘과 꿈과 인생 모두를 담아 두었던 것이다. 아다다는 자신이 수롱에게 입힌 그 피해와 지키지 못한 사회와의 약속 때문에 처벌을 받게 된다.

'모자라는 인간'으로 낙인 찍혀 한 번의 사회적 처벌을 받았던 아다다는 거기에다가 '누군가에게 피해를 입히는 행동'을 했기에 또다시 그에 상응하는 처벌을 받은 것이다. 비록 그 처벌의 강도가 아다다의 행위보다도 높았지만, '수롱'에게 있어서 '돈'의 의미가 사회적 교환수단 이상이라면, 또한 그것이 수롱의 생명에 대한 것과 연관을 가진다면, 처벌로서의 '죽음'은 어쩌면 당연하다 생각할 수도 있겠다.

이루어져 있는 사회에서 적응하지 못한 '모자라는 인간'은 그 사회의 다른 사람에게 커다란 피해를 입히는 행동을 했기에, 그는 그 사회 속에서 응분의 처벌을 받은 것이다. 아다다는 처벌된 것이다.

–어느 고등학생의 보고서 전문 인용

아다다의 행동이 이렇게 정반대로 평가되는 것을 보고 조금은 놀랐을 것이다. 아다다의 행위에 대한 서로 다른 평가에는 경제와 사랑, 장애인에 대한 생각의 차이 등이 복잡하게 얽혀 있다. 그런데 조심할 것은 이러한 인식론적 관점은 꼭 이렇게 이분법적으로만 나눠지지는 않는다는 것이다. 긍정, 부정이 아닌 제3의 관점으로 바라볼 수도 있고, 또 경제 관점에서는 부정적으로 보지만, 사랑이란 관점에서는 긍정적으로 볼 수도 있는 것처럼 바라보는 관점에 따라 긍정과 부정이 복합적으로 작용할 수 있다.

이런 예를 더 따져 보자. 반병의 식혜를 보면서 누구는 "식혜가 반밖에 안 남았군요."라고 하고 누구는 "식혜가 반씩이나 남았군요."라고 말했을 경우를 생각해 보자. 물질적으로는 똑같은 양이지만 바라보는 관점에 따라 언어 표현이 달라진 것이다. 언어 표현만 달라진 것이 아니라 그로 인한 효과도 달라졌다. 흔히 첫 번째 경우를 부정적 관점이라 하고 두 번째 경우를 긍정적 관점이라고 하지만, 실제 맥락 속에서는 그리 간단하지가 않다. 식혜를 마시기 싫어하는 사람이라면 첫 번째 진술이 긍정적 관점이 될 수도 있다. 물론 식혜를 좋아하는 사람이라 할지라도 그 사람의 관점에 따라 두 표현 모두 가능하다. 곧 식혜를 더 구하기 힘들어 위안을 삼으려고 "반씩이나 남았다"라고 할 수도 있고 구하기 힘든 부정적 느낌을 그대로 표출하려고 "반밖에 안 남았다"라고 할 수도 있는 것이다. 또는 본인은 "반씩이나 남았다"라고 하고 싶어도 주변 사람들의 기분을 맞추기 위해 "반밖에 안 남았다"라고 할 수도 있다. 결국 단순하게 긍정, 부정 따위로 나누는 것은 무의미하다는 것이다.

다음으로는 주제나 내용에 따른 관점이 있을 수 있다. 돌이네 식구 이야기를 통해 생각해 보자. 돌이네는 형제가 여섯이었는데 어머니와 같이 시골에 놀러 갔다. 터질 듯한 감나무 곁을 지나다가 어머니가 아이들에게 물었다.

"너희들은 저 감을 바라보며 무슨 생각들을 했니?"

먹돌 야, 먹음직스럽다. 침이 막 넘어가네.

미돌 아, 저렇게 아름다울 수가. 터질 듯한 아름다움이여.

과돌 저 감은 무척 빨갛지만 크기가 조금 작구나.

도돌 저 홍시를 어머님과 가난한 사람들에게 나눠 주었으면…….

철돌 감을 바라보는 나는 도대체 누구인가?

종돌 저 감과 나는 어떤 관계가 있는가. 잘 익은 저 감이야말로 신의
은총 아닌가.

먹돌이의 관점은 우리의 일반적인 감각, 또는 먹거리 관점을 보여 주는 생각이고, 미돌이는 미학의 관점을 대변하고 있다. 과돌이의 관점은 과학적 관점이다. 도돌이의 관점은 도덕적인 관점, 또는 효의 관점이다. 철돌이의 관점은 존재의 의미를 묻는 철학의 관점으로 볼 수 있겠다. 종돌이는 종교적인 관점을 보여 주고 있다.

똑같은 감나무를 보고 이렇게 다양한 내용을 이야기할 수 있다는 것에서 어떤 관점으로 보느냐에 따라 다양한 생각이 있음을 알 수

있다. 더욱 중요한 것은 어떤 관점으로 바라보느냐에 따라 행위 양식이 달라질 수 있다는 점이다. 아마 먹돌이는 감을 따먹거나 침을 흘리다가 감을 사 먹을 가능성이 많고, 미돌이는 그 자리에서 그림을 그릴 수 있고, 과돌이는 감의 관찰기를 쓰고, 도돌이는 이타적 사랑을 실천하는 사람이 되겠고, 철돌이는 아마 대학의 철학과를 가서 계속 존재 문제를 탐구하는 철학도가 되었을 테고, 종돌이는 신께 감사의 기도를 드렸을 테니 말이다. 우리가 문화와 문명, 역사의 발전을 이룬 것은 이런 다양하게 생각하는 힘의 덕택이라고 해도 지나치지 않다.

그러나 다양한 사고방식이라 해서 그 모두가 사회적으로 용납될 수 있는 것은 아니다. 위의 예에서도 '저 감을 모두 따다가 실컷 혼자 배불리 먹었으면'이란 생각도 다양한 생각 중의 하나지만 그런 생각이 바람직하지 않은 것은 그 생각의 근거가 합리적이고 객관적이지 않기 때문이다. 또한 합리적이고 객관적인 근거를 가지고 있는 생각이라 할지라도 시대에 따라 다르게 평가될 수 있다. 이른바 문학에서 순수문학, 참여문학 등의 논쟁이 많았지만 시대적 모순이 첨예화되지 않았을 때는 그런 논쟁 자체가 무의미해질 수 있을지 모르나 일제 강점기와 같은 시대 모순이 첨예화되었을 때는 논쟁 구도가 달라질 수 있다.

다음으로는 입장에 따른 관점이 있을 수 있다. 이는 넓게 보면 이 지구의 사람 수만큼 다른 관점이 있을 수도 있는 것이다. 감에 대한 보기는 각각 먹돌이의 관점, 미돌이의 관점, 과돌이의 관점, 도돌이의 관점, 철돌이의 관점이라 말할 수도 있다. 더욱 중요한 것은 이들은 각자가 속한 집단이나 공동체의 입장을 대변한다는 것이다.

셋, 이제 잠자리 눈이다

잠자리 눈은 겹눈이면서 입체적이어서 사방팔방 두루 살필 수 있다. 이제 '잠자리 눈으로 세상 보기'라는 말의 의미를 다시 새겨 볼 일이다. 두루두루 살필 수 있는 총체적 관점을 키우자는 것. 그래서 달라지는 것은 무엇일까. 그 물음에 대한 대답은 각자의 작은 선택에 달려 있다고 본다.

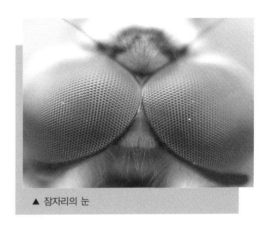

▲ 잠자리의 눈

요즘 교차 토론 대회가 크게 인기를 끌고 있다. 학생들은 어떤 논제에 대해 찬성하든 반대하든 모두 준비를 한다. 끝내는 어느 한 쪽으로 기울어 그쪽으로 생각하거나 그쪽 주장을 내세우겠지만 그 반대쪽에서 생각해 봄으로써 좀 더 합리적인 생각과 판단을 하게 된다. 자신의 주장을 강하게 밀어붙이되 상대를 배려할 줄 아는 마음과 자세는 다양한 관점을 볼 줄 아는 기본 바탕이 된다.

그렇다면 다양한 관점을 기우기 위해서는 어떻게 해야 할까. 첫째는 뭐니 뭐니 해도 다양한 삶의 경험과 그러한 삶에 대한 애정과 관심을 키우는 일이다. 친구 관계, 부모님의 관계, 사회와의 관계, 연예인과의 관계, 자연과의 관계 등등, 이 모든 관계의 출발은 관심에서 비롯된다.

둘째는 평소에 당연하다고 생각하는 것들에 대해 다시 한 번 생각해 보는 것이다. 통념이나 고정관념에서 벗어나려는 노력을 말한다. 우리는 흔히 "곰은 느리다"라고 생각한다. 대단한 통념이다. 이 지구에는 수많은 곰이 있고 설령 느린 곰이라 하더라도 쫓기거나 먹이를 쫓을 때는 빠르다. 빠른 곰도 배부를 때는 느리다. 조금만 생각해 봐도 쉽게 이런 사실을 알 수 있지만, 애써 덮어 버리고 평생 곰은 느리다고 생각하는 사람이 대부분이다.

셋째는 다양한 근거나 맥락에 대해 분석하는 힘을 키우는 것이다. 사람들이 당연하다고 생각한 것 가운데는 구체적 근거나 맥락을 제대로 살펴보지 못함으로써 설정된 경우가 꽤 많다. 이를테면 우리가 학교에서 배운 국사 지식에 의하면 조선시대의 신문고 제도는 민본주의, 즉 백성을 위한 두드러진 제도로 꼽힌다. 물론 그 의도만큼은 사실인지도 모른다. 그 당시 글자(한문)를 몰랐던 하층민들이 억울함을 말로써 호소하라는 제도였기 때문이다. 그러나 실제 자료를 분석해 보면 그렇지 못했음을 알 수 있다. 역사연구소 분석 자료에 의하면 네 가지 주된 근거에 의해 우리는 신문고 제도가 민본주의의 실천 본보기가 아님을 알게 된다.

먼저 이용 절차만 보더라도 그런 점은 쉽게 드러난다. 서울에만 설치되어 있었으니 먼 지방 출신자들이 이용하기는 거의 불가능하였고, 또 설령 서울에 산다 할지라도 그 절차가 무척 복잡하였다. 보통 백성들이 억울한 일이 있었을 때 먼저 서울과 지방의 해당 관청에 호소하고 그렇게 한 뒤에도 억울한 일이 남아 있을 때, 사헌부를 거쳐 비로소 신문고를 칠 수 있었다. 신문고를 칠 때에도 억울한 내용을 진술하여 담당 관리가 글을 작성하고, 신청자가 사는 곳을 확인한 뒤에 북을 두드리게 했다. 나중에는 북을 친 다음, 주소를 확인하였다.

체제를 통해서도 신문고 제도의 모순이 드러난다. 그 당시의 상위법인 『경국대전』 형전에 따르면, 국가 안위에 관련된 사건과 불법 살인사건을 빼고는 중앙관청의 하급관리나 노비들이 그의 상관을 고발하는 경우와 지방의 양반, 향리, 주민들이 관찰사나 수령을 고발하는 경우는 오히려 벌을 받는다고 규정하였다. 뿐만 아니라, 노비의 경우는 아예 북을 치기가 쉽지 않았다고 한다. 이와 더불어 제도 모순을 들 수 있다. 설령 신문고를 쳤다고 하더라도 양반 관리들에 의해 차단되어 왕에게 보고되지 않는 경우가 대부분이었다.

곳곳에 남아 있는 기록도 신문고 제도의 모순을 증언해 준다. 기록에 의하면 실제 이용자는 하층민보다 대부분 양반계층이었다. 조선 후기로 오면 신문고 이용이 더욱 어려웠던 것으로 보인다. 아래의 이야기가 그 대표적인 보기가 될 것이다.

영조 말년쯤의 일이다. 충청도 충주 노은동에 홍선보라는 사람이 살고 있었다. 어느 날, 동리에서 살인 사건이 일어나자, 선보는 누명을 쓰고 옥에 갇힌다. 이때, 선보의 아들 차기가 태어난다. 차기의 어미는 남편의 억울함을 풀려고 차기를 맡기고 서울로 갔지만, 수년 동안 신문고를 치려는 뜻을 이루지 못하고 죽는다. 열 살을 갓 넘은 차기는 그 사실을 전해 듣고 어미를 대신하여 수백 리 길을 올라와 간신히 신문고를 두드렸으나, 담당 관리가 이를 왕에게 보고하지 않아 세월을 허비한다.

그러던 어느 날, 다행히 길에서 형조판서 윤동섬을 만나, 아비의 누명을 벗게 해준다는 약속을 받고 다시 고향으로 내려간다. 하지만, 워낙 오래된 사건이라 문서가 남아 있지 않아 해결이 쉽지 않았다. 기다림에 지친 차기는 굶주리고 병든 몸으로 다시 서울로 올라오다가 그만 정신을 잃는다. 누군가의 도움으로 서울에 도착하여 겨우 정신을 차린 차기는 아비가 곧 풀려난다는 소식을 듣고는 영영 눈을 감고 만다. 이때, 차기의 나이 14살이었다.

–홍양호, 『이계집』 역사연구소, 『교실밖 국사여행』, 1993

위와 같은 근거로 볼 때 신문고 제도는 진정한 민본주의와는 거리가 멀었음을 알 수 있다. 원래 민본주의 자체가 지배계층을 위주로 한 공자의 덕치사상에서 비롯된 것이니 오늘날의 민주주의 정신과 착각해서는 안 될 것이다.

넷째로 양극단적인 관점을 비롯한 다양한 관점에 대해 생각하는 힘을 키워야 한다. 이육사의 시 「절정」에서 '무지개'가 무슨 의미인지 해석해 보자.

매운 계절의 채찍에 갈겨

마침내 북방으로 휩쓸려 오다.

하늘도 그만 지쳐 끝난 고원

서릿발 칼날진 그 위에 서다

어데다 무릎을 꿇어야 하나

한 발 재겨 디딜 곳조차 없다.

이러매 눈 감아 생각해 볼밖에

겨울은 강철로 된 무지갠가 보다.

1940년 1월 『문장』에 발표된 이 작품에서 문제가 되는 것은 "겨울은 강철로 된 무지갠가 보다"라는 구절이다. 보통 이것을 희망에 대한 역설적 표현으로 본다. '겨울(원관념)'을 '강철로 된 무지개(보조관념)'로 비유한 것으로 다시 어떠한 겨울(일제 치하의 고난)도 민족의 무지개(희망)를 꺾지 못할 것임을 상징적으로 드러내고 있다고 해석한다. 이렇게 보는 근거는 시인이기 이전에 지사요, 투사였던 육사가 22세가 되던 1925년 의열단에 입단한 후 줄곧 지하 저항활동을 벌이면서, 17회나 항일 민족운동에 연루되어 옥고를 치루는 등 그야말로 잠시도 쉴 수 없는 극한적인 삶을 살았기 때문이다. 따라서 '매운 계절', '채찍', '서릿발 칼날진', '강철' 등의 시어는 강인한 남성적 언어로 육사의 역사인식이 적극적이고 냉철하였음을 보여 준다는 것이다.

이런 맥락으로 보면 제1연은 '매운 계절의 채찍(일제 강점기에 민족이 겪어야 했던 수난'에 쫓겨 조국으로부터 황량한 북만주로 내몰리고만 시인의 모습을 통해 방황하는 민족 전체의 모습을 그린 것이고, 제2연에서는 본의 아니게 북방으로 쫓겨난 시인이 마주하게 된 극한 상황이 '하늘도 그만 지쳐 끝난 고원'이라는 감정이입 표현으로, 하늘까지도 지쳐 버릴 정도의 광막한 극한 지점을 나타낸다. 제3연에서는 시인은 어딘가를 향해 기도할 여유마저 허락하지 않는 절망적 상황을 이야기하고 있다는 흐름에 따른 것이다.

그러나 다음과 같은 정반대의 해석이 가능하다. 그 타당성을 생각해 보자.

(앞 줄임)

이 작품은 육사의 시 가운데서도 가장 우울한 시다. 「청포도」에서는 '청포를 입고 찾아올 반가운 손님'을 기다리고 있고, 「광야」에서도 언젠가 백마를 타고 오는 '초인(超人)'을 기대한다. 그런데 「절정」에서는 동사(凍死)직전의 극한 상황에서 느껴지는 한없는 절망과 낙담을 노래하고 있는 것이다. 1연과 2연에서 우리는 만주의 허허별판에서 영하수십 도를 넘는 강추위에 떨며 방황하고 있는 고독한 시인의 모습을 읽을 수 있다. 3연에 가면 그러한 절망이 애타는 호소로 변하여 누군가에게 '무릎이라도 꿇고' 하소연하여 추위와 굶주림의 육체적 고통으로부터 모면되기를 바라는 시인의 절박한 심정이 드러난다. 이러한 시적(詩的)문맥이 약간 다른 톤으로 바뀌어지는 것이 바로 4연인데, 그 까닭은 '강철로 된 무지개'라는 구절이 있기 때문이다.

일반적으로 '무지개'라는 말이 언제나 '희망'의 상징으로 쓰이고 있기 때문인지 이제까지 대부분의 비평가들은 4연을 해석할 때 극한적 '절망 속에서도 희망을 잃지 않는 시인의 불굴의 의지'로 보는 것이 보통이었다. 말하자면 사회주의적 리얼리즘문학 이론에서 말하는 '낙관적 전망(展望)'의 이론을 수용한 셈이다. 그래서 가장 많이 통용되고 있는 해석이 '비극적 황홀경'이라는 애매모호하기 짝이 없는 개념이다. 이육사가 수없이 옥고를 치르다가 옥사한 저항시인으로 알려져 있기 때문에 그러한 해석을 더욱 정당화시켜 주었을 것 같다. 그러니까 시인은 아사(餓死)와 동사(凍死) 직전의 비극적 한계 상황 속에서도 끝까지 희망을 버리지 않고 눈을 감고서 강철 같은 희망을 품어 본다는 의미로 해석하는 것이다.

　　그렇지만 내 생각에 이러한 식의 해석은 무리가 있다. 아무리 기개가 드높은 독립운동가라 하더라도 육체적 고통이 극한 상태가 되면 지칠 수밖에 없다. 그러니까 4연 첫줄의 '눈감는' 행위는 기가 막혀서 눈을 감는 것이지 황홀경을 꿈꾸려고 눈감는 것은 아니다. 인간은 어떤 극한 상황에 처하게 되면 눈을 감음으로써 일시적으로나마 현실에서 도피하려고 한다. 폭격이 있든가 천둥 번개가 칠 때, 머리부터 이불 속으로 처박는 행위가 바로 좋은 예인데, 그것은 이불 속이 안전해서가 아니라 캄캄해서 아무것도 안 보이기 때문인 것이다.

　　시인은 하도 기가 막혀 눈을 감았다. 그러니까 이제까지의 노력이 물거품처럼 여겨지고 추운 겨울이 가면 반드시 봄이 올 것이라는 기대감조차 생겨나지 않는다. 그는 '겨울(고난의 상징이다)' 이 '무지개'와 같은 것이라고 믿었었다. 여기서 무지개가 뜻하는 것은 '잠깐 떴다가 덧없이 사라지는 것'으로서의 의미이다. 그런데 아무리 노력해 봤자 무지개는 사라질 기미가 보이지 않는다. 그러니까 시인 또는 이 민족이 처하고 있는 고난의 상징으로서의 무지개는 보통 무지개가 아니라 '강철로 된 무지개'인 것이다. 강철로 무지개 모양을 만들어 놓고 거기다가 빨주노초파남보로 페인트칠을 해 놓은 무지개-그런 무지개가 사라질 리가 없다. 그러므로 이 구절은 '고난(겨울)은 영원하다'는 의미가 되고, 「절정」이라는 제목이 뜻하는 것은 '절망의 절정'이 된다.

시를 해석할 때 가장 중요한 것은 모든 선입견을 버리고 '문맥(文脈)의 순리(順理)'를 쫓아가는 태도이다. 그런데도 지금껏 많은 비평가들은 작가의 생애에 맞춰 시의 문맥을 억지로 조작하려고 했다. 인생도 마찬가지. 절망이든 희망이든 우리가 처한 상황을 직시하려는 노력이 중요하다. 막연한 낙관주의는 필요치 않다.

-마광수, 「낙관주의의 한계」

위와 같은 생각은 또물또들이 이제껏 배운 학교 지식대로라면 상상하기 어려운 것이다. 그러나 그 근거와 추론이 상당한 타당성을 지니고 있다. 어느 쪽이 더 옳고 그름을 떠나 열린 사고에 의해 우리는 똑같은 작품에 대해 서로 다른 평가를 내릴 수 있다. 물론 무턱대고 다르다면 안 되겠지만 충분한 근거가 따르는 맥락이라면 우리 문화의 질적인 발전의 토론거리가 된다. 물론 다양한 관점은 새로운 관점으로의 질적 변화를 위한 밑거름이 될 때 참된 가치가 있다.

다섯째, 다양한 관찰력 키우기다. 주변의 사물을 세밀하게 관찰하는 습관을 들인다면 이 세상을 바라보는 눈썰미도 더욱 커지지 않을까. 주어진 예시문을 보고, '조기, 붕어, 오리, 소' 가운데서 고등어와 오징어와 같은 유형을 찾아보자.

이것이 비바이다 → 고등어

이것은 비바가 아니다 → 여우

이것이 비바다 → 오징어

이것은 비바가 아니다 → 늑대

−김창겸, 「조기교육과 영재교육」에서

과연 정답은 무엇일까. 조기, 붕어, 오리? 위 예시문에서 비바인 것과 비바가 아닌 것을 잘 관찰해 보자. 공통점과 차이점을 잘 살피면 되겠다. 그 결과에 따라 답이 다르다는 것을 알게 된다. 기준이 물에 사는 것일 때는 '조기, 붕어'가 답이 되고, 바다에 사는 것일 때는 '조기'만이, '사람이 먹는 것'일 때는 '조기, 붕어, 오리, 소', 번식의 기준으로 보면 알을 낳는 것이므로 답은 '조기, 붕어, 오리'가 된다. 또 비바는 '−어' 자로만 끝나므로 이때의 답은 '붕어'가 된다. 또물또는 몇 개나 생각했는가. 이렇게 다양한 답이 나올 줄은 몰랐을 것이다.

지금까지 우리는 시야를 넓히기 위한 여러 전략을 살펴보았다. 우리가 끊임없이 관점을 넓히고 새롭게 하려는 이유는 무엇일까? 그래야만 다수로 설정되는, 보이지 않는 막강한 권력으로부터 자유로울 수 있기 때문이다. 물론 큰 힘을 가진 다수는 그르고 힘없는 소수가 옳다는 것은 아니다. 합리적인 다수는 우리가 지향해야 하는 선이기 때문이다. 중요한 것은 다수와 소수가 함께 더불어 만들어 가는 숲이 아닐까?

겨울숲

복효근

새들도 떠나고

그대가 한그루

헐벗은 나무로 흔들리고 있을 때

나도 헐벗은 한 그루 나무로

그대 곁에 서겠다

아무도 이 눈보라 멈출 수 없고

나 또한 그대가 될 수 없어

대신 앓아 줄 수 없는 지금

어쩌랴 내가 할 수 있는 일은

이 눈보라를 그대와 나누어 맞는 일뿐

그러나 그것마저

그대만을 위한 것은 아니었다

보라 그대로 하여

그대 쪽에서 불어오는 눈보라를

내가 견딘다

그리하여 언 땅속에서

서로가 서로의 뿌리를 얽어 쥐고

체온을 나누며

끝끝내 하늘을 우러러

새들을 기다리고 있을 때

보라 어느 샌가

수많은 그대와 또 수많은 나를

사람들은 숲이라 부른다

– 복효근, 『어느 대나무의 고백(문학의 전당 시인선 27)』, 문학의전당

4장 흑백논리에서 다차원의 거미줄망으로

하나, 이분법

이분법은 그야말로 둘로 나눈다는 것이고, 이분법적 사고는 원래는 둘이 아닌데 둘만으로 보거나 그렇게 보도록 강요하는 사고방식, 즉 흑백사고를 가리킨다. 세상에는 수많은 색이 있다. 검은색, 거무스름한 색, 거무죽죽한 색, 회색, 흰색, 스펙트럼 같은 다양한 색 가운데 흑과 백만을 강조하거나 강요하면 그 많은 다양한 빛깔에 대한 욕망은 어찌할까. 어린 시절 전쟁 영화를 보며 우리는 그 많은 사람들을 우리 편 아니면 적군, 혹은 좋은 사람과 나쁜 사람으로만 나누었다. 그러니까 '이분법'과 '이분법적'이란 말은 '-적' 하나만으로도 엄청난 차이가 난다. 어떤 교실에서 실제로 좋은 사람과 나쁜 사람만 있어서, 좋은 사람과 나쁜 사람으로 나누었다면 그것은 이분법일 뿐이지만 아주 다양한 사람이 있는데도 무조건 좋은 사람, 나쁜 사람으로만 나눈다면 그것은 이분법적 사고가 되는 것이다.

그런데 우리의 생활에서는 이분법 자체가 대개 흑백사고 차원에서 쓰이는 경우가 많아 실제로 차이가 없다. 곧 이분법이 흑백사고로 쓰이는지 쓰이지 않는지는 맥락에 따라 결정되는 것이다. 우리는 이 부분을 경계해야 한다. 이분법적 사고는 일단 다양성을 차단하는 사고방식이니 우리의 통합교육 취지와는 너무 거리가 멀다. 물론 우리네 인간들은 이분법에 무척 익숙해 있음을 인정해야 한다. '남/여'부터 해서 '밤/낮, 상대주의/절대주의, 고급예술/대중예술, 긍정/부정, 능동/피동, 적극/소극, 보수/진보, 전체/부분, 주관/객관' 등 얼마나 많은 예가 있는가. 문제는 이러한 이분법을 어떤 전략 아래 사용하느냐이다.

더 나아가 이번에는 대립어(반의어)와 관련시켜 우리의 생각을 좀 더 넓혀 보자. 대립어라고 해서 그 관계가 다 같은 것은 아니다. 좀 더 생생한 읽기를 위해 대화식으로 풀어 보자. 다음 **1**, **2** 두 대립어 관계가 어떻게 다른가?

1 ㄱ. 그는 노인이다.

　　ㄴ. 그는 어린이다.

2 ㄱ. 그는 남자다.

　　ㄴ. 그는 여자다.

또물또 **1**에서는 '노인'과 '어린이' 사이에 중간 요소(젊은이, 장년 등)가 있는 반면, **2**에서 '남자'와 '여자' 사이에는 아무것도 없어요.

가배 선생 그래, 교과서의 설명을 잘 이해했구나. **1**과 같이 중간

형태가 있을 수 있는 반의어를 등급(정도) 대립어라 하고, **2**와 같이 중간 형태가 있을 수 없는 것을 상보 대립어라고 한단다. 그림으로 나타내면 아래와 같을 거야. 논리학에서는 각각 반대관계, 모순관계라고 부르지.

노인	중간	어린이

반대관계

남자	여자

모순관계

그리고 등급과 상보의 관계를 구별하는 것이 꼭 중간 형태가 있느냐 없느냐로만 따지는 것은 아니다. 등급 반의어는 한쪽의 부정이 다른 쪽의 부정을 끌어안을 수 있으나 그 반대는 성립하지 않는다. 이를테면 '그는 노인이다. 그러므로 그는 어린이가 아니다'는 성립할 수 있으나, 거꾸로, '그는 어린이가 아니다. 그러므로 그는 노인이다'는 성립하지 않는다. 왜냐하면 어린이가 아니라면 청년일 수도 있기 때문이다. 마찬가지로 '그는 어린이다. 그러므로 그는 노인은 아니다'는 성립하나, '그는 노인이 아니다. 그러므로 그는 어린이다'도 성립하지 않는다. 그러나 상보 반의어는 그러한 점이 모두 성립한다. 곧 '그는 여자다. 그러므로 그는 남자가 아니다', '나는 남자가 아니다. 그러므로 그는 여자다'가 모두 성립한다.

또 하나의 특징은 등급 반의어는 반의관계에 있는 두 어휘 항목을 동시에 부정해도 모순되지 않으나 상보 반의어는 모순된다는 점이다.

③ 그는 노인도 아니고 어린이도 아니다. → 모순 아님

④ 그는 남자도 아니고 여자도 아니다. → 모순

가배 선생 또물또, 그러니까 이런 학교 지식을 우리 논의와 관련시키기 위해서 아래 질문의 양식과 차이를 구별해 보렴.

당신은 노인인가 어린이인가?

당신은 남자인가 여자인가?

또물또 첫 번째 질문이 이분법적 질문이라는 것이군요? 여러 부류 사람 가운데 두 부류만으로 한정했으니까요.

가배 선생 그럼 또물또, 두 번째 질문은 이분법적 질문이 아니라는 거니?

또물또 네, 원래 남자 여자 둘만 있는 가운데 물었으니 그냥 이분법 질문일 뿐 이분법적 질문은 아니지 않습니까?

가배 선생 그래, 교과서적 지식대로라면 아주 옳은 설명이지. 그러니까 등급 반의어(반대관계)에서는 이분법적 질문이 생성되고 상보 반의어(모순관계)에서는 딜 생성된다. 그러나 두 번째 질문도 맥락에 따라 이분법적 질문이 될 수 있단다. 왜냐하면 우리 사회에는 남자인지 여자인지 명확히 알 수 없는 사람들도 있기 때문이란다. 실제로 너희 또물또 주변 친구들 가운데서도 그런 친구들이 있지. 겉으로는 남자 차림을 했지만 여자 같은 아이라든가, 여자 차림을

▲ 다양한 다리의 아름다움을 '롱다리'와 '숏다리'로 이분화한 간판

했지만 남자 같은 친구들 말이야. 그럼 그런 친구들이 비정상일까. 아니란다. 다양한 성적 경향을 띤 사람일 뿐이란다. 오히려 남성다움과 여성다움을 강조하거나 강요하는 관습 자체가 비정상적이라는 점이지. 다음과 같은 고백이 그러한 점을 잘 보여 주고 있어.

한편으로 여성학은 괴로움을 주는 과목이기도 했다. 전에는 당연스럽게 여겼던 것들을 이제는 더 이상 당연한 것으로 여길 수 없게 돼 버렸기 때문이다. 여자는 나긋나긋하고 애교스러워야 하며 남자는 강하고 무뚝뚝해야 한다? 여자는 주장을 내세우기보다는 미소를 지어야 하며 남자는 자신의 강한 주장을 내세워야만 한다? 이런 식의 극단적인 이분법이 아니더라도 나에게는 이미 미처 의식하지 못했던 여성다움, 남성다움에 대한 틀이 굳어져 있었다. 그리고 그 속에서 나는 여성다움 속에 편입하고자 바둥거리고 있었다. 그러나 이제 나는 나긋나긋하고 애교스럽기를 원치 않으며 미소를 짓기보다는 주장을 하고 싶다. 여성학 수업은 사회의 강요된 틀을 떠나 진정한 여성 자신의 모습을 발견해 나가는 과정이다.

－박지연, 한국경제신문, 1997. 11. 4

이른바 여성에 대한 성차별도 이러한 양극단성을 강조하는 맥락에서 나오는 것 아니겠니.

'살다'와 '죽다'의 관계도 모순관계이지만 역시 살았는지 죽었는지 판단이 안 되는 사람도 있잖니. 너무 불행한 경우지만 이른바 식물인간이거나 뇌사에 빠진 사람들…… 심장을 보면 분명 살아있는데 뇌에 문제가 있어 여느 산 사람과는 다르니 진짜 살았다 할 수도 없고. 안락사를 허용하느냐, 허용하지 말아야 하느냐 하는 논쟁도 이런 맥락에서 발생하는 것 아니겠니.

아무튼 내가 이분법적 사고방식에 대해 이렇게 열변을 토하는 것은 그러한 사고방식으로 인한 피해가 너무 심하기 때문이란다. 심지어 중간항이 있을 수 있는 등급 반의어조차 상보 반의어로 탈바꿈하기도 하니 말야. 이를테면 '공산주의자'와 '반공주의자'는 분명 공산주의자도 아니고 반공주의자도 아닌 중간형의 사람이 있을 수 있는데도 우리 사회에서는 그 중간형을 인정하지 않는단다. 만일 내가 서울 시청 앞에서 "나는 반공주의자가 아닙니다."라고 외치면 나는 금세 '공산주의자' 또는 '용공주의자'로 몰려 잡혀갈 것이다. 내가 반공주의자가 아니라고 해서 공산주의자라는 법은 없잖아.

따라서 내가 극단적인 이분법이나 이분법적 사고방식을 비판하는 것은 그러한 사고방식은 대부분 경직되고 잘못된 관점에서 비롯되기 때문이란다.

둘, 흑백논리에서 다차원의 거미줄망으로

이분법에 대한 우리의 좀더 나은 논의를 위해 이분법 문제를 잘 다룬 연세대학교 요약 문제의 지문 두 개를 읽어 보겠다. 다음 두 글을 주고 논지의 공통점과 차이점을 500자 이내로 요약하라고 했었다. 내용이 어려우니 역시 대화식으로 풀어 보자.

㉮ 공상과학 영화 〈블레이드 러너(Blade Runner)〉에는 기계인간을 찾아 제거하는 임무를 띤 진짜 인간 데키드가 결국에는 자신이 제거하려던 기계 인간 레이첼을 사랑하게 된다는 이야기가 나온다. 이 영화에서 진짜 인간은 기계인간보다 더 차갑고 비인간적으로, 기계인간이 인간보다 더 인간적으로 묘사된다. 그래서 기계적 인간과 기계 사이의 사랑이라는 역설이 실현된다. 여기서 중요한 점은 인간과 기계가 서로 사랑하게 되었다는 사실이다.

인간이 오랫동안 두려워하고 무시해 왔던 기계를 인간처럼 대하게 된 것이다. 물론 이 영화의 무대는 가상의 미래이지만 기계를 대립적인 것으로 보아왔던 지금까지의 인식에 변화를 보여 주었다는 점에서 시사적이다.

이제 기계와 인간을 이원적으로 구분하는 것은 무의미하다. 기계와 인간을 분리해서 보는 한, '인간은 결국 기계의 주인'이라는 맹목적 낙관주의나 '기계가 인간을 지배하리라'는 묵시록적 비관주의를 벗어날 길이 없다. 낙관이냐 비관이냐 하는 입장 선택을 강요하는 것으로는 아무엇도 해결하지 못한다. 하이테크가 우리의 삶을 개선시켜 주리라는 희망과 하이테크로 인해 인간성이 억눌릴 것이라는 강박관념이 서로 물고 물리면서 우리를 들뜨게 하고 불안하게 만든다. 이 양면성이 우리가 직면한 현실이다. 우리의 과제는 이 양면성과 대결하는 것이다.

우리는 우선 착각에 기초한 이론으로부터 벗어나야 한다. '인간성'을 '기계성'과 구분하고 인간성만을 통해 상황을 극복할 수 있다는 비관적 낙관주의는 잘못된 전제에 기초해 있다. 기계가 위험스러운 것은 인간이 위험스러운 것과 마찬가지이며, 기계가 친구인 것은 인간이 친구인 것과 마찬가지이다. 우리에게 필요한 것은 오랫동안 대립해 있던 두 극을 서로 합치는 융합이다. 분리되었던 몸과 마음, 남성과 여성, 사회와 자연, 공과 사, 동양과 서양 등이 곳곳에서 결합하고 있지 않은가. 최근 생물학에서 말하는 생물체와 환경과의 '공진화'도 마찬가지다. 생명체는 진화하기 위해서 거시적 조건인 환경을 새로 만들어 내며, 새로운 환경은 미시적 생명을 창출한다는 것이다. 결국 생명체와 환경을 구분할 필요가 없다는 이야기다. 분리되지 않는 '환경·생명'이 스스로 진화하는 것이다. 융합과 진화를 이러한 사고에 바탕을 두고, 분리되었던 사물들이 결합하면서 한층 높은 차원의 존재로 탄생하고 변화해 가는 과정을 말한다. 결합은 역동적 분신을 불러일으켜, 결합하는 당사자들의 에너지를 끌어 모아 증폭시키면서 새로운 삶과 문명을 향상시켜 나갈 것이다.

이것은 동양과 서양의 관계에서도 드러난다. 서양사상을 추종하면서 동양사상을 열등한 것으로 무시하는 태도나, 동양사상이 앞으로의 문명을 밝혀 줄 등불이라고 생각하면서 서양사상을 거부하는 태도 역시 이분법적 사고에 깊이 물들어 있다. 서양이 오늘날의 풍요를 가져다 준 자신들의 정신문명을 비판하고 문제 삼는 것처럼, 동양 또한 자신이 자랑하는 유학과 불교, 노장사상, 힌두교 등에 대해서도 재검토를 해야 한다.

애초에 이러한 사상들은 인류의 나아갈 길에 대해 깊이 통찰하게 해주고 영혼을 닦을 수 있는 생명력으로 출발했지만, 형식주의와 권위주의, 신비주의에 종속되어 감으로써 폐쇄적 타성에 빠져 그 빛이 바랜 것이다.

중세 유럽이 고대 희랍을 받아들여 르네상스를 일으켰듯이, 오늘날의 서양은 불교를 받들어 제2의 르네상스를 이룰 수 있는 것이다. 동양도 마찬가지로 서양을 업고서야 자유로이 날 수 있다.

❹ 내가 과학과 시에 매력을 느끼는 가장 큰 이유는 그들 사이의 유사성 때문이 아니라, 둘 사이에 존재하는 차이점, 또는 모순성 때문이다. 같은 대상을 분명히 다른 두 가지의 관점에서 보면서, 그들 사이에 증대되는 긴장을 느낄 수 있기에 커다란 매력을 느낀다.

모순에 대한 우리의 태도에는 이상한 점이 있다. 어린 시절부터 우리는 모순을 피하고 일관성이 있어야 한다고 배웠지만, 우리의 경험은 사실 모순 덩어리일 뿐만 아니라, 모순이 없다면 아무것도 존재할 수 없다는 사실을 가르쳐 주고 있다. 이것이 바로 변증법의 핵심이다. 모든 물질의 구성단위인 원자 자체는 양전하와 음전하로 구성되어 있다. 물이나 전기와 같이 흐르는 것은 무엇이나 자연법칙에 따라 양극단 사이를 흘러간다. 우리는 근대 물리학에서 현상을 이해하는 방법은 입자와 파동, 또는 질량과 에너지처럼 상호보완적이면서 모순되는 두 개념을 이용하는 것임을 배워 왔다.

그렇기에 시와 과학적 이해가 우리 존재의 감각과 핵심을 전해 주는 데에 상호보완적이라는 사실과, 물을 함께 결합시킴으로써 마음속에 강력한 섬광이 생길 수 있다는 사실은 어쩌면 당연한 일인지도 모른다.

인접한 두 개의 극 사이, 육체와 정신 사이, 내용과 형식 사이, 입자와 파동 사이, 숫자와 느낌 사이에서 만들어지는 긴장처럼, 중요한 현상은 하나가 시작되고 다른 하나가 끝나는 두 물질의 경계에서 일어난다는 사실을 표면 현상을 연구하는 물리화학자라면 누구나 알고 있다. 빛이 반사되고 굴절되어 한 점으로 보이고, 시신경을 자극하여 형상을 만들어 마침내 우리가 볼 수 있게 되는 시점은 바로 두 개의 서로 다른 매개 물질 사이의 경계면이다.

레오나르도 다빈치가 학생들에게 노아의 홍수를 어떻게 그려야 하는지 가르쳤던 기록이 남아 있다. 그 기록을 보면 그는 우선 학생들에게 산산조각 나버린 배, 바위에 깃눌린 양떼, 우박, 천둥, 회오리바람, 썩어가는 시체 등 무서운 것들을 그려야 한다고 지적하고 있다. 이것을 지적한 다음에 그는 거대한 산이나 큰 건물이 무너지면서 무거운 물체가 넓은 물속으로 떨어지면 많은 양의 물이 공중으로 뛰어오르고, 물이 뛰어오르는 방향은 물체가 떨어진 방향과는 반대 방향이 될 것이라는 점도 함께 언급하고 있다.

즉, 반사각은 입사각과 같다는 설명을 한 것이다. 여기에는 반사에 대한 냉정한 물리학적 법칙과, 죽음과 파괴에 대한 지극히 감정적인 설명 사이의 대립인 것이다. 그것이 바로 명백한 것과 추상적인 것, 일반적인 것과 특별한 것, 재현될 수 있는 것과 재현될 수 없는 것, 질서와 혼돈, 그리고 과학 과시의 대립이다. 이것은 우리의 영혼에 커다란 감동을 주는 매우 강렬한 대립이다. 만약 이러한 이원성이 없다면 우리의 삶은 온통 회색지대일지도 모른다. 그래서 아마도 신은 아담을 두 개의 상반된 극단으로 분리했을 것이다. 신은 아담이 살아서 움직이기를 바랐던 것이다.

가배 선생 첫 번째 글은 어떤 글이니? 또물또가 한번 줄여 보자꾸나.
또물또 네, 먼저 <블레이드 러너>에서의 인간과 기계의 사랑을 통해 인간과 기계의 이원적 구분은 무의미함을 밝히고 있습니다. 이러한 이원성은 인간과 기계 각각의 배타적 우월주의나 지배주의를 낳기 때문이며, 결국 하이테크가 희망과 불안을 동시에 주는 양면성을 주고 있습니다. 이러한 양면성을 극복하기 위해서 먼저 필요한 것은 대립해 있던 것들, 더 정확히는 대립해 있다고 믿어온 것들, 곧 몸/마음, 남성/여성, 사회/자연, 공/사, 동양/서양 등의 융합이 필요하다고 말하고 있습니다. 그래서 그러한 융합 관점의 대표적인 경우로 생명체와 환경의 분리되지 않은 진화, 곧 융합과 진화는 새로운 존재의 탄생을 의미한다는 공진화를 들고 있고 동양과 서양의 융합을 제2의 르네상스로 부르고 있습니다.
가배 선생 그래, 요약 실력이 뛰어나구나. 지금까지 사물들을 이원적으로 대립(분리)되어 있다고 믿고 실제 그렇게 해왔던 것들을 이제는 융합적으로 볼 필요가 있고, 그래야만 새로움이 생성된다는 것이지. 그럼, 다음 글도 요약해 보렴.

또물또 네. 먼저 과학과 시의 매력은 동일한 대상을 모순적 관점에서 보는 긴장관계에서 오는 것이라 하면서 모순성은 사물 존재의 근원이라고 하고 있습니다. 또한 모순성은 입자와 파동처럼 상호보완 요소로도 작동한다고 했습니다. 그래서 두 극 사이, 육체와 정신 사이, 내용과 형식 사이, 입자와 파동 사이에서의 긴장은 바로 각각 두 경계 사이에서 일어난다는 것입니다. 따라서 명백한 것과 추상적인 것, 일반적인 것과

▲ 영화 〈블레이드 러너〉 포스터

특별한 것, 재현될 수 있는 것과 재현될 수 없는 것, 질서와 혼돈, 과학과 시의 대립은 모두 영혼에 감동을 주는 강렬한 대립이라는 것입니다. 덧붙여 이원성 없는 삶은 회색지대라고 할 만큼 이원성 자체 효과에 주목하고 있습니다.

가배 선생 그래, 내가 수정할 필요가 없을 정도로 잘했구나. 그럼 또물또, 두 글의 공통점을 이제 알겠구나. 공통점부터 말해 보렴.

또물또 첫째, 두 글은 모두 사물이나 현상이 지니는 모순되거나 대립적인 이원성을 다루고 있습니다. 둘째는 이원성을 마냥 대립된

것으로만 보지 않고, 상호 모순성과 대립관계를 어떻게 극복할 것인지에 대해 나름대로 의견을 개진하고 있습니다.

가배 선생 그러나 두 글은 이원성에 대한 평가가 다르다. 첫 번째 글은 이원성 자체를 임의적인 것, 즉 극복대상으로 보고 있지만 두 번째 글은 이원성 그 자체는 분명한 차이를 지니며 존재 가치를 지닌다고 했다. 이원성을 극복하는 방안에서도 차이가 있다. 첫 번째 글은 이원성의 대립과 이분법적 사고방식을 지양하고 하나로 융합시켜야 한다고 했다. 그래야 새로운 삶과 문화가 가능하다는 것이야. 두 번째 글은 이원성 자체를 인정하면서 상호보완 성격을 강조하고 모순인 대립과 이원성이 서로 부딪칠 때 오히려 긴장과 생동감이 나온다는 것이야.

두 글이 이원성, 이분법에 대한 서로 다른 관점을 갖고 있지만 나름대로 우리에게 주는 의미가 강렬하다. 그렇다고 배타적인 글이라고는 생각하지 않는다. 첫 번째 글을 통해서는 이분법적으로 인한 피해를 막기 위한 전략을 배울 수 있겠고 두 번째 글에서는 이분법이 우리 인간 사회에서 피할 수 없는 숙명이려니와 이분법 자체가 잘못된 것이 아니고 그것은 오히려 우리의 사물 인식과 조화에 유용한 틀임을 보여 주고 있으니 말이다. 역시 남녀 문제에 이러한 관점을 적용해 보자. 첫 번째 글의 관점으로는 배타적 차별주의를 극복하고 두 번째 글의 관점으로는 남성과 여성의 차이를 더욱 잘 살려 다양한 역할과 그에 따른 조화를 살려 보자는 것, 즉 각각의 개성을 살려 선의의 경쟁자가 되자는 것 아니겠는가.

이제 마무리할 때가 되었다. 이분법 자체가 잘못이라기보다는 그것을 사람들이 어떤 방식으로 이용하고 살아가느냐가 중요하다. 마지막으로 다음 세 글을 읽고 이분법에 대해 다시 한 번 생각해 보자.

우울증에 빠진 세상

우울한 사람의 가족이 제일 급하게 해야 할 임무는 자살 위험도를 평가하고 자살을 막는 것이다. 가족의 힘으로 해결하기 힘들면 정신과 입원을 통해서라도 급한 불을 꺼야 한다. 자살을 결심하고 결행하는 사람들은 아래와 같은 특성들을 지니고 있으므로 주변에서 조심해서 관찰하면 상당 부분 알아낼 수 있다.

첫째, 너무나 당연한 듯이 들리지만 땅이 꺼질 듯한 낙담을 계속 되풀이 하는 사람은 위험하다. 둘째, 다른 사람 눈에는 '국도로 돌아가는' 해결책이 보이는데 생각이 꽉 막혀 '고속도로가 막혔으니 이제는 전혀 해결할 희망이 없다'고 융통성 없게 우기는 사람도 위험하다. 셋째, 자살을 고려하는 사람의 생각은 패배주의에 물들어 있다. 안 되는 방향으로만 고집스럽게 생각하는 것이다. 넷째, 죽겠다고 말하거나 쪽지를 남기는 경우는 그 전에 속았더라도 비상사태로 간주해 빨리 움직여야 한다.

설령 자살 위험성은 없더라도 우리는 우울한 사람들이 자신의 문제를 객관적으로 파악하고 막힌 길이 있으면 돌아가는 길을 찾아내며 그 길을 용기있게 걸어 나가도록 도와주어야 한다. 덮어놓고 휴양한다고 우울증이 좋아지지는 않는다. 한적한 산촌의 분위기는 오히려 우울증을 심하게 하고 자살하기 쉬운 환경과 기회를 제공한다. 우울증에 빠져 자살을 생각하는 사람들이 마치 셰익스피어 극에 나오는 햄릿과 같은 '사느냐 죽느냐'의 이분법 사고에서 벗어나도록 가족, 친구, 사회가 적극적으로 도와야 한다.

-정조원, 『경향신문』, 1997. 11. 1

눈사람 자살사건

그날 눈사람은 텅빈 욕조에 누워 있었다. 뜨거운 물을 틀기 전에 그는 더 살아야 하는지 말아야 하는지 곰곰이 생각해 보았다. 더 살아야 할 이유가 없다는 것이 자살의 이유가 될 수는 없었으며, 죽어야 할 이유가 없다는 것이 사는 이유 또한 될 수 없었다. 죽어야 할 이유도 없었고 더 살아야 할 이유도 없었다.

아무런 이유 없이 텅빈 욕조에 누워 있을 때 뜨거운 물과 찬물 중에서 어떤 물을 틀어야 하는 것일까. 눈사람은 그 결과는 같은 것이라고 생각했다. 뜨거운 물에는 빨리 녹고 찬물에는 좀 천천히 녹겠지만 녹아 사라진다는 점에서는 다를 게 없었다.

나는 따뜻한 물에 녹고 싶다. 오랫동안 너무 춥게만 살지 않았는가. 눈사람은 온수를 틀고 자신의 몸이 점점 녹아 물이 되는 것을 지켜보다 잠이 들었다. 욕조에서는 무럭무럭 김이 피어올랐다.

-최승호 우화, 『황금털 사자』, 해냄, 1997

흑과 백 사이에서

"당신은 아직도 사회주의자인가?"

'아직도' 이렇게 묻는 사람들이 있다.

나는 정직하게 대답한다.

"예!" "아니오!"라고.

사람들은 쉽게 물을지 모르지만, 나는 자본주의와 사회주의의 양극단을 온몸으로 뚫고 나오며 깨우친 나의 진실을 말하고 있는 것이다. 그러나 사람들은 '예스냐, 노냐' 둘 중 하나를 분명히 하기를 요구한다. 이 단순한 흑백논리의 이분법이 우리의 가치관과 무의식 깊숙이 뿌리내린 것은 언제부터일까?

> 어느 민족 누구에게나 결단할 때 있나니. 참과 거짓 싸울 때에
> 는 어느 편에 설 건가?

내가 갓 스물을 넘긴 나이에 처음으로 배운 '운동권 노래'인데 원래는 찬송가였다. 이렇게 양자택일의 선택을 요구하던 시대가 있었다. 1970년대 박정희 유신독재 치하에서 노동조합은 물론이고 현장의 작은 모임조차 불순세력의 책동으로 몰아붙일 때였다. 나는 함께 손잡을 '대학생 친구'를 찾아 경동교회로, 향린교회로 헤매고 다녔다.

당시 힘없고 뜻 있는 자들의 유일한 의지처는 깨어 있는 목자들이

이끄는 교회였다. 험한 그 시절, 우리는 이 노래를 부르며 '본회퍼의 자리'에 서리라는 결단을 다지곤 했다.

"미친 운전수가 버스를 몰고 달린다면 마땅히 그를 끌어내리는 게 사랑의 길이다."라고 했던 본회퍼 목사. 그는 히틀러 암살에 가담했다가 나치의 감옥에서 죽어 갔다. 바리케이드의 맨 앞자리에서 불의에 대항해 싸웠던 그와 마찬가지로 우리에게도 다른 선택의 여지가 없었다. 독재와 민주 사이, 자본과 노동 사이, 우와 좌 사이엔 날카로운 전선이 선명했다. 그 중간에서 타협하고 얼쩡대는 자는 회색분자요, 기회주의자로 낙인찍혔다. 야당 정치인조차 정권과 타협하는 자는 '사쿠라'라고 지탄을 받았다.

모든 비판세력을 '빨갱이'로 몰아붙이던 군사독재 아래서 우리는 너무나 당연하고 작은 권리 하나를 얻기 위해서도 말 그대로 '목숨 거는' 순교자의 각오를 해야만 했다. 20세기 냉전시대의 최전선인 한반도에 태어난 우리의 운명, 그리고 나의 팔자는 늘 고통스런 선택과 결단의 순간 앞에 세워지곤 했다.

나는 여섯 살에 아버지를 여의었다. 내 아버지는 일제에서 해방되자마자 닥쳐온 민족분단과 좌우대립의 소용돌이 속에서 사회주의 활동을 하다가 여순사건에 연루되었던 분이라고 한다. 어머님도 친척 어른들도 입을 굳게 다물어 당시 아버지가 구체적으로 어떤 일을 했는지 나는 알지 못한다. 다만 아버지는 시대의 상처를 어쩌지 못하고 소리꾼으로 떠돌다가 암으로 쓰러지셨다고 들었다. 아버지는 임종하기 직전 아무 말없이 어린 내 머리를 쓰다듬던, 슬픔에 찬 몸짓으로 내 기억

속에 남았다.

아버지가 돌아가신 후 장터에서 만난 이웃 마을 어른들은 내 손에 달걀이나 사탕을 쥐여 주며 젖은 눈시울로 혼잣말을 하시곤 했다.

"정묵이(필자의 부친 이름)는 참말로 아까운 사람이제. 판소리도 잘하고, 마라톤도 잘하고, 말도 잘하는 멋쟁이였제."

그러나 철이 들면서 나는 '빨갱이 자식'으로 태어난 업보가 얼마나 무서운지를 실감해야 했다.

학교에서 조회 때건 수업시간이건 "무찌르자 공산당"을 반복해서 가르쳤고 사회주의는 모든 악과 공포의 상징이었다. 연좌제의 서슬이 퍼렇던 그 시절, 나는 죽은 아버지가 원망스러워 아버지 무덤 근처에 조차 얼씬하지 않았다. 대신 어린이 반공 연사로 웅변대회를 누비며 마이크를 잡고 "나는 공산당이 싫어요."라고 외치고 다녔다.

그러다가 중학교를 마치고 상경한 후, 낮에는 일하고 야간에는 고등학교를 다니면서 극우 반공주의에 가려진 현실의 모순을 조금씩 알게 됐다. 그리고 차츰 아버지의 시대와 좌익으로 기울었던 그분의 인간적 고뇌를 이해하게 됐다. 고등학교 3학년 때인 늦은 가을날, 나는 전라선 열차를 타고 불쑥 고향을 찾았다. 저녁노을이 질 무렵 아버지의 무덤 앞에서 절을 올렸다. 뗏장이 군데군데 무너진 초라한 무덤 속에 외롭게 누워 계신 아버지. 나는 소주 한잔을 부어 놓고 담배에 불을 붙여 무덤 앞에 놓아드렸다. 담배 한 대가 다 타면 또 한 대를 붙여드리면서 처음으로 아버지와 오래도록 이야기를 나누었다.

'아버지, 외로우셨지요? 제가 당신의 아들로 이 자리에 다시 오기까지 얼마나 힘들었는지 이해하시지요? 저는 아직 당신의 사상에 동의하지 못합니다. 그러나 저는 이제 아버지를 이해하고 사랑할 수 있게 됐습니다. 당신의 부끄럽지 않은 아들로서 저의 길을 가겠습니다.'

서늘한 가을바람 속에 어두워진 산길을 내려와 그날로 밤차를 타고 서울로 돌아왔다. 그 후 나는 노동자로서 기나긴 저항과 투쟁의 세월을 살았다. "노동자도 인간이다.", "인간답게 살고 싶다."는 우리의 부르짖음은 자꾸만 체제의 바깥으로 밀려났다. 최소한의 민주적 권리마저 짓밟아버리는 군사독재 하에서 노동해방을 꿈꾸던 우리는 민중항쟁의 길 말고는 다른 대안을 찾을 수 없었다. 그래서 나는 그 길을 가장 분명하게 과학으로 밝혀 준 사상, 내가 그토록 부정하고 거부해 온 아버지의 사상, 사회주의의 깃발을 들고 나서게 되었던 것이다.

결국 나는 체포됐다. 그리고 안기부 지하밀실의 고문장에서 나는 좌우의 이념보다 더 무서운 또 하나의 숨은 흑백논리 앞에 직면했다.

"「노동의 새벽」은 누가 써 준 거냐? 대학도 못 나온 사람이 어떻게 그런 시를 쓰고 어려운 이론 글들을 쓸 수 있느냐?" 하고 수사관들은 집요하게 나를 추궁했다. 그러던 어느 날, 고문수사를 지휘하는 총책임자인 듯한 사내가 불쑥 나타나 피투성이로 신음하고 있는 나에게 이런 말을 던졌다.

"당신이 어떻게 조직의 지도자냐? 무식한 노동자가 일류대 출신들을 하부에 거느린다는 게 말이 되는가? 솔직히 자존심 상한다. 사람은 출신 성분을 못 속이는 법이다. 비록 적이라도 카이사르와는 상대할 수 있지만 스파르타쿠스는 살려둘 수 없다. 박노해라는 이름을 영원해

매장시키겠다.”

나는 그 적의에 찬 표정과 음성을 지금도 생생히 기억한다. 계급사상이 골수에 박힌 자들, 엘리트주의가 핏속에 밴 자들, 나는 그들의 무서운 이분법에 몸서리친다. 보수니, 진보니 하는 것은 고상한 영역이고, 본질적인 것은 사람이 사람을 낡은 잣대로 차별하는 실제 현실이 아닌가. 학벌과 성별과 연줄을 갈라내는 숨은 구별짓기의 칼날 앞에 날개 꺾인 숱한 민초들의 설움이 내 안에 사무친다.

아, 그러나 어찌 그들만의 잘못이겠는가. 어려서부터 인간적인 욕구를 억제당한 채 오로지 일류대학과 출세가도로 내몰리고 있는 우리 삶의 서글픈 자화상이 아니겠는가.

하지만 세상은 변화한다. 어느 대학을 나오고 어떤 교육을 받았는가를 중시하는 ‘교육주의’에서 스스로 얼마나 창조적으로 실력을 쌓았는지를 평가하는 ‘학습주의’로 바뀌고 있지 않은가. 사회주의냐 자본주의냐의 선택을 강요하던 양극의 사고에서 벗어나 다양한 패러다임이 모색되고 있지 않은가. 세상은 이미 단순계에서 복잡계로, 흑백논리의 이분주의에서 다차원의 거미줄망으로 전환하고 있지 않은가.

사회주의 체제는 무너졌고, 나도 무너졌다. 나는 그 참혹한 무너짐 속에서 내 사상과 운동과 사람을 다시 성찰하고 새로운 길을 찾아 일어서야 했다. 절대 폭압의 시절에 주어진 ‘이데올로기의 갑옷’을 빌려 입고, 눈보라치는 겨울날 품 안에 든 씨알뿌리를 살리고자 등을 꽝꽝 얼려야 했던 우리들. 이제 봄을 맞이하기 위해 언 몸을 녹여 연둣빛 새싹을 틔워내는 해토(解土)처럼 사회주의 이념을 벗어 내리고 보니 모든

게 새로웠다. 비로소 우리가 사회주의라 부르는 것 속에는 세 차원이 있다는 것을 깨닫게 됐다.

첫째는 체제로서의 사회주의다. 이미 붕괴한 옛 소련, 동독, 루마니아, 그리고 북한과 같이 닫아걸고 겨우 생존하고 있는 현실 사회주의 국가 모델이다. 나는 이러한 체제로서의 사회주의는 반대한다.

둘째는 이념으로서의 사회주의다. 사회주의 이념은 자본주의 상품경제 체제가 안고 있는 근본 모순을 분석하는 데서 출발한다. 그리하여 노동하는 사람을 높이는 휴머니즘과 평등가치가 실현되는 대안체제를 지향하는 것이다.

그러나 그 방법론은 생산수단의 국유화와 계획경제, 프롤레타리아 독재, 집단주의, 민중항쟁 노선으로 귀결됨으로써 위험한 독소를 내장하고 있다. 따라서 생존 단계의 닫힌 사회에서나, 우리와 같은 분단 상황에서는 사회주의 이념이 힘을 갖는 순간 절대주의, 유일주의로 흐를 수밖에 없음에 주목해야 한다. 하지만 사회주의는 자본주의의 무한질주에 제동을 거는 정치인만큼 '사상의 자유'로 보장되어야 한다고 생각한다.

셋째는 가치로서의 사회주의다. 사회주의 사상과 사회주의 운동의 역사 속에는 인류의 소중한 가치로 계승해야 할 요소가 있다. 그것은 노동가치의 중시, 평등과 공동선에 대한 지향, 돈보다 사람을 우선하고 사회적 약자를 옹호하는 것 등이다. 이러한 사회주의적 가치를 시장경제와 민주주의의 바탕에 접목시켜 온 것이 서유럽의 '열린 사회주의'이다.

우리나라에서는 지금까지 전쟁과 남북분단, 그리고 군사독재 때문에 사회주의적 가치가 통째로 부정되어 왔다. 그러나 이제는 과거와 같은 이념적 획일성과 지적 단순성을 갖고는 세계를 향해 더 이상 나아갈 수가 없다. 나는 가치로서의 사회주의는 우리 현실에 더 많이 도입돼야 한다고 생각한다.

그렇다면 나는 여전히 사회주의자인가?

사회주의적 가치를 변함없이 간직하고 있다는 점에서 나는 아직 사회주의자다. 하지만 새롭고 다양한 사상을 향해 열려 있는 내 존재를 어떤 이념의 틀에 묶을 수 없기 때문에 나는 더 이상 사회주의자가 아니다. 그래서 나는 지금 "예." "아니오!"라고 대답하는 것이다.

아직 우리는 흑백논리의 현실 속에 살고 있다. 그러나 21세기는 서로 다른 이념과 문명과 인종이 더불어 사는 공존의 시대이다. 그러므로 미래의 지평에서는 생동하는 무지갯빛으로 "차이 만세"를 노래하게 되기를 바란다.

눈이 녹으면 물이 된다지만
눈이 녹으면 봄이 온다네
흑과 백 사이는 회색이라지만
흑과 백 사이엔 오색찬연한 생명빛
물과 불은 허공에서 서로를 죽이지만
물과 불은 땅 위에서 푸른 대지를 이루네
미래의 자리는 극과 극 사이
긴장된 떨림의 무게 중심!

–박노해, 「오늘은 다르게」, 해냄, 1999

5장 고전을 통해 생각해 보는 열린 관점, 치열한 나의 생각

하나. 개와 이에 대한 고뇌

이규보(李圭報, 1168~1241) 시문집인『동국이상국집(東國李相國集)』에 실려 있는「슬견설(虱犬說)」은 옛날 고등학교, 중학교 교과서에 실려 더욱 널리 알려진 작품이다. 지금도 일부 검인정 교과서에 실려 있기도 하다.

슬견설

어떤 손(客)이 나에게 이런 말을 했다.

"어제 저녁엔 아주 처참한 광경을 보았습니다. 어떤 불량한 사람이 큰 몽둥이로 돌아다니는 개를 쳐서 죽이는데, 보기에도 너무 참혹하여 실로 마음이 아파서 견딜 수가 없었습니다. 그래서 이제부터는 맹세코 개나 돼지의 고기를 먹지 않기로 했습니다."

이 말을 듣고 나는 이렇게 대답했다.

"어떤 사람이 불이 이글이글하는 화로를 끼고 앉아서, 이를 잡아서 그 불 속에 넣어 태워 죽이는 것을 보고, 나는 마음이 아파서 다시는 이를 잡지 않기로 맹세했습니다."

손이 실망하는 듯한 표정으로 대들었다.

"이는 미물이 아닙니까? 나는 덩그렇게 크고 육중한 짐승이 죽는 것을 보고 불쌍히 여겨서 한 말인데, 당신은 구태여 이를 예로 들어서 대꾸하니, 이는 필연코 나를 놀리는 것이 아닙니까?"

나는 좀 구체적으로 설명할 필요를 느꼈다.

"무릇 피(血)와 기운(氣)이 있는 것은 사람으로부터 소, 말, 돼지, 양, 벌레, 개미에 이르기까지 모두가 한결같이 살기를 원하고 죽기를 싫어하는 것입니다. 어찌 큰 놈만 죽기를 싫어하고, 작은 놈만 죽기를 좋아하겠습니까? 그런즉, 개와 이의 죽음은 같은 것입니다. 그래서 예를 들어서 큰 놈과 작은 놈을 적절히 대조한 것이지, 당신을 놀리기 위해서 한 말은 아닙니다. 당신이 내 말을 믿지 못하겠으면 당신의 열 손가락을 깨물어 보십시오. 엄지손가락만이 아프고 그 나머지는 아프지 않습니까? 한 몸에 붙어 있는 큰 지절(支節)과 작은 부분이 골고루 피와 고기가 있으니, 그 아픔은 같은 것이 아니겠습니까? 하물며, 각기 기운과 숨을 받은 자로서 어찌 저놈은 죽음을 싫어하고 이놈은 좋아할 터이 있겠습니까? 당신은 물러가서 눈감고 고요히 생각해 보십시오. 그리하여 달팽이의 뿔을 쇠뿔과 같이 보고, 메추리를 대붕(大鵬)과 동일시하도록 해 보십시오. 연후에 나는 당신과 함께 도(道)를 이야기하겠습니다."

−이규보

이 이야기는 제목 그대로 흔한 '이와 개에 관한 이야기'이면서도 우리에게 많은 생각거리(논점)를 던져 주니 그야말로 의미 있는 고전 작품이다. 진정한 고전은 다양한 관점으로 읽어 낼 수 있으면서 삶의 바람직한 가치를 구성해 주는 작품이어야 한다. 바로 「슬견설」이 그런 작품인데 일부에서는 일정한 관점을 유도하거나 작품을 고정된 도식으로써 전달하고 있다. 이 장에서는 바로 그런 점을 비판하고 「슬견설」 읽기의 다양한 관점을 풀어 보기로 한다. 작품이 지향하는 관점이 있다 하더라도 그 관점을 채근한다면 그것은 고전 읽기의 바른 자세가 아니다.

글쓴이도 1960년대 후반부와 1970년대 초, 초등학교와 중학교에 다니면서 내복의 이(사람의 몸에 기생하면서 피를 빨아 먹는다)를 잡아 화롯불에 태운 경험이 있다. 형과 누나와 함께 누가 더 많이 잡나 시합한 경험도 있다. 우리를 무던히도 괴롭히던 이가 800년 전 고려시대에도 그러했다고 생각하니 괜스레 쓴웃음이 나온다. 이를 우리 일상생활에서 완전히 몰아낸 것은 1970년대 후반이었다. 박정희 대통령 시절 DDT라는 약을 통해 대대적인 이 소탕(?) 작전을 편 새마을운동 덕분이었다. 물론 2000년대에서도 머리에 이가 다시 생기기는 했지만 그 세력은 미미하여 지금 신세대들은 이 자체를 잘 모를 것이다. 그렇다면 바퀴벌레로 바꿔 생각해 보는 전략도 좋다.

둘. 슬견설을 바라보는 다양한 관점의 세계

관점은 삶의 사유와 실천을 구성해 주거나 규정해 주는 가치관이며 세계관이다. 관점은 고정적이지 않으며 역동적이다. 관점은 주어지는 것이 아니라 설정되고 구성된다. 고정된 관점을 강요하는 전략 속에서는 고전은 없다. 작품의 다양한 관점을 분석하기 위해 기본 줄거리를 추려 보자. 작품은 손님의 견해와 '나'의 견해의 대립으로 되어 있으면서 '나'가 손님을 타이르는 구도로 되어 있다. 곧 손님의 견해는 개와 같은 육중한 동물이 죽는 것은 불쌍하지만 이와 같은 작은 동물이 죽는 것은 불쌍하지 않다는 것이고, '나'는 개나 이나 다 죽는 것은 불쌍하다는 견해이다. 그래서 '나'가 "당신(손님)은 물러가서 눈 감고 고요히 생각해 보십시오. 그리하여 달팽이의 뿔을 쇠뿔과 같이 보고, 메추리를 대붕과 동일시 하도록 해 보십시오. 연후에 나는 당신과 함께 도를 이야기하겠습니다."라고 말하면서 끝내고 있다. 이런 관점은 다음과 같이 상대주의 관점과 절대주의 관점의 대립으로 볼 수 있다.

손님 개와 이의 생명 가치는 다르다.
  →모든 동물의 생명 가치는 동일하지 않다.
  ⇒ 상대주의
나 개와 이의 생명 가치는 같다.
  →모든 동물의 생명 가치는 같다.
  ⇒ 절대주의

관점은 어떤 관점이냐가 중요하므로 관점을 구성해 주는 맥락이 중요하다. 손님의 상대주의 관점은 나름대로 일리가 있다. 주어진 글에서는 개와 이를 차별하는 기준이 크기만 나와 있지만 우리의 구체적인 생활에서 보면 개와 이를 차별하는 것은 당연한지도 모른다. 개는 인간에게 많은 이로움을 주지만 이는 이로움을 주지 않기 때문이다. 당연히 개와 이가 똑같이 처참하게 죽는 것을 본다 하더라도 그 느낌이 같을 수는 없는 것이다. 설령 인간에게 이로움을 주고 주지 않고의 문제를 떠나, 단지 크기만을 가지고 생각하더라도 상대적 크기가 상대적 느낌의 차이를 불러일으킬 수 있는 것은 얼마든지 있을 수 있다. 이런 측면에서 보면 손님의 관점은 다분히 현실주의 관점이고 실용적 관점이다.

　　이에 반해 '나'는 구체적 인식의 상대적 차이는 접어두고 죽음이라는 동일한 상황 속에서 그 가치를 같은 것으로 보고 있다. 인식의 상대성을 극도로 추상화시켜 최종 가치를 절대화시키고 있는 것이다. 이는 일반 사람들의 행태로 보면 이상적, 추상적 관점이라 볼 수 있다. 또한 모든 생물의 가치를 동일하게 보고 있는 불교적 관점이라 볼 수

▲ 이와 개　　　　　　　　　　▲ 이규보의 『동국이상국집』에 실린 「슬견설」 원문

도 있다. 이렇게 보면 손님이나 나나 나름대로 설득력 있는 관점을 구성하고 있다. 당연히 손님의 입장에서 나를 비판할 수 있으며 나의 입장에서 손님을 비판할 수 있다. 이런 맥락을 무시하고 나의 입장을 무조건 옳다고 하는 것은 옳지 않다. 물론 작품이 나의 관점에서 쓰여 있다 할지라도 관점이 설정되는 맥락을 설명할 수 있어야 한다.

이러한 대립을 보면 손님은 겉모습(생김새)을 판단의 주된 기준으로 했다고 볼 수 있고 '나'는 내용의 본질(생명)을 더 중요하게 여겼다고 볼 수 있다. 그런데 위 논쟁은 공평한 구도로 되어 있지 않다. '나'의 입장에서 기술되어 있기 때문이다. 아마도 '나'는 저자(이규보)의 생각으로 설정된다. 이런 '나'의 입장에서 보면 손님의 견해는 외모에 의한 선입견 또는 편견으로 설정된다. 물론 손님의 입장에서는 '나'의 견해가 선입견일 수 있다.

손님을 현실주의로, '나'를 이상주의로 분석할 수도 있다. '나'의 논리가 일리가 있다 하더라도 실제로 보통사람들은 이의 가치를 개와 같게 설정하지 않기 때문이다. 이런 현실주의로 보면 주어진 텍스트는 현실주의를 무척 낮게 보고 있다. '나'와 같은 생각만이 도에 이르는 길로 논박하고 있기 때문이다. 이 밖의 다른 관점과 함께 다양한 관점이나 의미 해석의 차이를 도표로 나타내 보면 다음과 같다.

구분	중립적 비교			나 위주 비교			손님 위주 비교		
손님	상대주의	현실주의	미시적 (부분)	선입견(편견)	생명경시	차별	실용적	친근감	가치 (의미)
나	절대주의	이상주의	거시적 (전체)	진리	생명존중	평등	비실용적	비친근감	무가치 (무의미)

표에서 중립적 비교라 하는 것도 상대주의보다 절대주의를 더 우월한 가치로 본다면 그것도 '나' 위주의 비교라 할 수 있다. 그런데 글쓴이가 「슬견설」 분석에서 더 적극적으로 문제 설정하고자 하는 것은 다른 데에 있다. 이러한 상대주의와 절대주의는 꼭 대립된 관점이 아니라는 점이다. 「슬견설」의 논점을 어떻게 해석하고 우리의 삶에 적용하는 과정에서 학교 선생님들이나 학생들은 두 논점을 너무 이분법적으로 바라보고 있다. 곧 절대주의 아니면 상대주의, 나는 이쪽이다 저쪽이다 하는 식의 경직된 사고를 보여 주고 있기 때문이다. 그러나 절대주의와 상대주의를 나누는 것 자체가 상대적일 뿐만 아니라 두 관점이 그렇게 배타적으로만 설정되는 것은 아니다. 이를테면 농촌공동체 속에서 우리는 개나 돼지의 가치를 이나 개미보다 더 높게 설정할 수밖에 없다. 그것은 당연하다. 개는 꼬리치고 돼지는 방긋방긋 웃으면서 맛있는 먹거리를 제공해 주지 않는가. 그러니 어찌 이 또는 개미와 같게 볼 수 있겠는가. 그러나 생명의 가치 측면에서는 동일시 할 수 있다. 어렸을 때 나(김슬옹)는 개미를 죽이는 친구들과 싸움까지 했을 정도이다. 이렇게 어떤 관점에서 바라보느냐에 따라 차별할 수도 있고 동일시할 수도 있다.

한 가지 더, 사람 관계로 옮겨와 보자. 만돌이와 천돌이는 순돌이의 같은 반 친구다. 순돌이를 기준으로 생각해 보면 천돌이와 만돌이는 똑같은 가치를 가지지 않는다. 만돌이와 훨씬 친하기 때문이다. 그래서 영화를 보러 갈 때는 만돌이와 주로 간다. 그러나 만돌이와 천돌이가 똑같이 아파서 병원에 있을 때는 두 친구 모두에게 병

문안을 가게 된다. 아프다는 상황에서는 동일한 가치를 부여하는 것이다. 그러므로 누가 맞고 틀리다는 식으로 또 주어진 글에서처럼 '나' 입장에서 손님의 어리석음을 탓하는 식으로 할 수 없는 것이다.

또한 '도'라는 이름으로 '나'의 견해에 권위를 부여한다면 인식의 구체성까지 소멸시킬 수 있다. 곧 개가 매에 맞아 죽는 것은 분명 나쁜 것이고 불쌍한 것이다. 아직도 우리 사회에서는 개를 잔인하게 때려 죽여야 맛이 있다고 생각하는 사람들이 꽤 있는 듯하다. 그렇게 죽일 경우 많은 시간을 끌게 되고 아주 고통스런 죽음을 개에게 줌으로써 무척 잔인한 짓이 된다. 이를 화롯불에 태워 죽이는 것도 잔인하게 볼 수도 있지만 일시적인 고통을 주므로 개를 패서 죽이는 것과 동일한 느낌을 줄 수는 없다. 물론 '나'의 입장은 존중할 수 있고 그럴 만한 가치가 있는 것이지만 현실적으로는 손님의 입장도 있을 수 있고 또 그럴 만한 가치가 있다는 것이다.

따라서 '손님' 입장과 '나' 입장을 배타적으로 설정할 필요는 없다. 두 입장을 결합한 입장도 있을 수 있고 중도적 입장도 있을 수 있기 때문이다. 중요한 것은 어느 입장이냐가 아니라 얼마나 설득력 있게 자기 입장을 설득하느냐이다. 다음 학생의 글은 이런 측면에서 돋보인다.

예문은 「슬견설」이라는 짧은 글로서, 이 글에서는 삶의 가치는 생명체마다 같으냐, 다르냐는 문제에 대한 필자의 견해를 밝히고 있다. '손님'은 크기에 따라서 동정심이 다르게 간다라고, 자신의 의견을 말하고 있고, 이에 '나'는 (크기에는 상관없이 동정심은 모든 생명에 동일하게 간다는) 자신의 의견을 논리적으로 따져서 자신이 생각하는 손님의 오류를 반박하고 있다. 그러나 글에서와 같은 '생명은 모든 개체가 동등한 가치를 가지고 있다.'는 생각은 순전히 이 글의 작가 의견이므로 '이것이 정의이다.'하고 쉽게 말할 수는 없다.

위에서 밝힌 바와 같이, 「슬견설」에서 '나'는 '모든 생명은 동등한 가치를 가지고 있다.'고 말했고, 이것은 깊이 생각할 때 알 수 있는 문제인 양 결론을 내리고 있다. 그러나 TV 등에서 밀렵꾼들이 노루, 멧돼지 등의 야생 동물들을 잡는 장면을 보여 줄 때와 걸어가던 사람이 무심코 개미를 밟아 죽일 때 우리는 어떤 자세를 취하게 될까? 대다수의 사람들은 전자에는 분노를, 후자에는 큰 관심을 보이지 않고 지나칠 것이다. 또한, 전쟁이 일어나면 그때 우리는 사람이 죽은 것에 관심을 갖지, 전쟁 기간 중에 죽은 동물에 관심을 기울이지는 않는다. 이렇듯, '나'가 말한 것과는 다르게 사람들은 생명에 가치를 따질 때 일반적으로 사람을 최우선에 그리고 크기 상, 혹은 그 개체의 숫자에 비중을 두며 가치를 매긴다.

사람들은 저마다 가슴속에 '측은지심'이라는 것이 존재한다. 앞에서 언급한 것처럼, '측은지심'이란 것은 차등하게 나타나며, 이는 대다수 사람에게 나타나는 특징을 지니는 것으로 볼 때 당연한 것이다. 그런데 우리 사회에서의 일부 사람들은 보신이라는 명분하에 여러 동물들을 무참히 죽이고 있다. 아무리 사람이 최우선의 가치를 지닌다고 해도 자신의 몸을 위해 이런 행태를 저지르는 것은 문제가 될 수밖에 없다. 왜냐하면 왕이 백성을 편하게 하는 역할을 맡고 있었던 것처럼,

우리는 생태계를 보호하고 보존해야 하는 역할을 맡고 있기 때문이다. 그러므로 우리는 생명의 가치를 생각할 때, 무턱대고 생명은 차등한 것이라고 생각하면 안 된다. 모든 생명은 보존되어야 할 가치가 있고 생태계의 최고점에 위치하고 있는 우리는 이를 보존해야 하는 임무를 맡고 있기 때문이다.

지금까지 생명의 가치가 왜 차등한가에 대해 알아보았고, 또한 무분별하게 이를 수용하면 안 되는 이유와 「슬견설」에서 '나'의 견해도 어느 정도 필요하다는 이유도 알아보았다. 생명은 차등한 가치를 가지고 있지만, 모든 생명은 죽기를 싫어한다는 것과 보존할 가치가 있다는 것을 항상 생각하고, 우리의 역할에 이를 염두에 둔다면 사회의 일각에서 벌어지고 있는 생명경시풍조는 사라질 것이다.

－허범한

상대주의, 절대주의 모두 나름대로 필요한 맥락을 분석하면서 마지막 문단에서 '역할'을 강조하고 있다.

어떤 손님과 화자는 생명의 가치기준을 다르게 보고 있다. 손님은 커다란 짐승의 생명을 작은 벌레의 생명보다 중요하게 여겼다. 반대로 화자는 그 둘의 가치를 동일하게 생각했다. 왜 이런 상반된 견해가 발생하는 것일까?

손님의 입장으로는 아픔을 표현할 줄 아는 큰 짐승들의 생명이 보다 더 가치가 있다고 했다. 물론 큰 생명체는 사람 눈에 보이기에 감정을 더 느끼는 것 같아 보인다. 게다가 움직임이 작은 미물보다 크고 활동범위가 넓어 더욱 생명체 같다. 손님은 이러한 점 때문에 큰 짐승의 죽음을 더 슬퍼했을 것이다. 반면에 화자는 피와 기운이 있다면 그것을 모두 생명체로 간주했다. 그리고 작든, 크든 물리적 기준과 관계없이 생명은 모두 동일하다고 정의했다. 생명의 가치에서 우위는 존재하지 않는다고 본 셈이다.

이 둘의 관점이 다 타당한 이유가 있고 또 장단점이 존재한다. 먼저 손님의 관점은 작은 것으로 인해 일일이 신경 쓸 필요가 없다는 것이다. 이와 개미의 죽음 때문에 매순간 신경을 쓸 이유가 없다는 이야기이다. 그러나 잘못하면 생명경시풍조의 성향을 갖게 될 것이다. 반대로 화자의 관점은 모든 생명체에 대한 마음이 한결같다. 하지만 세세한 것까지 신경을 써야 하는 번거로움이 존재할 수도 있다.

살다 보면 생명에 대한 가치관에 미묘한 갈등이 생긴다. 낙태수술이나 전쟁같이 큰일 이외에도 도처에 생명을 짓밟는 행동이 자행되고 있다. 길을 걷는 동안 우리는 수십 마리의 곤충을 죽일 것이고 하루에도 다량의 알을 먹을 것이다. 고기는 물론이고 다양한 생명들을 죽음으로 몰아간다. 물론 항상 이것은 가치가 있으니 먹지 말아야 하고 이것은 가치가 없으니 먹어도 된다고 생각하지는 않는다. 그저 어느 순간 저도 모르게 생명을 동등하게 여기지 못함을 알게 되는 것이다.

작고 보잘것없는 미물까지 신경 쓰고 존중해야 하는 사실이다. 작은 이에게도 생명이 있고 개미에게도 생명은 있다. 그러나 우리는 매일 그 사실을 인식하며 살 수는 없다. 물론 생명에 대한 편협한 생각은 지양해야 한다. 당연히 모든 미물에 대해서도 같은 경의를 느껴야 하는 것이다. 하지만, 이것은 이상일 수밖에 없다. 어떻게 미세한 것까지 인식할 수 있겠는가? 작고 힘없는 벌레들을 사람의 생명과 같이 보아 해를 당하면서도 내버려둠은 결코 바람직한 일은 아니다. 또한 발에 밟혀 죽은 개미마다 슬퍼하며 몸져 앓아눕는다면 이것 역시 자연을 거스르는 일이 될 것이다. 우리가 살면서 발생하는 생명의 가치 갈등은 수없이 존재한다. 하지만 그 갈등이 「슬견설」에서 주장한 대로 실현되지 않더라도 슬퍼할 필요는 없다.

생명은 소중한 것이다. 그리고 모두에게 동일하며 똑같이 존중받아야 한다. 그러나 자연은 이런 이상적인 형태를 원하지 않는다고 생각한다. 오히려 생명의 가치를 따지기보다 그냥 자연스럽게 사는 것이 최선의 선택이 아닐까 생각해 본다.

－이주리

이 학생은 처음에는 양쪽 견해를 균형 있게 소개한 뒤 손님 쪽 견해를 강력하게 지지하고 나섰다.

그러므로 누가 맞고 틀리다는 식으로, 또 주어진 글에서처럼 '나'의 입장에서 손님의 어리석음을 탓하는 식으로 할 수 없는 것이다. 또한 '도'라는 이름으로 '나'의 견해에 권위를 부여한다면 인식의 구체성까지 소멸시킬 수 있다. 곧 개가 매에 맞아 죽는 것은 분명 나쁜 것이고 불쌍한 것이다. 아직도 우리 사회에서는 개를 잔인하게 때려 죽여야 맛이 있다고 생각하는 사람들이 꽤 있는 듯하다. 그렇게 죽일 경우 개는 천천히, 고통스럽게 죽어 가므로 무척 잔인한 짓이 된다. 그러나 이를 화롯불에 태워 죽이는 것도 잔인하게 볼 수도 있지만 일시적인 고통을 주므로 개를 패서 죽이는 것과 동일한 느낌을 줄 수는 없다. 물론 '나'의 입장은 존중할 수 있고 그럴 만한 가치가 있는 것이지만, 현실적으로는 손님의 입장도 있을 수 있고 또 그럴 만한 가치가 있다는 것이다. 어느 입장이 더 중요하다는 것을 얘기하는 것은 아니다. 우리가 어떤 맥락에서 어떤 관점으로 사유하고 실천하느냐는 늘 고민해야 할 문제이기 때문이다.

나와 객은 개의 생명이 소중하다는 데에는 의견을 같이하지만 이의 생명 가치에 대해서는 의견 차이를 보이고 있다. 결국 그들은 생명의 가치를 평가하는 기준을 달리 하는 것이다. 나의 경우는 미물이더라도 그 생명은 절대적인 것이지만 객의 경우는 생명의 경중을 상대적으로 평가한다. 이와 같이 절대적 · 상대적 가치관에서 발생하는 의견 차이는 비단 생명의 가치문제에서만 생기지 않는다. 결국 나와 객의 이러한 사소한 가치관 차이는 두 사람의 삶의 양식을 다르게 전개시킬 것이다. 그런데 과연 이 두 가치관 중 한 가지를 골라 옳다, 그르다 말할 수 있는 문제일까?

우리는 한평생을 사는 동안 여러 가지 문제를 결정하고 판단하는 경우를 경험하게 된다. 그 문제들도 한두 종류의 것이 아닐 것이다. 하지만 나처럼 절대적 관점에서 삶을 바라보는 사람이라고 해서 이렇게 다양한 문제들을 오로지 절대주의적인 가치관만을 가지고 판단하지는 못할 것이다. 가령 고기가 필요해서 한 동물을 선택해 죽이게 되었다고 하자. 아마 이 경우에는 나도 별수 없이 쥐를 잡아 고기를 만드느니 돼지나 소를 잡을 것이다. 객의 경우도 마찬가지일 것이다. 전쟁 중에 친구와 한 모르는 사람이 다쳤다면 그는 힘닿는 데까지 두 사람 모두를 구하려 할 것이다. 친구라고 해서 생명이 더 귀하다고 생각하지는 않을 테니까 말이다.

이처럼 삶의 방식을 어느 한쪽으로 결정해 버리고 살 수는 없다. 현실적으로 이익을 따져서 상대적으로 판단할 수 있는 생명의 가치도 경우에 따라 절대적인 관점에서 볼 수 있다. 생명의 문제만이 아니라 삶의 문제 전반이 그렇다. 물론 사람마다 주된 가치관이 있을 수 있고 그에 따라 삶의 경향 자체가 다를 수도 있다. 일반적으로 절대적인 가치관을 지닌 사람이라면 대개의 경우 상대적 가치관을 가진 사람보다 더 원리적이고 법칙적인 삶을 살 수도 있을 것이기 때문이다.

결국 우리는 우리의 주된 관점을 설정해 볼 수 있지만 맞닥뜨리는 문제의 성질에 따라 현명한 판단을 내리게 될 것이다. 맹목적으로 한 가지 신념만을 갖고 살아간다면 급변하는 사회에 적응하기도 힘들 것이다. 따라서 우리의 몫은 경우에 맞는 가장 적절한 결정을 내리는 것이다. 사람들마다 자신이 처한 상황이 다를 것이므로 최종적인 판단 결과도 다양할 것이다. 그리고 현실적으로도 우리 주변에서 어떤 문제에 두 종류 관점만이 개입되는 경우가 없음을 잘 알고 있다. 이것은 실제로도 사람들이 자신의 상황에 따라 다양한 결정을 한다는 증거가 되기도 한다.

−이상한

셋, 치열하면서도 열려 있는 관점을 위하여

우리 사회에서 고전은 작품의 범주가 아니라 삶의 가치 기준으로 작동된다. 고전 읽기가 관점 설정 읽기로 되어야 하는 것은 그 때문이다. 그래서 「슬견설」 분석을 관점 분석 위주로 해 보았다. 달팽이 뿔과 쇠뿔은 같을 수도 있고 다를 수도 있다.

그런데 '손님'의 가치 기준은 크기에 따라 생명의 가치에 차이를 두는 상대주의 입장이다. 그러나 '손님'처럼 크기에 따라 가치를 달리 두어서는 곤란하다. 왜냐하면 생명을 가진 미물 가운데에서 생태계가 존재하는 데 있어 없어서는 안 될 것들이 많기 때문이다. 플랑크톤은 말할 것도 없고, 세균조차도 어느 정도는 존재하는 것이 건강한 생태계엔 필수적이다.

또 '손님'의 입장은 가치 기준에 있어 지나치게 인간 중심이다. 어떠한 것이든 생명은 그 자체로서 존엄하다. 작아서 보잘것없는 것처럼 보이는 생명체도 살고자 하는 욕구 앞에서는 동등한 것이다. 인간은 자신만을 중심에 두고 타 생물들의 목숨을 좌지우지해 왔다. 그 결과 얼마나 잔인한 방식으로 생태계를 파괴시켜 왔는지 돌아보아야 한다. 당장의 편리함, 인간의 이기심으로 인해, 인간에게 이로워서, 인간에게 무해하다고 다른 생물들을 쉽게 죽여 왔다. 그래서 인간의 존재마저 위협시키고 있다.

나아가서 '손님'과 같이 생김새, 크기에 따라 나누는 가치 기준은 인간 사회에서조차 잘못된 선입견이 가치를 규정하는 모습이다. 이런 외적인 가치가 중요시되면 학벌, 경제적 부, 외모, 인종, 배경 등과 같은 것들이 사회를 움직이는 잘못된 기준으로 작용하게 한다.

'나'의 입장은 생명의 존엄성에 있어 크기에 따라서 그 가치를 나눌 수 없다는 점에서 더 나은 입장으로 보인다. 생명의 존엄성을 외적으로 크기나 생김새가 아닌, 평등성을 인정한 점에서 그러하다. 그러나 '나'의 입장은 지나치게 이상적이다. 생명의 존엄성을 우리가 이상적으로 추구할지라도 현실의 과정에서는 좀 더 걸러지고 구체화되고 세분화되어야 한다. 모기나 바퀴벌레를 죽였다고 "너 왜 생명을 죽이니?"라고 다그치지는 않는다. 왜냐하면 생활 속에서 상호작용을 어떻게 미치는가는 가치판단의 기준이 될 수 있기 때문이다. 즉 상호 도움이 되고 발전적인 관계와 역할인가 그렇지 않은가는 외모와 생김새보다는 더 높은 가치판단의 기준이 된다. 성 범죄자와 미래를 위한 연구자가 같은 가치를 지니는 것은 아니기 때문이다. 다시 말하면 '나'의 입장처럼 생명의 평등과 존엄을 인정하면서 생태계의 보존과 발전이라는 관점에서, 인간만을 중심으로 보는 관점은 극복되어야 하고, 생물 상호간의 작용과 그 역할을 고려하는 입장이 필요하다. 이것은 이상과 현실적 과정을 결합하는 입장으로 '더불어 사는 삶의 가치'를 생태계나 인간 사회에 더욱 심화해야 할 것이다.

관계 맺기

2부

세상 맺기

1장 복잡하지만 매력적인 관계

2장 정상과 비정상이라는 오해

3장 사람다운 삶을 향한 몸부림, 르네상스

4장 광릉수목원과 맥락 설정

5장 역사와 운명에 대한 마음 열기

1장 복잡하지만 매력적인 관계

하나, 도토리와 낙엽의 관계

우리네 삶은 관계의 집합이고 관계의 연속이다. 그래서 서로가 서로에게 미치는 상호작용이란 말이 중요하다. 문제는 상호작용을 어떤 방식으로 하느냐가 열쇠다. 상호작용으로 인해 어떤 효과가 나타나고 무엇이 생성되느냐가 문제라는 것이다. 똑같은 우정이라 하더라도 서로 힘을 북돋아 무언가를 이루는 우정이 있는가 하면, 반면에 세 친구가 가정환경을 비관해 똑같이 자살한 비극적 우정도 있으니 말이다. 친구를 보면 그 사람의 됨됨이를 알 수 있다고 말하곤 하는데 이는 친구 사이의 상호작용을 중요하게 여기기 때문이다.

물론 관계는 고정되어 있거나 필연으로 맺어진 것은 아니다. 어렸을 때 그렇게 친하던 친구와의 우정이 평생 지속되는 사람도 있지만 그렇지 않은 사람도 있으니까. 결국 관계의 변화 그 자체가 중요한 것이 아니라 어떤 방식으로 변화하느냐가 문제라는 것이다. 진정한 관계가 무엇인지를 잘 보여 주는 동화가 있다. 어른을 위한 안도현의 동화『관계』라는 작품이다. 후반부만 함께 읽어 보자.

톡, 톡톡, 하고 소리를 내며 도토리들이 떨어지더니 톡톡도독, 토토토토토토톡토토토토톡톡톡톡토토토토톡토토토톡 갑자기 소나기 빗방울 쏟아지는 소리를 내며 도토리들이 떨어져내리는 것이었습니다. 한 노인이 와서 장대를 휘두르며 갈참나무의 도토리를 마구 털어대고 있었습니다. 한바탕 장대를 휘두른 다음 노인은 가지고 온 자루에도 도토리들을 주워 담았습니다. 낙엽들은 그들이 감싸고 있는 도토리가 노인의 눈에 띄지 않도록 하기 위해 무진 애를 썼습니다. 낙엽들은 노인이 어서 산을 내려가기만을 기다렸습니다. 홀쭉한 노인의 자루는 바람을 불어넣은 것처럼 금세 빵빵해졌고, 노인은 기분이 좋은지 콧노래를 흥얼거리며 산을 내려갔습니다.

찍, 찍찍, 날이 어두워지자 이번에는 쥐들이 먹이를 찾아 찍찍거리며 돌아다녔습니다. 찍찍찌찌찌찌직찍찍찍찍찍찍찍찍찍찍 낙엽들은 그들이 감싸고 있는 도토리가 쥐들의 눈에 띄지 않도록 하기 위해 또 무진 애를 썼습니다. 도토리도 들키지 않으려고 땅으로 고개를 숙인 채 쥐들이 지나가기만을 기다렸습니다. 온몸에 식은땀이 줄줄 흘러내렸습니다.

"굳이 이렇게 숨어서 살아야 하나?"

도토리는 갑갑해서 머리를 흔들었습니다.

"아니야. 너 자신을 포기해서는 안 돼."

낙엽들이 단호하게 말했습니다. 하지만 이 지긋지긋한 삶을 도토리는 견딜 수가 없습니다. 자신을 둘러싸고 있는 낙엽들에게는 미안한 일이지만, 그는 자기의 존재를 되는 대로 내팽개치고 싶었습니다.

"차라리 인간의 눈에 발견되어 마을로 가거나, 쥐들의 먹이가 되었으면 좋겠어. 그렇게 된다면 하루하루를 긴장과 불안에 휩싸여 살지 않아도 되잖아."

"도토리야, 너는 살아남아야 해. 그래서 이 세상하고 다시 관계를 맺어야 해."

"······관계를 맺는다는 게 뭐지?"

"그건 마음속에 오래 품고 있던 꿈을 실현한다는 뜻이야. 너는 너 자신의 꿈뿐만이 아니라, 우리 낙엽들의 꿈까지도 실현시켜야 할 소중한 존재라는 걸 알아줬으면 좋겠어."

"나에게 너무 많은 기대를 하고 있는 건 아닐까? 미안하지만, 나는 꿈같은 것은 없어. 어서 이 지루한 시간을 벗어나고 싶은 마음 밖에는."

낙엽들이 아주 걱정스러운 표정으로 도토리를 에워쌌습니다.

"도토리야, 네 몸 속에 무엇이 들어 있는지 아니?"

"글쎄."

낙엽들이 바스락거리며 말했습니다.

"놀라지 마라, 도토리야. 네 몸속에는 갈참나무 한 그루가 자라고 있어."

그것은 도토리가 꿈에도 생각해 보지 않은 일이었습니다.

"내 몸속에 갈참나무가?"

"그래, 그래."

낙엽들이 하는 말을 도토리는 정말 믿기 어려웠습니다. 도토리는 그저 도토리일 뿐인데 어떻게 몸속에 큰 갈참나무가 자라고 있다는 말인가?

겨울이 되었습니다. 앙상한 갈참나무 가지 사이로 흰 눈이 내리기 시작하였습니다. 처음에 한두 송이 띄엄띄엄 내리던 눈은 마침내 폭설로 변해 온 세상을 뒤덮으려는 듯이 퍼부어댔습니다. 힘없는 마른 나뭇가지들이 눈의 무게를 이기지 못해 뚝뚝, 부러지기도 했습니다. 그런데 참 이상한 일이었습니다. 눈이 내려 쌓일수록 도토리는 몸이 자꾸 아늑해지는 것이었습니다. 달콤한 잠에 빠져 있다가 깨어나면 또다시 달콤하고 따뜻한 잠이 그를 불러 들였습니다.

도토리는 꿈을 꾸었습니다. 낙엽 위에 쌓였던 눈이 사르륵사르륵 녹는 소리가 났습니다. 도토리의 몸도 눈 녹은 물에 축축하게 젖었습니다. 도토리는 거무튀튀해진 낙엽들이 썩는 냄새를 맡고는 마음이 울적해졌습니다.

"나는 낙엽들을 위해 아무 일도 한 게 없어. 낙엽들이 썩어가는 것을 그저 지켜보고 있었을 뿐이야. 어서 꿈에서 깨어나야지. 그러고 무엇인가를 해야지."

"도토리야, 우리들 걱정은 하지 않아도 돼. 네가 옆에 있는 것만으로도 우리는 행복한 걸."

낙엽들이 도토리를 꼭 껴안으며 말했습니다. 바로 그때였습니다. 참으로 이상한 기운이 도토리의 몸을 감싸기 시작하는 것이었습니다. 도토리의 작은 몸은 불길에 휩싸인 것처럼 점점 뜨거워졌고 참을 수 없는 고통이 도토리를 집어삼킬 듯 하였습니다. 도토리는 한시 바삐

꿈속에서 벗어나야겠다고 생각했습니다. 아무리 꿈이라지만 견딜 수가 없었습니다.

"견뎌야 해. 이제 우리들의 꿈이 실현되고 있는 거야."

낙엽들이 마지막 남은 힘을 다해 도토리를 껴안았습니다. 이미 부서져 가루가 다 된 낙엽들까지도 도토리를 껴안았습니다. 도토리도 이를 악물었습니다. 낙엽들을 위해 아무것도 하지 못하고 이대로 죽을 수는 없었습니다.

도토리는 자신의 단단한 껍질을 찢으며 껍질 밖으로 자기도 모르게 손을 뻗고 있는 또 하나의 자신을 발견하고는 몸을 떨지 않을 수 없었습니다. 갈참나무 가지에서 땅으로 떨어질 때와는 전혀 다른, 전혀 예측할 수 없었던 새로운 상황이 시작되고 있었던 것입니다. 이게 꿈이 아니었으면 좋겠다고 도토리는 생각했습니다.

며칠이 지났습니다.

그렇습니다. 그것은 꿈이 아니었습니다. 생생한 현실이었습니다. 도토리는 햇볕이 내려오는 쪽으로 힘껏 손을 뻗었습니다. 그랬더니 도토리의 손끝에 연초록 싹들이 보란 듯이 돋아나는 것이었습니다. 너무나 예쁜 연초록, 그것은 바로 낙엽들의 꿈이었으며 또한 도토리의 꿈이었습니다.

하나도 아니고, 둘도 아닌, 수없는, 어린 갈참나무들이 숲속에 출렁거리고 있었습니다.

−안도현, 『관계』, 문학동네, 1998

도토리와 낙엽과의 관계 맺기는 희망과 창조를 빚어내고 있다. 서로의 꿈을 이루게 하는 상생관계를 감동 있게 그리고 있다. 이것이 바로 우리가 추구하는 관계 설정이며, 상호작용이다. 다만 이 글에서 조심할 것이 있다. 쥐가 도토리에게 꼭 해로운 존재만은 아니라는 점이다. 쥐는 도토리를 물어다 먹고 남은 것은 땅속에 묻어 두는데, 그곳을 찾지 못하는 경우가 많아 결국 쥐의 낮은 지능은 도토리 나무를 여기저기 자라게 해 주는 역할을 하기 때문이다. 생태계의 거대한 먹이사슬로 보면 그 또한 바람직한 상호작용 아니겠는가.

　그렇다면 우리는 무엇을 생성하는 관계 맺기를 하고 있는 것일까. 우리들의 진정한 삶의 의미는 주어지는 것이 아니라 수많은 관계 속에서의 상호작용으로 구성되고 생성된다. 곧 우리가 주변 사람들과 어떤 방식으로 상호작용하느냐에 따라 우리들의 의미가 결정된다.

둘, 카오스 관계의 복잡함

　사실 관계에 대해 간단히 이야기했지만 자세히 관찰해 보면 무척 복잡함을 알 수 있다. 도토리가 싹을 틔우는 과정만 생각해 보아도 얼마나 복잡한 관계 설정이 이루어질까를 잘 알 수 있을 것이다. 기후 조건, 낙엽들과의 만남, 심술궂은 할아버지와 쥐.

　관계의 시야를 넓히기 위해 혼돈(카오스)이론에서 설명하는 나비효과를 생각해 보자. 서울 나비의 팔랑거림이 뉴욕에서는 폭풍이 된다는 이야기 말이다. 우리가 기존의 생각으로는 '나비의 팔랑거림=뉴욕 폭풍'이란 등식은 도저히 성립할 수 없는 것인데 그것이 가능하다는 이야기, 그러니까 서울의 나비가 바람을 일으키면 그것이 부산 정도에서는 미풍이 되고 태평양에서는 광풍으로 바뀐 뒤 뉴욕에서는 폭풍으로 된다는 이야기 말이다.

우리의 관계는 다양하다고 말하기보다는 복잡하다고 말하는 것이 더욱 현실성이 있어 보이지 않는가? 우리의 자랑스러운 먹거리 김치를 가지고 생각해 보자. 김치의 재료인 배추, 고춧가루, 마늘 등의 복잡한 자체 조건과, 서로가 어떤 방식으로 결합(관계) 되느냐에 따라 수백, 아니 수만 가지의 맛을 연출할 것이고 또한, 똑같은 김치라도 맛보는 사람에 따라 또 수많은 경우의 수가 있을 것이다. 이렇게 따지고 보면 한 마디로 이 세상의 모든 현상이나 일은 복잡하다고 할 수밖에 없다. 그래서 복잡성 그 자체를 좀더 사실적이고 총체적으로 규명해 보자는 학문이 요즘 각광을 받고 있다.

복잡성 하면 흔히 혼란, 무질서 따위를 떠올리는 경우가 많다. 그렇지만 우리가 복잡성을 강조하는 것은 오히려 그 복잡한 시스템 속에 일정한 질서가 있음을 보여 주려는 것이다. 새 떼를 한번 생각해보자. 수백 마리가 강가에서 먹이를 얻고는 하늘을 나는데 V자 모양으로 일정한 틀을 형성하면서 날갯짓을 한다. 수백 마리의 새, 새와 새의 관계, 새와 기후와의 관계, 새를 움직이는 생물학적 시스템, 기후 조건의 복잡한 시스템 등을 생각해 보면 그것은 한 마디로 놀라운 질서라고 할 수밖에 없다. 일정한 틀을 유지하며 그 먼 거리를 날아갈 수 있도록 하는 새들의 힘이란 도대체 무엇일까. 그 많은 새들이 일일이 만나 몇 센티미터 간격으로 날자고 의논한 것도 아니고 대장이 있는 것도 아니다. 흔히 맨 앞에 나는 새가 대장새라고 생각하지만 생물학자들의 연구에 의하면 그렇지 않다고 한다. 극단적인 예로 사냥꾼이 맨 앞에 나는 새를 쏘아 죽여도 새들은 역시 금방 같은 대열을 만든다. 눈에 보이지 않는 자정작용이 있다고 생각할 수밖에 없다. 사실 이런 이치가 어디 새 떼뿐이겠는가. 생태계의 모든 질서가 그렇다.

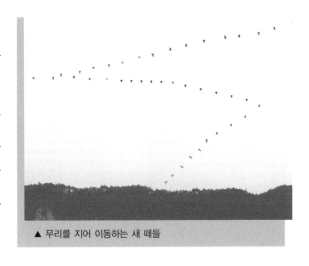

▲ 무리를 지어 이동하는 새 떼들

셋, 생성과 소멸, 희망의 노래

지금까지 이야기한 것을 다시 한 번 되새기면서 생각을 진전시키기 위해 관련 영화 두 편을 살펴보자. 〈쥐라기 공원〉과 〈쥐라기 공원 2: 잃어버린 세계〉. 과학적 안목이 뛰어난 소설가 마이클 크라이튼이 글을 쓰고 스필버그 감독이 만든 영화. 두 영화는 역시 대감독답게 영화의 매력을 한층 살려 긴 소설을 영회회하였지만 크라이튼의 문제설정이 제대로 부각되지 않아 아쉽다. 이 소설들을 주목하는 것은 무질서하게 보이지만 질서가 있다는 혼돈이론과 복잡한 시스템 속에 자정능력이 있다는 복잡성 이론의 아이디어가 깔려 있기 때문이다(아직은 어렵겠지만 일단 복잡성 이론은 혼돈 이론을 좀 더 발전시킨 것이라고 정리해 두자).

두 소설에 흐르는 주요 아이디어는 공룡을 복원하는 발상에서 비롯된다. 크라이튼은 옛적 송진들이 땅 속에서 굳어진 귀한 돌인 호박(琥珀, amber)에서 태곳적 곤충의 DNA를 추출했다는 과학자들의 실제 연구 업적을 눈여겨보았다. 그래서 공룡의 피를 빨아먹는 곤충의 화석에서 공룡의 DNA를 추출하여 공룡을 복원한다는 가설을 세운 것이다. 이런 가설이 설득력 있는 것은 생명의 중심 요소 DNA의 총체인 게놈(Genom)이 파충류 적혈구의 세포핵에 반드시 존재하기 때문이다. 그래서 구하기 힘든 공룡의 화석에서 벗어나 공룡의 피를 빨아먹은 작은 곤충과의 상호작용에 주목을 할 수 있는 것 아닐까. 물론 소설 속의 허구이긴 하지만 복잡한 자연 세계에 흐르는 일정한 원리를 추출해 주는 좋은 예가 될 수 있다.

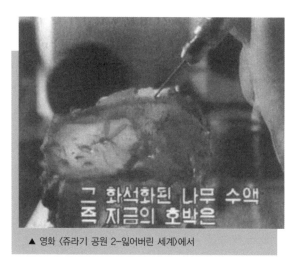

화석화된 나무 수액 즉 지금의 호박은

▲ 영화 〈쥬라기 공원 2-잃어버린 세계〉에서

이러한 가설 못지않게 크라이튼의 중요한 문제설정은 멸종에 관한 것이다. 생명을 가능하게 하는 중심 요소인 DNA가 있듯이 역시 멸종을 가능하게 한 내적 요인이 있다. 그동안 공룡들의 멸종 원인에 대한 많은 연구가 있었지만 대개가 운석과의 충돌 등, 외적 환경 변화 요인을 들었었다. 그런데 크라이튼은 소설에서 공룡 자체에 멸종 요인이 있었다는 식으로 입장을 피력하고 있다. 말콤 박사의 입을 빌어 공룡과 같은 복잡한 동물들이 멸종한 것은 그들이 신체적으로 환경에 적응하는 능력에 변화가 생겨서가 아니라, 그들의 행동 때문이라고 말하고 있다. 더 나아가 소설 속의 과학자 말콤은 인간도 스스로가 멸종의 원인이 될 수 있다고까지 이야기하고 있다. 이것이 잘 드러난, 『잃어버린 세계』의 마지막 부분을 함께 읽어 보자.

말콤은 어두운 절벽들을 물끄러미 바라보며 말했다.

"어쩌면 그래야 마땅한 건지도 모르지. 멸종은 늘 커다란 수수께끼였으니까. 지구에서 큰 멸종은 다섯 번 일어났어. 그게 모두 소행성 때문은 아니지. 모두들 공룡을 죽인 백악기의 멸종에 관심을 가지고 있지만 쥐라기 말기에도 멸종은 있었고 트라이아스기에도 있었어. 그 시기의 멸종도 심했지만 바다와 땅 등 지구상의 모든 생명의 90퍼센트를 죽여 버린 페름기의 멸종에 비하면 아무것도 아니지. 아무도 왜 그런 재난이 일어났는지 몰라. 하지만 난 우리가 다음 멸종의 원인이 아닌가 하는 생각은 들어."

"어째서요?"

켈리가 물었다.

"인간들은 아주 파괴적이지. 난 때때로 우리가 지구를 깨끗하게 청소해 버릴 일종의 전염병이라는 생각을 한다. 우리는 사물을 워낙 잘 파괴하기 때문에, 난 때때로 그게 인간의 기능이 아닌가 하는 생각을 하지. 어쩌면 몇 영겁마다 세상 나머지를 다 죽여 없애는, 세상을 깨끗이 청소해서 진화가 다음 단계를 진행하도록 해 주는 어떤 동물이 나타나는 건지도 몰라."

-『잃어버린 세계 2』, 김영사, 1995

　　말콤 박사의 말이 왠지 비장하게 다가 온다. 수많은 동물이나 생물이 멸종과 생성을 반복하는데 인간만이 그런 시스템에서 벗어나 있으라는 법은 없다. 낙엽이 떨어져야 새싹이 돋듯이 멸종하는 것이 있어야 새로 생겨나는 것은 순리 중의 순리다. 모든 생물의 생명이 유한한 것은 진정 유한한 것이 아니라 그런 순환 반복의 영원성을 내포하는 것 아니겠는가. 다만 자연과의 관계 속에서 환경파괴와 같은 부정적 상호작용이 더욱 커진다면 인간의 멸종은 더욱 앞당겨질 수밖에 없을 것이다. 그야말로 대학자나 예언가가 아니더라도 충분히 예측할 수 있는 일이다. 과학의 발달로 극복할 수 있다지만 인간의 과학 지식이 아무리 뛰어나도 거대한 자연의 순리를 앞설 수는 없다.

　　엘니뇨현상은 이미 우리에게 많은 것들을 경고해 주고 있다. 서로 인접해 있는 나라임에도 칠레에는 최악의 가뭄이 들고 콜롬비아에는 대홍수가 몰아닥치고…… 이제는 자주 일어나는 기상이변이지만 왜 이런 현상이 일어나는지는 밝혀내지 못하고 있다. 단지 남태평양 일대에서 발생하는 기압대와 바람, 조수간의 복잡한 상호작용이 일으킨 것이라는 분석만 하고 있을 뿐. 그러한 상호작용을 가능하게 하는 또 다른 요소와의 상호작용, 그리고 그 상호작용 자체에 흐르는 내적 원리 등은 밝히지 못하고 있다. 이 거대한 자연의 상호작용 앞에 우리가 던져야 할 물음은 무엇일까? 말콤 박사의 다음 대화를 눈여겨보자.

켈리는 머리를 세차게 저은 후 말콤에게서 고개를 돌리더니, 배 위쪽으로 가 손박사 옆에 앉았다. 손이 말했다.

"저 얘기를 다 듣고 있었니? 나 같으면 저런 얘기 가운데 어떤 것도 심각하게 생각하지는 않겠다. 저건 그저 이론일 뿐이야. 인간들이 이론을 만들어 내는 거야 어쩔 수 없지만 이론은 어디까지나 환상일 뿐이란다. 그리고 이론들은 변하지. 아메리카가 새로운 땅이었을 무렵에 사람들은 플로지스톤이라고 하는 걸 믿었지. 너 그게 뭔지 아니? 몰라? 글쎄. 그걸 아는 게 중요하지 않을 수도 있지. 어차피 진짜가 아니니까. 당시 사람들은 또 네 가지 체액이 인간행동을 통제한다고 믿었어. 그리고 지구는 불과 몇 천 년밖에 안 되었다고 믿었지. 지금 우리는 지구가 40억 살이라고 믿고 있고, 광자와 전자를 믿고 있고, 인간 행동은 에고와 자존심 같은 것에 의해 통제된다고 생각하고 있어. 우리는 그런 믿음들이 더 과학적이고 더 낫다고 생각하지."

"그런데 안 그런가요?"

손은 어깨를 으쓱했다.

"그것들 역시 환상에 불과해. 진짜가 아니지. 너 자존심이란 걸 봤니? 그걸 한 접시 갖다 줄 수 있어? 광자는 어때? 그걸 하나 갖다 줄 수 있어?"

켈리는 고개를 저었다.

"아뇨. 하지만……."

"절대 못할 거야. 그런 것들은 존재하지 않으니까. 사람들이 아무리 그것들을 심각하게 받아들인다 해도 말이야. 지금부터 백 년 후에, 사람들은 우리를 되돌아보며 비웃을 거야. 그때 사람들은 말하겠지. "너 사람들이 옛날에 뭘 믿었는지 알아? 광자와 전자를 믿었대. 그렇게 멍청한 걸 상상할 수 있겠어?" 그러면서 껄껄 웃겠지. 그때는 더 새롭고 더 좋은 환상들이 있을 테니까."

손은 고개를 저으며 말을 이었다.

"그런데 너 배가 움직이는 방식은 느끼니? 저건 바다야. 진짜지. 공기에서 소금 냄새가 나? 네 살갗에 햇빛을 느껴? 그건 모두 진짜야. 너 우리가 보이니? 그건 진짜야. 인생은 멋진 거야. 살아 있다는 것, 해를 보고 공기로 숨 쉰다는 건 선물이지. 그 외에 다른 것은 사실, 없어. 이제 나침반을 보면서 남쪽이 어디인지 말해 주렴. 난 푸에르토코르테스로 가고 싶거든. 모두 집에 갈 시간이야."

—『잃어버린 세계 2』, 김영사, 1995

광자와 전자의 발견이라는 인간의 과학 지식이나 아니면 인간을 만물의 영장이라고 우쭐거리게 만든 에고, 자존심 따위가 희망인 것

같지만 사실은 그렇지 않다는 것을 보여 주고 있다. 인간의 상상력과 자존심이 과학 기술을 발전시켜 왔고 물난리나 전염병 따위의 부정적 자연현상을 극복해 온 것은 사실이지만 그런 과정에서 생태계를 파괴하고 자연이라는 거대하고 복잡한 시스템을 병들게 하지 않았는가. 이제는 지식보다는 햇빛과 공기와의 자연스런 상호작용, 그 느낌을 소중하게 여기지 않으면 공멸을 앞당길 뿐이다.

인간의 독선, 자만이라는 인자가 인간 멸종뿐만 아니라 지구상의 모든 생물의 멸종으로 작용하는 것만은 막아야 하지 않을까? 인간이 멸종하는 것은 그렇다지만 옛날 순장처럼 죽으면서 주변 생물체들까지 무덤으로 데리고 가는 비극은 막아야 한다. 막는 인자는 무엇일까, 다시 한 번 생각해 보자. 상호작용 그 자체가 중요한 것이 아니라 상호작용으로 인한 생성효과에 주목해 보자. 그것을 상생작용이라 한다.

진정한 상생작용이란 무엇일까. 프랑스 어느 철학자의 비유를 생각해 보자. 고슴도치는 추울 때 엄마 고슴도치와 새끼 고슴도치가 서로 껴안는다고 한다. 그런데 가시에 몸이 찔리기 때문에 서로의 체온을 공유하되 몸이 찔리지 않는 가장 이상적인 거리를 유지한다고 한다. 진정한 상호작용은 바로 이런 것이 아닐까? 고슴도치식 상호작용.

2장 정상과 비정상이라는 오해

하나, 뻐꾸기 둥지 위로 날아간 새

밀로스 포먼 감독이 만들고 잭 니콜슨과 루이스 플레처 등이 주연한 〈뻐꾸기 둥지 위로 날아간 새(One flew over the cuckoo's nest)〉라는 영화가 있다. 오래된 영화지만 함께 생각할 점이 많은 고전영화다. 못 보았더라도 일단 줄거리만으로도 이야기를 풀어갈 수 있으니 이 장 읽는 것을 멈추지는 말자. 영화보다 더 영화다운 다음과 같은 대화가 있으니 말이다. 먼저 이 영화의 줄거리를 보고 이야기를 대화식으로 풀어가 보자.

교도소에 수감되어 있던 맥머피는 미친 척해서 정신병원으로 이송되어 온다. 정신병원은 수석 간호사인 래취드 양을 포함해서 매우 엄격하고 폐쇄적인 분위기다. 매일 정해진 일과표에 따라 약을 먹고, 카드놀이를 하든지, 운동을 하고, 간호사와 환자들이 회의식으로 대화를 나누고 취침한다. 모든 창이나 문은 쇠창살이나 철사 등으로 엄격하게 통제되어 있다. 18명의 환자들이 생활하는데, 그중 어떤 사람들은 식물인간처럼 살고, 어떤 사람들은 사회에 잘 적응을 못했을 뿐이지 큰 무리가 없는 사람들도 있다. 추장은 귀머거리이자 벙어리인 인디언이다. 빌리 비트는 말을 더듬고 수줍어하는 여린 젊은 청년이다. 그밖에 체스윅 씨, 하딩, 마티니, 바시니 등의 환자들이 등장한다. 활달하며 적극적인 맥머피가 오면서부터, 침체된 병원 분위기가 조금씩 변한다. 월드시리즈 야구 경기를 보자고 건의하기도 하고, 몰래 다른 환자들을 데리고 병원 밖으로 낚시를 다녀오기도 한다. 어느 날은 자신이 마음대로 퇴원할 수 없다는 것을 알고 회의 시간에 간호사에게 따진다. 그러는 과정에서 맥머피는 많은 환자들이 자원 환자라는 데 충격을 받고, 다른 환자들은 담배 배급 중지나 그밖에 문제들로 소동이 벌어진다. 그 결과 맥머피와 추장과 체스윅 씨가 어디론가 끌려가서 어떤 일을 당한다. 이때 추장은 맥머피와 대화를 나누게 된다. 실제로 추장은 말을 하고 들을 수도 있었으나 다른 사람들을 속인 것이다. 맥머피와 추장은 친한 사이가 된다. 명절에 간호사들이 모두 집에 간 틈을 타 맥머피는 자신의 여자 친구인 캔디와 로즈를 불러 술파티를 한다. 파티가 끝날 무렵 맥머피가 캐나다로 도망가려 할 때, 빌리가 캔디를 좋아하는 것을 눈치 챈 맥머피는 캔디와 빌리를 다른 방으로 보낸다. 맥머피와 다른 환자들은 캔디를 기다리다 잠이 들었다. 아침이 오고 간호사들이 병원의 난장판인 모습에 놀라 일을 수습한다. 래취드 양이 빌리 어머님께 이 일을 다 이야기하겠다고 하자 빌리는 자살을 한다. 그때 도망갈 수 있는 기회가 있었음에도, 맥머피는 돌아와 울분을 참지 못하고 래취드 양을 목 졸라 죽이려 한다. 래취드 양은 가까스로 위기를 넘기고 맥머피는 어딘가로 끌려간다. 병원은 다시 일상적인 삶으로 돌아간다. 밤에 맥머피가 돌아온다. 추장은 탈출 의지가 생겨 같이 도망가자고 말하려고 맥머피 곁으로 오나 이미 맥머피는 식물인간이나 다름없게 된 뒤였다. 추장은 맥머피를 영원한 자유의 세계로 보내고 자신은 맥머피가 들려다 못 든 수도관 덮개를 들어 창과 창살을 깨부수고 달려 나간다.

—박선미

가배 선생 여러분의 잘된 요약을 보니 맥락이 더 선명하게 다가오는구나. 그런 흐름이 우리에게 던져 주는 의미가 무엇인지 같이 생각해 보자꾸나. '정신병원' 하면 사람들은 대뜸 비정상적인 사람들이 감금되어 치료받는 곳이라고 생각하는 경향이 있지. 누군가 육체가 아프다고 해서 비정상적인 사람이라고 하지 않지만 정신이 아픈 사람은 무조건 비정상적인 사람이라고 생각한다. 사람들의 편견이 얼마나 심한지 알 수 있지. 정신병도 다양한 질병 가운데 하나일 뿐인데. 영화에서도 환자들과 지극히 정상적이라고 하는 의사, 간호사, 관리원들을 보여 주지만 이 영화가 진정 의미하는 것은 과연 그런 구별이 옳은가 하는 것이야.

또물또, 영화를 보고 나니 어떠니. 과연 누가 진정 비정상적인 사람일까, 정상과 비정상을 가르는 기준이 무엇일까 의문이 들지 않니? 나는 이 문제를 주요 인물들의 언어 양식을 중심으로 풀어 보고자 해.

먼저 누가 맥머피에 대해 말해 보렴. 그래, 맥머피와 비슷하게 생긴 세경이가 말해 볼까.

오세경 네, 맥머피는 아주 유창한 말솜씨로 환자들을 휘어잡는 사람입니다. 간호사들과 거리낌없는 논쟁을 벌이는 것도 인상적입니다. 이 사람은 원래 교도소에 있었는데 아마도 그곳이 싫어 정신병자로 위장하여 이 병원에 들어온 것 같습니다. 환자들을 농구 게임이나 낚시 여행에 고루 참여하도록 선동하는 모습이 아주 좋았습니다.

가배 선생 그래, 맥머피를 제대로 보았구나. 다만 맥머피가 정신병자로 위장한 것이 아니라 그가 하도 말썽을 피우니 교도소에서 정신병자로 본 것은 아닐까 하는 생각이 드는구나. 그런데 유창한 말솜씨이긴 한데 또 다른 특징은 없었니? 그 이유도 함께 생각해 보렴.

정이윤 비속어를 많이 썼습니다. 옛날에 죄수였다는 것을 보여 주는 상징적 의미도 있겠지만 사회에 대한 저항의식을 보여 주는 것 같습니다. '제도권 안'의 이야기에는 눈을 내리깔고 귀기울이지 않지만 동료환자들 말은 한 마디 한 마디에 귀를 기울이며 그들에게 희망과 빛이 됩니다.

가배 선생 잘 보충해 주었구나. 그럼, 거인 추장으로 나오는 브롬덴에 대해 누가 이야기해 볼까.

황찬욱 추장은 처음에는 실어증에 걸린 사람으로 나옵니다. 말하지도 듣지도 못했는데 그 이유는 나중에 밝혀집니다. 아버지는 역시 힘이 센 거인이었는데 백인 사회에서 억압하는 바람에 술주정

꾼 폐인이 되었던 모양입니다. 추장은 그런 현실에 충격을 받고 실제로 실어증에 걸린 것처럼 행동하다 맥머피의 사랑에 의해 입을 열게 됩니다. 그가 처음으로 맥머피에게 "Thank you"라고 말하는 모습이 감명 깊었습니다. 결국 추장만이 정신병원을 탈출하여 자유로운 광야로 달려 나가게 됩니다.

가배 선생 그래, 잘 파악했구나. 물론 중요한 것은 그가 실어증에 걸려 있다는 사실 자체보다는 그가 왜 실어증에 걸리게 되었는가를 보는 게 중요하겠지. 결국 추장에게 사랑과 용기와 희망을 일깨워 준 맥머피는 추장에 의해 영원한 자유세계로 떠났는데 이 장면에서 많은 사람들이 눈시울을 적시더구나. 그리고 실어증이라는 것은 추장과 같이 겉으로 말하지 못하는 사람만 가리키는 것이 아니다. 언론과 표현의 자유가 제대로 형성되지 않으면 많은 사람들이 실어증에 걸리게 되지. 다음 래취드 간호사에 대해서는 누가 말해 볼까.

고은애 간호사 래취드는 뭔가 도도해 보입니다. 매사에 빈틈이 없고 정확한 말만을 하는 것 같고, 그래서 말투는 딱딱하고 사무적입니다. 말로는 환자들을 배려하는 듯하지만 사실은 병원에서 정한 원칙을 지킬 뿐입니다. 토론을 하고 환자들 의견을 듣는 척하지만 병원의 원칙과 질서가 먼접니다. 그러니까 실제 받아들인 의견은 없는 셈이지요.

가배 선생 그래, 래취드는 매우 원칙적이고 융통성이라고는 눈곱만치도 찾아볼 수 없고, 모든 환자들을 비정상적인 사람으로 획일

▲ 영화 〈뻐꾸기 둥지 위로 날아간 새〉에서 환자들의 대화

화시켜 통제의 대상으로 보고 있지. 토의라는 방식으로 환자들을 치료한다고 하지만 오히려 환자들의 약점을 들추어내 병을 악화시키는가 하면, 다수결의 원칙과 투표라는 합리적 방법을 쓴다고 하면서 식물인간이나 다름없는 사람들에게 투표권을 주어 오히려 덜 아픈 사람까지 더 아프게 만들고 있잖니. 다음으로 빌리에 대해서는 누가 얘기해 볼까.

이정훈 빌리는 말더듬이로 나오지만, 그의 말투는 선천적인 장애가 아닌 무언가에 억눌린, 자세히 말하면 어머니에게 억눌려 항상 두려움에 휩싸여 있는 그런 말투입니다. 여기서 빌리는 제도와 권력에 억압당하는 개인을 대변하고 있으며 빌리에게 어머니를 빙자해 억압하는 간호사 래취드는 개인을 억압하는 제도나 권력을 암시하고 있습니다.

고경은 조금 더 보충해 보겠습니다. 어머니의 억압적 태도 때문에 빌리는 자신이 사랑하던 실리아 애기를 한 번도 어머니에게 하지 않았습니다. 맥머피의 주선으로 캔디와 사랑을 나눈 뒤에 빌리는 거의 말을 더듬지 않았습니다. 그런데 래춰드가 이 사건을 어머니에게 이른다고 하자 다시 말을 더듬었고 끝내 자살하고 말았습니다.

가배 선생 그래, 두 사람이 함께 애기해 주니 맥락이 충분히 잡히는구나. 빌리의 자살은 너무나 가슴이 아팠지. 사랑을 나눈 뒤 말을 더듬지 않는 것으로 보아 선천적이지 않음을 알 수 있고 사랑의 소중함과 그로 인한 자신감을 가진, 말 잘하는 준수한 청년임을 볼 수 있었는데 그런 청년이 어머니와 간호사와 사회의 잘못된 통념에 희생되었으니 말이야.

이렇게 쭉 살펴보니 어떠한가. 우리가 은연중에 따르는 정상과 비정상 구별에 대해 어떤 생각이 드는가. 기존의 정상과 비정상의 이분법적 틀을 따른다 하더라도 바른 말 고운 말을 쓰는 래춰드는 오히려 비정상적인 사람으로 보이고 비속어를 많이 쓰는 맥머피, 더듬거리는 빌리, 실어증에 걸린 추장, 이런 사람들이 지극히 자연스런 정상인으로 보이는 것은 왜일까?

물론 내가 언어 양식을 끌어들인 것은 언어 때문에 그렇다는 것은 아니다. 사람들을 정상과 비정상으로 나누는 것을 좀 더 실감나게 설명할 수 있기 때문이다. 실제 우리 사회에서는 표준어를 정상 언어, 사투리와 비속어를 비정상 언어로 나눌 때가 많다. 언어 그 자체가 정상과 비정상으로 나눠지는 것은 아니지만, 굳이 나눈다 해도 맥락에 따라 달라지는 것일 텐데 말이다.

또물또! 지금까지 이야기한 맥락에 대해 잘 쓴 영화 감상문을 하나 읽어 보자.

이 영화의 주인공인 맥머피는 상습적으로 폭력을 쓰고 여자를 겁탈하기를 일삼는 범죄자이다. 그는 저속한 말을 쓰며 유창한 말솜씨로 사람들을 사로잡는데, 실상 그가 하는 말의 대부분은 허풍이다. 그가 이런 언어를 구사하는 이유는 사회에 대한 반항을 표현하는 한편 사회에서 소외된 자신을 위로하기 위해서이다. 그는 사회적으로 약자이므로 사회적 강자에게 말이 아닌 다른 방법으로 영향력을 행사할 수 없다. 저속한 말은 사회적 약자의 언어이며, 격조 높고 고상한 언어가 사실은 삶의 이면을 숨기고 있음을 폭로하는 구실을 하므로, 그는 권력자의 권위를 저속한 언어로 우습게 만들 수 있는 것이다(여기서 권위자는 의사와 간호사로 형상화되어 있다). 그가 수영장에서 간수에게 '너는 사회에 나가면 손을 봐야겠다(속어)'라든가 말썽을 부려서 몸이 결박당하게 되자 '이를 래취드 간호사에게 갖다 줘라(비어)' 등이 그 예이다. 그가 허풍을 떠는 것도 같은 맥락에서 살펴볼 수 있다. 사람은 누구나 권력을 갖기를 원한다. 그런데 그는 자본이라든가 사회적 지위 같은 권력을 가질 수 없으며 오히려 권력자들에게 그의 육체적 자유를 속박당해 있는 처지다. 그가 할 수 있는 것이라고는 자신이 권력을 가지고 그를 구속하는 것들로부터 언제든 자유로워질 수 있을 듯이 상상하는 것뿐이다. 그래서 그는 수도꼭지를 뽑아들고 유리창을 깨서 탈출한 뒤 야구 게임을 볼 수 있을 것이라거나 래취드 간호사를 일주일 이내에 고분고분하게 만들겠다는 터무니없는 허풍으로 자기 위안을 삼는 것이다.

맥머피의 절친한 친구로 나오는 추장은 맥이 아닌 다른 사람 앞에서는 철저히 벙어리에 귀머거리 행세를 하는 인디언이다. 그의 아버지는 백인이 주는 술을 마시고 또 마시다가 중독이 되어버려 폐인이 되고 말았다. 그는 아버지의 경우를 통해 자신의 정체성을 지키기 위해서는 백인 사회의 영향을 받아서는 안 되며, 자신을 나타내려고 해서도 안 된다는 것을 배웠다. 이 때문에 벙어리요, 귀머거리 행세를 하지만 자신의 정체성을 지키기 위해 아무리 노력해도 사회적으로 고립되어 있으므로 그도 역시 산송장일 뿐이다. 이런 추장을 통해 감독은 현대 인디언의 고립문제를 암시적으로 비판하고 있다. 즉, 서양인들이 인디언들을 물질적으로나 정신적으로 몰락시켰다는 것이다. 말을 더듬는 빌리 비트는 왜 말을 더듬고, 그의 말더듬은 무엇을 의미할까. 그의 문제는 그의 가족 환경에 있는 것 같다. 그가 캔디와 동침하고 나서 래취드 간호를 처음 대면했을 때에는 말을 거의 더듬지 않았던 반면, 그녀가 그의 어머니에게 이 일을 말하겠다고 하자마자 심하게 떨리는 목소리로 다시 말을 더듬는 것으로 미루어 보아 그는 어머니를 상당히 두려워하고 있고, 어렸을 때부터 어머니로부터 정신적으로 상당히 억압받아 왔다는 것을 알 수 있다. 그의 정서는 사랑을 느끼고 또 사랑을 할 수 있을 정도로 성숙해 있는데, 그의 의지는 상당히 보수적인 것으로 보이는 어머니의 뜻을 거역할 정도로 굳지 않고 모성

고착상태를 보이므로, 이 둘 사이의 괴리감 때문에 그는 항상 억압의 상태에 있다. 그의 말더듬은 이런 억압의 상태를 피하고 싶다는 그의 무의식이 나타난 것이다. 그가 어머니의 뜻을 거스르지도 않고 자신의 정서적 만족을 충족시킬 수 있는 방법은 그의 상태를 표현하지 않는 것이다. 그가 그의 생각을 어머니에게 말하는 것을 싫어한다는 사실은 그가 결혼할 여자를 어머니에게 말하지 않거나 캔디와 동침한 사실을 어머니가 알까 봐 두려워하는 것을 통해서 알 수 있다. 이렇게 자신의 생각과 감정을 어머니에게 알리지 말아야 한다는 강박관념은 어머니가 아닌 다른 사람에게 말할 때에도 '드…… 들었어요', '제…… 제발'과 같은 말더듬으로 표현되는 것이다.

체스윅이라는 인물은 사회적 약자 중의 약자이다. 같은 정신이상자들에게 언제나 무시당하고 놀림받는 그는, 흥분을 하면 얼굴이 뻘게지면서 말을 잘 못하고 아주 괴로운 듯한 표정을 한참이나 짓고 있다가 아주 큰 소리로 말을 하지만 결국은 자신의 의지가 관철되지 못하는 약간은 희극적인 인물이다. 그를 보고 있으면 우리나라 노동자들이 자꾸 떠오르는데, 그것은 아마 언제나 사회적 강자의 '밥'이 되고 그것이 억울해 항의도 해 보지만 결코 요구하는 것이 받아들여지는 법이 없고 영원히 사회적 약자로 고통받는 노동자들의 이미지와 비슷하다는 생각이 자꾸 들기 때문일 것이다. 그러나 밀로스 포먼 감독이 미국의 현실을 비판하다가 우리 노동자를 형상화하는 인물을 넣었을 리는 없고 이를 일반화시켜 보면 체스윅은 세계 전체의 노동자의 현실을 비판적으로, 약간은 희극적으로 형상화시킨 인물이 아닌가 싶다. 체스윅의 우스꽝스러운 말투와 몸짓은 그가 다른 사람에게 무시당하는 데에 콤플렉스를 느끼고 있으며, 그것에 대해 상당히 스트레스를 받고 있음을 보여준다. 그가 말하기 전 얼굴이 빨개지고 흥분을 하는 것은 다른 사람이 자기를 또 무시하지는 않을까 하는 걱정 때문이고, 그가 아주 큰 소리로 말하거나 돌출된 행동을 하는 것은 그가 다른 사람에게 인정받고 싶다는 욕구의 표현으로 보이기 때문이다. 요컨대, 〈뻐꾸기 둥지 위로 날아간 새〉의 등장인물 네 사람은 모두 말하는 방식을 통해 자신의 콤플렉스를 암시하거나 이를 회피하려는 태도를 보인다. 이런 다양한 언어 행위를 통해 감독은 미국 하층민들의 억압받는 생활을 아주 생생하게 묘사하는 데 성공했다.

-김미조

둘, 푸코의 '정상과 비정상'에 대한 문제설정

정상과 비정상의 왜곡된 문제를 낱낱이 파헤친 사람이 바로 프랑스의 미셸 푸코(Michel Foucault, 1926~1984)이다. 그는 우리 사회가 정상적인 것과 다른 것을 모두 비정상적인 것으로 간주하고 그렇게 배제된 비정상적인 것을 끊임없이 억압해온 역사에 주목했다. 푸코는 방대한 역사적 자료를 검토한 끝에 비정상적인 것으로 간주했던 범죄, 질병, 광기 따위가 시대에 따라 달랐음을 알아냈다.

지금은 보통 '광기'를 '정상'이 아닌 미친 증세로 알고 있지만 중세

▲ 미셸 푸코

에는 오히려 광기를 예지적인 재능으로 여겼다. 그러다가 17세기에는 광기를 윤리적 차원에서만 사회에서 배제하기 시작하여 광인들을 사회에서 격리 수용하였다. 19세기는 광기를 정신질환으로 취급하여 광인을 정신병원에 감금하게 된다.

이렇게 시대마다 달랐다는 이야기는 광인을 배제하는 전략에 뭔가 문제가 있다는 것이다. 더욱 주목할 것은 지배 권력에 거슬리는 부류들을 비정상적인 사람으로 몰아 끊임없이 사회에서 배제시켰다는 것이다. 중세 때 마녀 사냥이라는 것이 바로 그런 것이다. 특히 남편이 죽고 재산을 많이 상속받은 여자는 그 재산을 가로채기 위해, 의학 지식을 가진 여자는 남자만이 인간의 몸을 고칠 수 있는 통념 때문에, 글을 잘 쓰거나 똑똑한 여자들은 성직에 비판을 가할 가능성이 많다는 이유로 마녀로 몰아 죽였다. 그 당시 주류권력이었던 종교(그리스도교)에 종사하는 권력층에 거슬리는 사람들을 그렇게 잔인한 방법으로 벌을 주거나 죽일 때는 화형을 많이 사용하였다. 『노트르담의 꼽추』나 『장미의 이름』이라는 소설이나 비디오를 보면 그런 권력의 횡포를 잘 그려내고 있다. 화형이라는 잔인한 방법을 택한 것은 그들의 하느님(권력)을 위해 세상을 깨끗이 한다는 의도가 담겨 있었다.

푸코는 비정상적인 것을 배타적으로 분류하고 배제하는 모순을 크게 두 가지 측면에서 지적한 것이다. 기준이 시대마다 달랐다는 것과 그 기준이 비이성적이었다는 것에 주목했다.

셋, 범생과 날라리

정상과 비정상의 배타적 분할을 문제 삼는 것은 그 경계를 허물지 않고서는 통합교육이나 통합사고가 불가능하기 때문이다. 이제 나는 학생들 주변 삶을 중심으로 문제를 제기하고 싶다. 학교에서 흔히 '범생'이라고 부르는 아이들과 '날라리'라고 부르는 학생들을 생각해 보자. 학교에서 모범생은 우수한 정상적인 학생들이고 날라리는 비정상적인 학생들이라고 구분하곤 한다. 그런데 그렇게 나누는 것 자체도 문제지만 나누는 기준이 더 문제다. 학교 성적만 좋으면 으레 모범생으로, 성적이 나쁘고 좀 더 개성을 드러내고자 하는 학생들은 무조건 날라리로 분류되곤 하지 않는가. 성적 나쁜 모범생은 있을 수 없는 것일까? 물론 성적 좋은 날라리도 있을 수 있는데 말이다. 성적은 나쁘지만 학급 일을 열심히 하고 뭔가 자신의 꿈을 위해 성실하게 사는 학생도 모범생으로 볼 수 있지 않을까. 사실 모범생이란 말 자체가 학생들의 다양한 개성을 무시하는 말이다. 모범이라는 것은 누가 누구를 따라야 한다는 것인데 그것은 획일화된 기준이 있고 그것을 강제적으로 적용할 때 가능한 것이다. 날라리라는 학생들도 한번 생각해 보자. 학교의 숨 막힐 듯한 분위기를 견디지 못해 바깥으로 맴도는 아이들이 있다면 모두 날라리로 몰릴 수 있을 것이

▲ 영화 〈뻐꾸기 둥지 위로 날아간 새〉에서 추장이 정신병원을 탈출하는 장면

다. 그렇다면 그런 학생보다 학교 성적만으로 모든 것을 판별하는 학교의 경직된 분위기가 더 문제되는것은 아닐지 생각해 보자.

중요한 것은 설령 비정상적인 학생들이 있다 할지라도 그들을 배제할 것이 아니라, 어떤 방식으로 포용할 것인가를 생각해야 한다는 점이다. 그리고 잘못된 배제 기준이 엉뚱한 비정상적인 학생들을 만들어내지는 않는지도 고민해 봐야 한다.

다시 영화를 떠올려 보자. 추장이 억압을 뜻하는 무거운 수도 덮개를 들자 물이 콸콸 솟는 마지막 장면은 마치 오랫동안 억눌리다 분출하는 자유처럼 내 가슴에 와 닿았다. 추장이 드넓은 대평원을 향해 힘차게 달려 나가는 장면도 인상 깊었다. 영화의 제목인 '뻐꾸기 둥지 위로 날아간 새'를 다시 살펴보자. 뻐꾸기를 뜻하는 'cuckoo'

라는 말은 미친, 혹은 얼간이라는 뜻도 함께 가지고 있다. 그렇다면 '뻐꾸기 둥지'는 정신병원이었을 것이고 '뻐꾸기 둥지 위로 날아간 새'는 아마도 추장일 것이다. 새벽이 다가오는 대평원을 힘차게 달려가는 추장의 모습이 많은 암시를 주긴 하지만 그보다는 테버를 비롯한 나머지 환자들이 추장의 탈출을 알고 몹시 기뻐하는 모습에서 나는 그가 진정한 자유를 찾았으리라 짐작하고, 또 그렇게 믿고 이 글을 마치려 한다. 그래도 계속 눈에 밟히는 것은 환자들이 농구를 하고 바다에 나가 고기를 낚으며 한없이 즐거워하던 모습, 정상적인 사람과 비정상적인 사람 사이에서 그 경계의 모순을 끊임없이 활기차게 보여 준 맥머피다. 정신병동 환자들이 진정 환자였다면 그는 훌륭한 의사였다. 그의 말이 귓속을 맴돈다.

"이 정신병동 환자들이 아무리 미쳤어도 거리를 활보하는 악당들보다는 낫다."

3장 사람다운 삶을 향한 몸부림, 르네상스

▲ 보카치오

▲ 데카메론

하나, 르네상스와 근대를 연 『데카메론』

흔히 이성 중심의 자율성, 자본주의 경제 체제, 민주주의 시대를 근대라고 한다. 그런데 이러한 거대한 시대 변화는 당연히 어느 한 순간에 시작되거나 오지 않는다. 근대는 14세기부터 17세기에 이루어진 르네상스라는 이른바 문예부흥기를 거쳐 탄생된 것이다. 이러한 거대한 시대 변화가 남녀 간의 사랑 이야기를 담은 한 권의 작은 책에서 비롯된 것임을 모르는 이들이 많다. 바로 보카치오(Giovanni Boccaccio, 1313~1375)가 쓴 『데카메론(Decameron)』이 그 책이다.

이 작품은 중세에 많은 사람들을 죽게 만든 흑사병(페스트)을 피해 피렌체 교외의 별장으로 옮겨 온 숙녀 7명, 신사 3명이 나눈 이야기다. '데카메론'이란 말 자체가 '열흘간의 이야기'란 뜻이다. 별장에서 무료함을 이기기 위해 열 사람이 각각 열 가지 이야기를 해, 모두 100가지 이야기가 연쇄 사슬식으로 실려 있다.

　이 작품은 주로 사랑과 지혜에 관한 이야기를 담고 있는데 바로 사랑 이야기 속에 중세의 암흑시대를 깨는 비밀이 담겨 있다. 이를 테면 어느 마을에서 목사가, 돈은 많지만 나이가 많은 사람과 어떤 어여쁜 처녀를 결혼 시키려고 하자 처녀는 도망가서 자기 맘에 꼭 드는 청년과 결혼한다는 식의 이야기다. 거대한 비밀이 담겨 있다고 했지만 사실 요즘 시각으로 보면 흔하디 흔한 사랑 이야기다. 그런데 왜 이런 이야기가 근대를 여는 중요한 작품인지 짐작하겠는가? 배우자 선택조차 잘못된 교회 권력에만 따랐던 중세의 생활양식에서 벗어나, 사랑의 문제를 개인 스스로 결정한 개인의 자아를 중요하게 여긴 이야기이기 때문이다. 이 소설이 교회와 봉건제도를 비웃는 신흥 부르주아지를 대변하며 개인 문제를 부각시켰기 때문에 보카치오를 근대소설의 선구자로 평가하는 것이다.

▲ 이광수의 『무정』

　지금의 또물또들은 이해가 안 가겠지만 또물또 부모나 할아버지, 할머니 세대들만 하더라도 전근대식 결혼을 했다. 부모가 결정한 결혼 상대를 한 번도 만나 보지 않고 결혼을 했으니 말이다. 우리 소설 가운데서도 이런 근대 소설의 선구자 구실을 한 것이 있는데 그것은 바로 김동인이 『창조』지에 발표한 『약한 자의 슬픔』이다.

　이광수의 『무정』에서는 주인공인 이형식이 전근대적인 세계를 대표하는 영채와 근대적인 세계를 대표

▲ 렘브란트 〈퀼른 자화상〉, 1668~1669

하는 선형 사이에서 갈등하는 모습을 보여 전근대성을 완전히 극복하지 못한 데 반해『약한 자의 슬픔』에서의 사랑 문제는 순전히 개인의 갈등 문제로 그려졌다. 곧 이 소설은 강엘리자베스라는 여학생이 가정교사로 있던 집 주인인 남작에게 정조를 빼앗기고 버림을 받은 뒤 자신의 약함을 깨닫고 새로운 삶을 찾아간다는 내용인데, 이런 흐름 속에서 이환이라는 청년에 대한 짝사랑, 남작과의 문제 따위의 갈등 문제가 자아의 내적 문제로 설정되어 있다. 그러나 데카메론의 개인 설정이 특정 계층을 배경으로 했듯이 이 소설 또한 부패하고 타락한 부르주아 계층을 배경으로 하고 있다. 이런 점 때문에 김동인의 문학은 일제강점기라는 구체성을 제대로 못 그린, 반역사성을 띤 문학이란 평가를 받고 있기도 하다.

그림에서 근대성을 보여 준 사람은 네덜란드 화가 렘브란트(Harmenszoon van Rijn Rembrandt, 1606~1669)다. 그의 작품 중 특히 초상화가 유명한데 독특한 명암법으로 인간의 내면을 잘 나타나게 그렸기 때문에 그런 평가를 받는 것이다. 다시 말하면 렘브란트 이전의 초상화는 신이 내려준 빛에 의해 겉모습만 평면적으로 드러난 데 반해, 렘브란트가 그린 초상화는 인간의 내면적 모습을 입체적으로 표출했다고 할 수 있다. 마침『서른, 잔치는 끝났다』라는 시집으로 유명한 최영미의 산문집에 독일 퀼른에 있는 발라프 리하르츠 미술관에서 그 자화상을 직접 보고 쓴 실감나는 묘사가 실려 있다. 같이 한번 읽어 보도록 하자.

　나를 뒤흔들어 놓았던 그림에 대해 무슨 말부터 해야 할지 모르겠다. 그 그림 앞에 섰을 때나, 그 기억을 되살리는 지금이나 머릿속에 서로 모순된 감정과 생각들이 한꺼번에 휘몰아친다.

　그는 웃고 있었다.

　아니 울고 있었다. 자신과 세상을 향해 웃음을 터뜨리며 속으로 우는 자. 늙고 지친 그는 이제 흐느낄 여력조차 없는지 모른다.

　어둠 속에서 유령처럼 떠오르는 얼굴……. 그것은 더 이상 그림이 아니었다. 삼백여 년의 세월을 뛰어넘어 렘브란트가 내 앞에 서 있는 것 같았다. 나의 이런 착각은 그가 발전시킨 독특한 회화기법들−끼아로스꾸로(Chiaroscuro)와 임바스또(Impasto)에 기인하는 바 클 것이다.

　배경을 완전히 죽이고 인물만 조명하는 극적인 명암대조는 마치 무대의 한 장면을 보는 듯한 효과를 내고 있다. 거칠게 획획 그은 자유로운 붓질로 여러 겹 덧칠해진 하이라이트 부위는 그 물감의 두께로 말미암아 조각처럼 튀어나와 보인다. 어두운 부위는 어두운 대로 깊이가 있다. 눈 주위의 움푹 들어간 그늘엔 여러 층의 물감들이 마구 엉기어 주름을 형성하고 있다. 약간씩 톤을 달리하는 갈색과 보라색이 캔버스 위에서 싸우듯 서로 뭉개져, 그 팽팽한 긴장감과 에너지 때문에 어둡지만 눈이 부셨다. (가운데 줄임)

　그 고통으로 일그러진 웃음을 짓기까지 렘브란트는 얼마나 자신을

부수고 무너뜨려야 했을까. 그리고 세상과 자신과의 지난한 싸움 끝
에 얼마나 힘겹게 다시 일어나야 했을까.

－『시대의 우울』, 창작과 비평사, 1997, 밑줄은 인용자

이렇게 새로운 역사를 여는 데는 문학이나 예술의 영향이 적지 않
음을 알 수 있다. 그렇지만 시대의 실질적 변화의 이론적 기초를 마
련해 주는 것은 철학이 아닌가 한다. 근대를 여는 데 많은 역할을 한
철학자는 『방법서설』(1637), 『성찰』 등의 책으로 유명한 르네 데카르
트(René Descartes, 1596~1650)였다.

"나는 생각한다. 고로 존재한다." 이 한 마디가 왜 그리 중요했을
까. '생각'이라는 말 때문에 그렇다. 중세에는 신 때문에 인간이 존
재한다고 했는데 데카르트는 생각하는 능력 때문에 존재할 수 있다

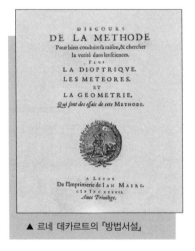

▲ 르네 데카르트의 『방법서설』

고 했으니 말이다. '나'는 신이 없어도 사고할 수 있
다고 함으로써 '나'는 신으로부터 독립된 '주체'로
설정됨과 동시에, 자연으로부터도 분리될 수 있다
고 본 것이다. 이때의 '생각'이란 말은 이성이라고
할 수 있는데 바로 이 이성은 18세기 이후 산업화의
주춧돌이 되는 것이다. 『방법서설』이란 책의 부제
목이 '이성을 옳게 인도하여, 여러 학문에서 진리를
구하기 위한 방법서설'이었다. 중요한 두 구절을 같
이 읽어 보자.

"이성은 우리를 인간으로 만들어 주며 우리를 짐승과 구별 지어 주는 유일한 것인 한, 나는 그것이 각 사람 안에 고스란히 들어있는 것으로 믿고 싶다."

"내가 황금으로 생각하고 있는 이 방법이 한갓 구리에 불과한 것인지도 모를 일이다……. 그러나 나는 기꺼이 이 '서설'에서 내가 이때껏 밟아 온 여러 길을 공개하고, 내 생애를 한 폭의 그림에서처럼 거기에 그려 보고 싶은 것이다. 저마다 누구든지 그것을 비판할 수 있도록 하기 위함이요, 또 이에 대한 세상의 평가를 들음으로써 자신을 계발하는 새로운 수단을 얻기 위함이며, 그리하여 현재의 수단에 그 새로운 수단을 보탤수 있을 것으로 기대하기 때문이다. 다시 말하지만, 나의 의도는 보다 일반적인 방법을 이야기하고자 하는 것이 아니고, 다만 나의 이성을 어떻게 인도하려고 애썼던가 하는 나의 경우를 보여 주려는 것뿐이다."

데카르트의 생각을 완성된 이성의 체계로 구축한 철학자가 칸트이고, 헤겔은 이것을 '절대 이성'으로 발전시켰던 것이다. 그래서 사람들은 이 이성에 의해 무한한 진보를 하리라 믿었고 실제 그런 생각을 산업화라는 문명 발전으로 실현시키지 않았는가.

데카르트가 이성을 강조했다고 해서 신을 부정한 것은 아니다. 왜냐하면 생각하는 '나'는 완전한 존재인 신에 의해서 가능하다고 했으니까 말이다.

근대는 이런 철학자의 사유도 중요하겠지만 과학이라는 물질적

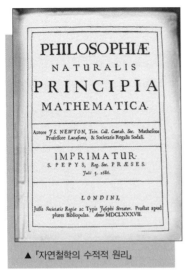

▲ 『자연철학의 수적적 원리』

발전으로 더욱 구체화 되었다. 그래서 우리는 근대 과학의 아버지로 추앙받는 뉴턴(Isaac Newton, 1642~1727)을 주목하게 된다. 뉴턴은 우주를 움직이는 것은 신이 아니라 자연의 법칙에 의해서임을 증명한 것이다. 이른바 우주는 하나의 기계와 같이 자연 속에 숨겨진 어떤 원리에 의해 작동된다는 '기계론적 우주관'을 내세웠던 것이다. 이러한 관점에 의하면 모든 것이 이미 결정되어 있어 우리가 그 원리와 처음 조건만 알면 우주의 미래를 예측할 수 있다는 사상으로까지 발전한다. 기계론적 우주관을 입증한 뉴턴의 '만유인력법칙'과 '운동 3법칙'이 실려 있는 책은 '프린키피아'라고 알려져 있는 『자연철학의 수학적 원리(Philosophiae Natruralis Principia Mathematica, 1686)』란 책이다. 그리고 뉴턴의 이러한 업적은 갈릴레이, 코페르니쿠스 등 앞선 과학자들의 빛나는 업적이 있었기 때문에 가능한 것이었음은 두말할 필요가 없다.

둘, 누구를 위한 근대였나

철학과 과학을 중심으로 주체와 근대가 형성되어 자본주의 발전과 종교 개혁 등과 결합되면서 서구 사회는 동양 사회보다 앞서 근대화를 이루게 된다. 또물또, 나는 여기서 중요한 점을 짚어 보고자 한다.

문제는 무엇을 위한, 누구를 위한 근대였느냐가 중요하다는 점이다. 근대 초기에 인간의 자율성이 강조되었다고 하더라도 그것이 모든 인간들을 위한 것이 아니었다는 점이다. 이는 개인의 이성을 주목하는 흐름이 봉건제에서 자본주의로 이행하는 과정에서 발생했다는 점을 이해하면 잘 알 수 있다. 곧 초기 자본주의는 봉건제에 비해 상대적 진보를 이룬 것이지만 그것은 특정 계층을 위한 발전이었다는 점이다. 근대성을 반영한 『데카메론』이 앞선 업적임에도 불구하고 비판을 받은 것은 특정 계층의 이익을 대변하는 구실을 하였기 때문이다.

이런 점을 이해하기 위해 먼저 봉건제 사회의 특징을 간단하게나마 분석해 볼 필요가 있다. 봉건제 사회는 봉건 영주가 넓은 성에서 군사력을 바탕으로 농노들을 부려 힘을 행사하는 신분제 사회인데, 이러한 봉건 영주와 농노 사이에서 탐욕스럽게 산 사람들이 신부들과 상인이다. 신부들은 하느님의 말씀을 대변한다는 핑계로 특권을 누리고 상인들은 돈을 굴리는 재미로 살아갔다.

결국 신부는 봉건 영주 권력의 실체로 이들을 합리화시켜 주는 이념의 주체로 중세 사회를 이끌어 갔는데, 상인들은 이 두 계급 사이에서 자본으로 힘을 얻어 근대 사회를 연 주체가 되었다. 그래서 봉건 영주에 의한 영토 분할이 왕을 중심으로 한 절대국가로 바뀌면서 민족이라는 말도 성립하고 자본주의로 넘어가게 되는 것이다. 절대국가는 중상주의를 바탕으로 이룩된 것이니 상인을 비롯한 시민계급의 역할이 얼마나 컸는지 알 수 있다.

그러니까 근대 사회는 바로 이런 상인 중심의 부르주아 세급 중심의 사회였던 것이다. 이런 사회는 봉건제 사회보다 상대적 발전을 이루긴 했지만 봉건 영주의 착취가 자본가의 착취로 변질되어 마르크스의 사회주의가 등장하게 되었다. 부르주아 계급에 억압당하던 노동자 계급이 역사의 주체가 되어야 한다고 말이다.

민주주의라는 정치제도의 발전으로 하층민들의 권리가 신장되어 왔지만, 인류는 자본주의의 불균등한 발전, 곧 선진자본주의 국가들의 갈등으로 세계 1, 2차 대전이란 엄청난 비극을 겪었다.

이때부터 지식인들 일부에서는 근대를 떠받치고 있던 이성과 이성에 의해 설정되었던 '주체'에 대해 회의하게 되었다. 그래서 데리다와 같은 철학자는 '주체'를 부정하게 된 것이고 푸코, 들뢰즈와 같은 철학자들은 주체의 개념을 다시 정립하자고 했던 것이다. 그러니까 근대의 주체가 개인의 합리성을 바탕으로 하였지만 국가나 이념 따위의 거대 구조 속에서 총체성이나 획일성으로 설정된 것인데, 이런 방식이 문제가 있다는 것이다.

그래서 당시 한참 논의되었던 것이 국가나 이념에 의해 일방적으로 주어지는 '주체'라는 것보다 다양한 사람들의 다양한 관계 속에서 설정되는 다양한 주체 양식이 더 중요하다고 했고, 그렇게 역동적으로 설정되는 맥락 때문에 주체는 주어지는 것이 아니라 구성된다고 말하는 것이다. 공동체와 국가에 의해 주어지는 주체를 거시 주체, 스스로 만들어가는 주체를 미시 주체라 구별하기도 한다. 결국 지금까지 집중적으로 논의해 온 근대나 주체라는 개념은 긍정성, 부정성을 포함하여 다양한 의미 맥락이 있음을 알 수 있다.

4장 광릉수목원과 맥락 설정

하나, 전설적인 어느 보고서

그동안 내가 한 강의도 추스르고 그것을 한 단계 더 발전시키기 위한 차원에서 맥락(콘텍스트) 설정에 대해 이야기를 나누어야겠다. 맥락이란 말은 쉬운 것 같지만 제대로 이해하지 못하는 사람들이 많다. 먼저 쉬운 예를 가지고 말문을 터 보자. 연세대학교의 전설적인 보고서에 관한 이야기다.

경기도 포천군에 있는 광릉수목원은 광릉 숲의 한 부분이다. 광릉 숲이 다른 큰 산의 숲보다도 멋진 자태를 갖추기까지는 매우 길고 험난했던 세월이 있었는데, 1469년 세조는 자신의 능 자리를 이곳에 정하고 주변 전체를 능림(왕릉을 지키는 숲)으로 지정하여 엄격히 보호했다고 한다. 그 후 일제시대와 6·25를 거치면서도 다행히 큰 재앙을 피한 광릉 숲은 광복 뒤 산림청 임업연구원의 시험림으로 지정되어 오늘에 이르렀다. 광릉 숲은 다양한 생물의 보물창고로도 유명해 '광릉' 돌림자가 붙은 광릉요강꽃, 광릉골무꽃 따위와 같은 진귀한 식물도 많다고 한다.

어느 교수가 바로 이 수목원에 대한 실태를 조사해 오라는 과제를 내주었다. 물론 직접 방문해서 조사하고 보고서에 사진을 덧붙이라고 했다. 그래서 대부분의 학생들이 바쁜 시간을 쪼개, 직접 가서 열심히 여러 가지 실태를 조사 분석해 제출했다. 그런데 우리의 주인공 이꽉돌(이로 꽉 물어도 깨지지 않는 돌, 그리고 무엇이든 다양한 정보를 꽉꽉 채우는 사나이가 되겠다고 지은 이름) 학생은 보고서 마감 일주일 전에 작은 아버지가 돌아가시고 여러 가지 일이 겹쳐 그만 마감 하루 전인 월요일에나 가게 되었다. 막힌 도로를 겨우 헤집고 도착하니 아니 이게 웬걸. 가는 날이 장날이라고 쉬는 날이 아니겠는가. 들어가지도 못하고 망연히 수목원을 바라보다 별의별 생각을 다 하며 서울로 돌아왔다. 물론 돌아오면서 어떻게 보고서를 내야 할지 고민했다. 사정을 그대로 써서 봐주십사 매달릴 것인가 아니면 적당히 베껴낼 것인가, 아니면 연기를 신청할 것인가. 어떤 방법이 가장 효율적인지 저울질했다. 숱한 고민 끝에 어찌어찌해서 보고서를 제출했는데 꽉돌이가 낸 보고서가 최고 점수를 받게 되었다.

도대체 꽉돌이가 어떤 보고서를 냈기에 직접 갔다 온 학생들을 제치고 최고 점수를 받았을까. 꽉돌이는 광릉수목원이 거대 공해 도시 근교에 있는 맥락이 무엇인가를 주로 썼기 때문이다. 그러니까 공해에 물들지 않은 숲과 공해 도시와의 역학 관계를 통해 수목원의 사회와 지리의 맥락 의미를 쓴 것이다. 이런 것은 직접 들어가 보지 않아도 알 수 있다. 또한 꽉돌이는 수목원에 가면서 꽉꽉 막히는 도로를 통해 그런 점을 더 사실적으로 느꼈을 테니까 말이다. 다른 학생들이 수목원에서 키우고 있는 나무의 수, 갈래, 단순 의의 등을 주로 분석한 데 반해 꽉돌이는 광릉수목원의 맥락을 잘 짚었다. 물론 내부 모습까지 살펴보고 포함시켰다면 더 좋은 글을 쓸 수도 있었겠지만, 그래도 내적 질서만을 묘사한 학생들보다는 훨씬 나았기 때문에 최고 점수를 받을 수 있었다.

둘, 맥락 설정의 일관성

그렇다면 맥락은 무엇일까. 맥락은 동양의 어원으로 보면 원래 혈맥이 서로 연결되어 있는 계통을 말한다. 혈맥은 피가 도는 줄기이니 피가 한결같이 흐름으로써 생명이 유지되고 우리가 맘껏 활동할 수 있게 해 준다. 이런 맥락 속에서 '맥락'은 보통 사물이 서로 잇닿아 있는 관계나 연관이라는 뜻으로 쓰이는 것이다. 결국 맥락의 핵심은 서로 이질적인 것들을 하나로 묶게 하는 일관성을 보증해 준다는 점이다. 서양의 'con-text'는 상황 또는 사회, 문화적 배경을 의미한다.

이꽉돌 군이 광릉수목원에 대한 보고서를 잘 쓸 수 있었던 것은 공해도시 서울과 그 반대격인 광릉수목원을 공해 문제를 중심으로 일관성 있게 설명하고 수목원의 맥락을 잘 분석했기 때문이다.

맥락은 그냥 주어지는 것이 아니다. 그래서 나는 굳이 '설정'이란 말을 붙여 맥락 설정이라고 한 것이다. 광릉수목원의 맥락은 누가 어떻게 설정하느냐에 따라 달라지는 셈이다. 이꽉돌 이외의 학생들은 광릉수목원의 내적 모습만으로 맥락을 설정한 셈인데, 그런 맥락 설정은 너무 단순했던 것이다.

그렇다면 이러한 일관성을 뒷받침해 주는 것은 무엇일까. 나는 그것이 문제 설정과 관점 설정이라고 생각한다. 두 요소는 서로 밀접한 관련을 맺고 있지만 서로 다른 가치와 효과를 가지고 있다.

문제 설정은 일단 맥락을 설정하고자 하는 대상을 구체적으로 드러내 주는 역할을 한다. '광릉 숲은 왜 공해 도시인 서울 근교에 있어야 하는가'라는 문제를 설정함으로써 광릉수목원의 가치가 구체적으로 보이기 시작하는 것 아니겠는가.

그리고 문제 설정은 문제전략이다. 무슨 이야기인가 하면, 문제를 설정하는 것은 문제의 해결을 탐색하는 전략을 바탕으로 한다는 점이다. 물론 실제 문제를 해결했느냐 안 했느냐가 그리 중요한 것은 아니다. 해결을 시도하는 일관성 있는 노력이 중요하다. 그래서 이꽉돌 군의 문제 설정은 공해 문제에 대한 마음을 다잡아 주고 교수를 감동시켜 교실에서 공개되고 그러한 문제의식을 과 학생들 모두가 공유하는 계기가 되었으며, 그런 움직임 속에서 환경 운동으로 확대될 수 있었다.

물론 문제 설정은 복수성을 띨 수 있다. 광릉 숲에 대해서 꼭 한 개의 문제 설정만을 할 필요는 없다. 공해라는 문제 설정 외에 나무 보호 운동 차원에서 문제를 설정할 수 있다. 곧 이제까지 우리의 나무 보호 운동은 나무 심기 위주로 이루어졌는데 그래서는 부족하고 이

제 가꾸기에 많은 힘을 쏟아야 한다는 점을 광릉수목원이 보여 준다
는 것이다. 이 점은 신문 기사를 직접 읽어 확인해 보자.

　　약 30도 경사의 산지를 올라가다 보면 왼쪽과 오른쪽이 확연히 구
분된다. 간벌(촘촘하게 서 있는 나무들 사이를 듬성듬성 잘라내는 '솎아베
기')의 효과를 측정하기 위해 왼쪽 숲에서는 정기적인 간벌을 했고,
오른쪽 숲은 그대로 방치해 놓았다. 이 시험림의 간벌은 '96년에 이뤄
졌다. 왼쪽 편의 간벌 숲으로 들어가면 13~15m 높이의 전나무들이
곧게 뻗어 있다. 지름 약 15cm 정도. 3~4m의 거리를 두고 미끈하게
올라간 이곳 전나무 숲에서 위를 올려다보면 가지에 달린 녹색 잎들
사이로 파란 하늘이 보인다. 전나무들 사이에는 약 20~30cm의 높이
로 밑동이 잘려나간 나무들이 성장을 멈춘 채 한 두 개씩 남아 있다.
다른 나무들이 지름 1.5m 높이 40m까지 정상적으로 성장할 수 있도
록 잘라낸 것들이다. 전나무 숲 아래로는 파릇파릇한 풀과 작은 나무
들이 봄을 맞아 생장을 시작했다. 반면 오른편 숲은 간벌을 하지 않은
채 방치해 둔 지역이다. 1~1.5m 간격으로 전나무들이 빽빽이 들어차
있다. 77년 ha당 3천 그루씩 심은 나무들이 거의 그대로 남아 있다. 이
숲은 밑동부터 20~30cm 간격으로 층층이 나무를 돌아가며 수없이
뻗어 있는 죽은 잔가지들 때문에 사람이 들어가기 어렵다. 위를 쳐다
보면 어깨를 맞대듯이 빽빽이 서 있는 나무의 잔가지 때문에 하늘이
보이지 않는다. 햇볕을 받지 못한 나무 아래쪽의 잔가지들은 말라죽
있고, 토양은 유기물이 부족해 푸석푸석하다. 나무 아래 자라는 다른

풀과 작은 키나무들 역시 찾아볼 수 없다. 정용호 박사는 "간벌을 한 숲에서 자라는 나무는 햇볕을 받는 면적이 넓어 광합성이 활발하고 또 베어낸 나무의 공간만큼 여유가 있어 성장도가 높다."고 말했다. 반면 비간벌 지역은 나무들 서로의 잔가지와 뿌리가 영향을 미치는 순간부터 생장이 거의 이뤄지지 않는다는 설명이다. 실제로 임업연구원에서 대조를 위해 식목 후 15년이 됐을 때 잘라낸 간벌 지역과 비간벌 지역의 25년생 잣나무는 각각 지름이 14cm와 9cm로 5cm의 차이가 났다. 낙엽송의 경우도 최종 수확시기를 맞은 45년짜리 나무의 지름이 간벌 지역나무는 30cm 이상으로, 비간벌 지역 나무 15cm의 2배에 이른다. 임업연구원 중부임업시험장 김석권(43) 박사는 "간벌 지역에서 수확되는 지경이 큰 나무는 용도가 다양해 비간벌 지역에서 나는 나무보다 가격이 10~20배까지 비싸게 받을 수 있다.'고 말했다. 환경적으로도 간벌은 커다란 역할을 한다. 간벌을 하면서 잘라낸 잔가지들은 숲의 바닥에 쌓이면서 오랜 기간을 두고 빗물과 햇볕 등에 의해 분해되면서 땅속으로 스며들어 땅을 기름지게 하는 영양분이 된다. 또한 땅속에 미세한 공간을 만들게 되며, 이것들이 비가 올 때 산을 타고 내려오는 빗물을 땅속에 저장하는 역할을 한다. 결국 한꺼번에 쓸려 내려가는 빗물의 양을 조절해 홍수를 막아 주는 역할을 하게 되는데 간벌된 침엽수 인공림의 ha당 빗물 흡수량은 시간당 260mm로 초지 128mm의 2배, 전답 89mm의 3배 가까이 된다. 비간벌 지역의 빗물 흡수도는 약 200mm다. (뒤 줄임)

—포천, 이건호

이러한 문제 설정을 통해 똑같은 식물인데도 채소나 곡물류는 열심히 가꿔야 하지만, 나무는 그저 심기만 하면 된다는 통념을 바로잡으면서 또 다른 환경운동으로 연결시킬 수 있다.

다음 관점 설정은 맥락 설정의 방향을 구성해 주는 것이다. 그러니까 긍정/부정, 거시/미시, 찬성/반대/중립 등의 틀거리 관점과 경제, 사회, 문화, 역사, 철학 등의 주제별 관점, 그리고 노동자, 자본가, 학부모 등과 같은 입장별 관점 등. 물론 실제 생각이나 주장에서는 세 갈래의 관점이 뒤섞여 설정될 것이다. 이해의 편의를 위해 전자오락에 대한 관점의 다양함은 다음의 표를 보도록 하자.

전자오락에 대한 다양한 관점

입장	찬 성			
	교육	경제	사회 / 문화	건강
학생소비자	○ 학습에 도움 ○ 지능개발 ○ 컴퓨터 실력이 는다. ○ 자연스런 외국어 접촉 ○ 창의적 사고 확장 ○ 3차원적 공간 경험	○ 유능해지면 적은 돈으로 다양한 효과를 거둘 수 있다. ○ 소비를 통한 경제 활성화 ○ 전문 프로그래머 배양 ○ 인터넷 능력 향상	○ 새로운 사회의 인간형(사이버)을 익힌다. ○ 새로운 놀이문화를 익힌다.	○ 정신적 스트레스 해소
생산자·학부모	○ 교육발전에 도움 ○ 전문 프로그래머 양성 ○ 학습에 도움	○ 소프트웨어 시장 활성화 ○ 중소기업 활성화 ○ 용돈을 줄일 수 있다.	○ 놀이문화가 발전 ○ 새로운 놀이문화를 창출할 수 있다.	○ 스트레스를 해소해서 아이들 건강에 좋다.
선생님	○ 학습에 도움 ○ 지능 개발	○ 멀티미어디 교육환경	○ 학생들의 사회적응력을 키워 준다.	

입장	반 대			
	교육	경제	사회 / 문화	건강
학생소비자	○ 학습내용 편중 ○ 균형 있는 발전 저해	○ 과소비 조장	○ 편협한 인간이 될 수 있다. ○ 자기 폐쇄성	○ 눈이 나빠진다.
생산자	○ 시장편중(오락 프로그램 때문에 교육용이 안 팔린다.)	○ 소프트웨어 시장이 획일화되어 더욱 손해		
학부모	○ 학습방해	○ 용돈을 많이 주어야 한다.	○ 놀이문화가 한쪽으로 편중된다. ○ 세대간 갈등 조장	○ 몸이 허약해진다.
선생님	○ 학습방해	○ 낭비벽이 생긴다.	○ 오락 편집증 때문에 사회적 응력이 떨어진다. ○ 폭력성 조장	

전자오락에 대해서 이렇게 다양한 관점이 설정될 수 있다고 생각해 보았는가. 광릉 숲에 대한 관점 설정에서도 40대 이상인 분들은 삼림욕을 즐길 수 있으니 건강 관점에서 좋아할 것이고, 20~30대 젊은이들은 데이트하기 좋으니 연애 관점에서, 10대들은 놀기 좋으니 오락 관점에서 좋아할 것이다. 물론 그 모든 관점 때문에 좋아하는 사람도 있을 테고.

일관성 하니까 뭔가 뚜렷하고 분명하고 확실한 느낌을 받았을 것이다. 그것은 분명한 문제 설정과 관점 설정을 통해 설정한 맥락이 그렇다는 것이지 맥락 그 자체가 간단하고 자연과학적 명징성을 확보하고 있는 것은 아니다. 우리 몸의 피의 흐름이라는 맥락만 보더라도 얼마나 복잡한가. 모세혈관부터 거대한 동맥까지 뒤엉켜 있으면서 온갖 미묘 복잡한 기능을 수행하고 있다. 복잡하다고 해서 앞에서 설명한 일관성을 부정하는 것은 아니다. 아무리 복잡해도 일관된 흐름이 있어서 생명이 유지되고 있으니 말이다. 복잡성을 다양성이나 중충성으로 이해해도 큰 무리가 없으리라고 본다.

결국 우리 삶 자체가 맥락으로 이루어져 있는데, 그렇다면 우리 삶 자체는 또 얼마나 복잡한가. 수많은 사람들의 관계, 미묘한 감정의 교차, 문화·역사·사회 등 수많은 삶의 양상들…… 그렇지만 그 복잡한 가운데서도 일정한 질서를 유지하며 살고 있다. 물론 그 질서를 누가 어떻게 누리고 있느냐가 문제가 되겠지만 말이다.

셋, 복잡한 맥락을 시원하게 풀어 주는 관계 설정

맥락의 복잡성을 파헤치는 전략으로 관계 설정과 상호작용을 들 수 있다. 먼저 관계 설정은 복잡한 현상을 분명하게 풀어내는 전략이다. 광릉수목원이 우리의 복잡한 삶과 환경 속에 존재하고 있지만 이꽂돌 군처럼 서울과의 관계를 설정하니, 광릉수목원의 본질이 분명하게 드러나게 되었다.

다음으로 복잡성의 실체를 잘 드러내는 것은 상호작용이다. 복잡한 우리의 삶은 수많은 관계의 집합이고 그러한 집합은 헤아릴 수 없는 상호작용으로 이루어지고 있다. 물론 상호작용은 좋은 쪽의 상호작용도 있고, 잘못된 쪽으로의 상호작용도 있다. 가장 이상적인 상호작용의 보기로 고슴도치 가족 이야기와 낙엽과 도토리 이야기를 다시 생각해 보자. 서로의 몸을 최대한 존중해 주면서 꼭 껴안고

▲ 광릉수목원

추운 겨울을 나는 고슴도치 가족. 그리고 낙엽은 도토리의 보호자(거름)가 되고 도토리는 출렁거리는 숲을 창조하여 서로가 서로를 살려 나가는 상생의 상호작용. 자꾸자꾸 생각해 봐도 감동적이다.

광릉 숲의 찬란함은 수많은 생물들 상호작용의 승리이기도 하지만 결국 인간과 숲의 상호작용의 승리이기도 하다.

넷, 맥락 설정의 역동적 주체로서의 나

이제 마지막으로 맥락 설정의 역동성에 대해 생각해 보자. 맥락을 설정한다면 누가 왜 하는가. 설정하는 사람을 우리는 주체라 불렀다. 맥락이 주어지는 것이 아니듯, 주체도 주어지는 것이 아니라 설정해 나가는 것이다. 그러니까 수많은 상호작용 속에서 어떻게 살아가느냐에 따라 어떤 주체가 되는가가 자리매김된다. 쉽게 예를 들면 또물또가 학생으로서의 권리 행사를 제대로 할 때 학생으로서의 주체가 설정되었다고 하는 것이고, 동아리 활동 속에서는 동아리 회원으로서의 도리와 권리를 제대로 행사했을 때, 동아리 회원으로서의 주체가 구성되었다고 한다. 그래서 우리는 우리 주변 문제에 대해 문제를 설정하고 적극적으로 말하고, 글 쓰는 행위야말로 진정한 주체로 우뚝 서는 일이다. 그렇게 행할 때, 우리는 어른들의 거대한 이야기, 언론들의 무차별 말 쏟아내기에서 당당한 주체로 구성될 수 있다.

이제 우리가 지금까지 맥락의 다양한 모습을 살펴보았듯이 맥락 설정은 누가 어떤 문제 설정과 관점 설정을 갖고 하느냐에 따라 달라짐을 알 수 있었다. 물론 그것은 시간과 공간의 변화에 따라 더욱 다양하고 복잡한 양상을 띠고, 그런 측면을 생산성이라고 한다. 끊임없이 재생산되는 생산성. 결국 어떤 방향으로 맥락이 설정되느냐가 중요하다는 말이다. 다음 교과서의 맥락 설정은 어떠한가.

문화는 사회적인 상호작용이 이루어지는 맥락을 구성한다. 맥락이라는 개념은 문화의 성격을 이해하는 데 큰 도움을 준다. 왜냐하면 일상생활의 사건들은 항상 일정한 **맥락**을 가지고 있으며, 같은 물건, 같은 행동이라도 그것이 처해 있는 맥락에 따라 의미와 평가가 달라지기 때문이다.

 우리의 일상생활은 말이나 행동의 구체적인 맥락을 이해함으로써 의미 있게 구성되는 것이다. 이 맥락의 해석은 보이지 않는 규칙을 따른다. 우리는 이 규칙을 당연하게 여기면서 전혀 의식하지 않고 살아가다가, 규칙을 위반하는 사람이나 전혀 다른 규칙에 따라 행동하는 사람들과 마주치게 되면 비로소 그것을 돌아보게 된다. 이 규칙이 바로 문화이다.

–7차 고등학교 교과서 『사회문화』, 천재교육

 우리의 삶은 구체적인 맥락을 이해함으로써 의미 있다고 했지만 어떻게 이해하느냐가 중요하다. 교과서에서는 맥락의 해석이 '규칙'을 따른다고 했고 그 규칙을 문화라고 규정하고 있다. 중요한 것은 이러한 규칙을 누가 어떤 맥락에서 설정해 나가느냐에 있다. 이 때의 규칙이 법이라면 법은 입법부인 국회에서 만들지만 국회는 국민들의 올바른 선거에서 나온다. 맥락을 설정하는 것이 중요한 것이 아니라 어떻게 설정하고 실천하느냐이다. 맥락을 설정하는 맥락이 중요하다.

5장 역사와 운명에 대한 마음 열기

하나, 어느 젊은이와 루쉰과의 간절한 편지

▲ 루쉰의 산문집 『아침 꽃을 저녁에 줍다』

중국의 1920년대 격변기 때 대작가이 자 사상가인 루쉰과 어느 젊은이가 주고 받은 글을 우리 청소년들과 함께 읽어 보 려 한다. 이 글을 통해 거대한 역사와 운명 앞에서 괴로워했던 어떤 젊은이의 고뇌 를 함께 나누고 싶어서이다.

루쉰 선생님,

정신도 육체도 이 지경까지 지쳤습니다. 피곤이 극에까지, 무어라 설명할 수도 없을 지경까지 이른 저는, 병든 몸을 쥐어짜 <스승>에게 최후의 외침(도움을 청한다기보다는 경고라고 해야 옳은지도 모릅니다)을 지르지 않을 수 없습니다.

선생님은 살아 있는 새우를 술에 담가 먹는 취하요리를 만드시는 분이고, 저는 취한 새우입니다. 저는 본래 쁘띠부르주아 집안에서 태어났습니다. 온실의 꽃처럼 자랐지요. 먹고 자는데 불편할 게 없는 생활이었습니다. 꿈에도 그리던 사각모가 손에 들어오면 그만이었고, 다른 아무런 욕심도 없었습니다.

『외침』이라는 선생님의 첫 소설집이 출간되고, 『어사』란 잡지가 발간되었었지요. 거기에 실린 선생님의 글 한 편 한 편이 차례차례 저의 신경을 자극해 오기 시작하였습니다.

그 덕택으로 당시 저는 청년 중에서도 어린 축에 들었었지만, 동료들이 천박하고 장님으로 느껴지기도 했습니다. "혁명! 혁명!" 하는 외침이, 도붓장수(이리저리 돌아다니며 물건을 파는 사람)의 외침처럼 거리에 넘실거렸고, 잇달아 이른바 혁명세력이 들끓었습니다.

저는 거기에 빨려들어 갔습니다. 당시 청년들의 천박함을 싫어하였고, 나 자신의 생명의 출로를 발견하고 싶었기 때문이었습니다. 그때야 어찌 알았겠습니까? 그것이 저에게 기만과 허위, 음흉 등등이 바로 인간의 본성이라는 걸 가르쳐 주는 결과가 될 줄이야. 과연, 머잖아 군벌과 정치인들은 허물을 벗고 교활하기 짝이 없는 정체를 드러냈습니다. 그리고 저의 끓어오르는 가슴도 장개석의 반공 쿠데타의 소리와 함께 숙청당해 버렸습니다. 그때 저는 생각했습니다. 인정 많고 소박한 품성의 노동자 계급과 세상을 등진 학자만은 아직 의지할 만하지 않을까. 그러나 참으로 절묘하게도, 어느 분의 말처럼 "중국에 계급은 있어도 사상은 모두가 하나이다. 그것은 관리가 되어 돈을 벌려는 것이다." 이것뿐이었습니다.

저는 가끔 기원전의 사회에 살고 있는 게 아닌가 하는 의심이 들곤 합니다. 그 어리석음, 돼지나 사슴보다도 어리석은 언행! (아마 국수주의자들은 이것이야 말로 중국의 정수라고 여길지 모릅니다만) 참으로 막막합니다. 막막한 나머지 대관절 무엇을 해야 할지 모르겠습니다.

예리하기로 따지면야 실망의 화살만큼 예리한 것은 없습니다.

저는 실망했습니다. 실망의 화살이 저의 심장을 꿰뚫었고, 저는 피를 토했습니다. 침대에서 전전한 지 이미 수개월째입니다. 맞습니다. 희망을 잃은 인간은 죽어야 합니다. 그러나 저는 그럴 용기가 없고, 아직 나이도 젊어 스물하나에 불과합니다. 애인도 있습니다. 죽지 않는 한, 정신적으로도 육체적으로도 고통 속에서 살아갈 것이고, 아마 초침이 짤깍거릴 때마다 고통을 당할 것입니다. 애인도 생활에 압박받고 있습니다. 눈곱만큼 있던 유산은 이미 혁명이 걷어가 버렸습니다. 그래서 서로 위로해 주기는커녕 서로 상대의 눈치만 보며 한숨만 내쉬고 있습니다.

아무것도 모르던 때가 행복했습니다. 앎은 고통의 시작이었습니다. 이 독약을 저에게 먹인 것은 선생님입니다. 저는 선생님에 의해 산 채로 술에 담가졌습니다. 선생님, 제가 여기까지 이끌려 온 이상, 제가 가야 할 최후의 길을 가르쳐 주십시오. 그렇지 않다면, 제발 저의 신경을 마비시켜 주십시오. 아무것도 모르는 게 행복하니까요. 다행히 선생님은 의학을 배우셨으니, 제가 작은 야우츠 선생님을 흉내 내어 "내

목을 돌려다오!"라고 외친다 해도 어려울 게 없으실 겁니다.

끝으로 권고드릴 게 있습니다. 선생님, 이제 좀 쉬십시오. 더 이상 군벌들을 위해 신선한 요리를 만들어 주실 필요가 없습니다. 저와 같은 청년들을 지켜 주십시오. 생활 문제에 쫓기신다면 「옹호」니 「타도」니 하는 글을 더 쓰시면 될 터이고, 위원 자리든 선생님의 부귀쯤은 염려하실 필요가 없겠지요.

속히, 제게 가르침을 주십시오. 모쪼록 어정쩡하게 묵살해 버리지는 말아 주십시오.

『북신』이나 『어사』지상에 답해 주셔도 좋습니다. 가능한 이 편지는 공표하지 말아 주십시오. 웃음을 사지 않도록.

용서하십시오, 병중이라 피로가 지극하여 난필이 되었습니다.

당신에게 중독된 어느 청년 Y
1928년 3월 13일 침상에서

미래를 지나치게 밝게 본 잘못

Y군.

답장을 하기 전에, 먼저 사과를 해야겠습니다. 편지를 공개하지 말라던 당신의 부탁을 지킬 수가 없기 때문입니다. 편지의 뜻으로 보건대 공개적인 회답을 원하고 있는 듯하고, 그러자니 보낸 편지를 접어 두고 쓸 경우, 독자들이 내가 무슨 얘기를 하는 건지 갈피를 잡지 못할 것이기 때문입니다. 아울러 내 보기에는 그리 부끄러워할 것도 없는 듯도 싶고.

중국에는 혁명을 위해 죽어간 사람도 많고, 고생이 되더라도 혁명을 계속해 나가고 있는 사람도 많습니다. 물론 혁명을 하면서도 잘 살고 있는 사람도 있지요. 혁명에 뛰어들었다가 살아남은 사람으로서 혁명성에 철저하지 못했다는 자책이 들 수도 있을 테고, 죽은 사람에게 미안한 생각이 들 수도 있을 겁니다. 그러나 살아 있는 사람들은 누구나 당신 같은 사람을 이해하여야 한다고 생각합니다. 정작 그들 자신들은 모두 운이 좋았거나 교활하거나 아니면 약삭빠르게 살아남았을 뿐이니까요. 아마 거울에 스스로를 비춰보면, 그들 중 대다수는 영웅인 척하는 자신의 얼굴을 거두어야 할 것입니다.

애초에 나는 꼭 글을 팔아 살지 않아도 되었습니다. 붓을 든 건 순전히 친구 요청에 응하기 위해서였지요. 그런데 내 마음속에 불만의 싹이 숨겨져 있었던지, 붓을 움직이기 시작하자 분노의 언어와 과격의 말이 쏟아져 나왔습니다. 청년을 선동하는 꼴이 되었지요. 단기서 정권 때, 많은 사람들이 유언비어를 날조하며, 저와 동료들에게 비방을 가하였습니다. 나는 감히 말할 수 있습니다. 우리가 그러한 일을 하며 외국에서 한 푼의 동전도 받은 적이 없고, 부자들에게서 한 푼의 보조금도, 서점에서 일 전의 원고료도 받지 않았다는 것을 말입니다. 더욱이 나는 문학가가 될 생각도 없었기에 동료 비평가들에게 연락하여 평을 좋게 써 달라고 한 적도 없습니다. 제 소설 몇 권이 일만 부나 팔리리라고는 꿈에도 생각하지 못했습니다.

중국이 개혁되고 변화가 있었으면 하는 바람은 분명 있었습니다. 날더러 구제할 길 없는 작가리느니, 독필이리느니 하지만, 나는 결코 모든 것들을 말살하지는 않았다고 자신합니다. 나는 상층 인간보다는 하층 인간이, 노인보다는 청년이 더 낫다고 여겼기에 여태껏 내 붓 끝의 피를 하층 인간과 청년들의 몸에 쏟은 적은 없었습니다. 그들도 일단 이해관계가 얽히게 되면 상층 인간이나 노인들과 별반 다르지 않다는 것을 알지만, 오늘날과 같은 사회 조직 아래서 이는 불가피한 일입니다. 더욱이 그들을 공격하는 사람들이 무수히 많은 터이니, 구태여 나까지 나서 투석에 가세할 필요도 없었습니다. 이런 까닭으로 암흑의 한쪽 측면만을 폭로하는 결과가 되었지만, 청년 독자들에게 영합하거나 속일 속셈은 애초에 없었습니다.

여기까지가 내가 북경에 있을 때, 성방오 등 혁명문학파(프롤레타리아 혁명문학을 본격적으로 주장했던 청년 문학가들, '좌'적 오류를 범하던 인물들로 처안주의 입장에 섰었다)들이 쁘띠부르주아 기질이 농후하다고 나를 비판하던 그 시절의 일입니다. 그러나 나의 신중하지 못한 언행으로 인해 밥줄이 끊기었고, 도피를 해야 하였습니다. 정처 없이 헤매다 '혁명 발상지'라는 광동에 도착했지요. 두 달을 그곳에서 지내며 나는 기겁을 하였습니다. 전에 들었던 것들은 모두 새빨간 거짓이었으며, 그곳은 군인과 상인이 지배하는 땅이었습니다.

이어 장개석의 4 · 12 반공 쿠데타가 일어났습니다. 신문에서는 거의 보지 못했고 그저 풍문으로만 들었을 뿐입니다. 나는 신경과민이 좀 있는데, 이 사건이 마치 섬멸작전처럼 여겨졌고, 몹시 애통하였습니다. 물론 나의 이러한 마음은 '천박한 인도주의'이며, 이미 2~3년 전에 유행했던 철지난 것인 줄 알았지만, 내게 쁘띠부르주아 근성이 채 청산되지 않은 탓인지, 마음이 늘 적적하였지요.

이전의 내 논의들은 분명 실패했고, 이는 선견지명이 없었던 탓입니다. 그 원인은, 젊은 혁명문학파들이 나를 비난하듯 '유리창 너머 술 취한 몽롱한 눈으로 인생을 바라본' 탓일 겁니다.

그러나 그처럼 급격한 변화는 아마 세계적으로도 드물 것이고, 내가 그와 같은 사태를 예상하지 못하고, 묘사하지 못했다는 것은, 내가 독필이 되려면 아직 멀었다는 것을 말하는 것이겠지요. 그 당시의 상황은, 거리에 있든, 민중 속에 있든, 관계에 있든 지간에, 설령 50년 앞을 내다보는 초시대적 혁명문학가라 하여도 예견할 수 없었습니다. 그러기에 '이론 투쟁' 같은 것이 선행되지도 못한 것이지요. 그것이라도 있었다면, 많은 사람이 구출될 수도 있었을 텐데 말입니다. 혁명 문학가를 예로 든 것은, 사후약방문 식으로 그들의 어리석음을 비웃고자 함이 아닙니다.

내가 말하고자 하는 것은 내가 장래의 변화를 예견하지 못한 것은 나에게 냉혹함이 부족했기 때문이고, 그래서 착오가 생겼다는 것입니다. 이 일을 가지고 내가 어떤 사람과 의논한 바도 없었고, 또 나에게 무슨 딴 목적이 있어서 남을 속인 것도 아니라는 거지요.

그러나 의도야 어찌되었었건, 현재 내가 염려하는 것은, 죽어간 이들 중 혹 내 글을 읽고 자극을 받아 혁명에 뛰어든 청년이 있을지도 모른다는 점입니다. 이 점이 고통스럽습니다. 이 역시도 내가 되지 않겠지요. 무엇보다도 거물 혁명가 자신이 살아남아야 계속 혁명을 지도힐 수 있고, 지도 없이는 혁명이 성공하지 못하니까요. 그러기에 젊은 혁명 문학가들은 모두 상해의 외국인 조계 지역 주변에 살고 있지 않습니까? 그곳에는 서양 사람들이 만든 철조망이 있어서 바람이 불어와도 조계 밖의 반혁명문학과의 사이가 차단되어 버리지요.

이들 혁명 문학가들은, 거의가 올해(1928) 들어 대량으로 등장한 사람들입니다. 여전히 서로 칭찬하고, 서로 배척하고 있지만, 나 자신도 '혁명은 이미 성공했다'는 문학가와, '혁명은 아직 성공하지 못했다'는 문학가를 명확히 구분하지 못합니다. 단지 알고 있다면, 혁명문학파들이 이렇게 주장하고 있다는 것뿐입니다. 내 책 『방황』, 『야초』가 아직도 읽히고, 내가 내는 『어사』라는 잡지가 여전히 간행되고 있기에 혁명이 이렇게 성공하지 못하고 있고, 청년들이 혁명에 태만해졌다고 말입니다.

이 주장만큼은 모두가 거의 일치하고 있습니다. 이것이 금년 혁명 문학계의 여론입니다. 나는 이 여론에 화가 나기도 하고, 웃기기도 하지만, 한편으로는 즐겁기도 합니다.

설사 혁명을 정체시켰다는 죄를 얻기는 했어도, 청년들을 유인해 죽게 했다는 마음의 자책은 면할 수 있기 때문입니다. 그리하여 모든 사망자, 부상자, 그리고 현재 고초를 겪고 있는 사람들과 나는 이제 아무 관계가 없게 되었습니다. 종전에는 참으로 큰 책임을 느꼈었습니다.

나는 강연도 않고 강의도 그만두고, 평론도 발표하지 않고, 나의 이름을 사회에서 죽여 버리는 것으로 나의 죄를 보상할 생각이었지요. 그러나 올해 들어 마음도 가벼워지고 다시 활동할 생각이 들게 되었습니다. 그런데 뜻하지 않게 당신의 편지를 받아 나의 마음이 다시 무거

위졌습니다. 그러나 작년처럼 그렇게 무겁지는 않습니다. 반 년 동안 여론을 지켜보고, 경험에 비추어 보면서, 혁명의 여부는 사람에게 달려 있지 글에 달려 있는 것이 아니다는 것을 알았습니다. 당신은 내가 그대를 중독 시켰다고 하였습니다. 그러나 이곳의 비평가들은 내 글이 비혁명적이라고 말하고 있습니다. 문학이 족히 사람을 움직일 수 있다면, 그들도 비혁명적인 내가 쓴 글을 본 이상, 혁명문학가가 되길 포기해야 하겠지요. 그런데 그들은 내 글을 읽고는 비혁명적이다고 단정하고 말뿐, 조금도 낙심하지 않은 채 혁명문학가가 되고자 하니, 이를 볼때 글이란 사람에게 아무 영향을 미치지 못한다는 걸 알 수 있습니다. 그러나 당신은 나와 생면부지이고, 내게 속임수를 걸지도 않을 것이기에 나는 이 문제를 다른 측면에서 생각해 보고자 합니다.

첫째, 당신은 담이 너무 큰 것 같습니다. 다른 혁명문학가들은 내가 민중들이 지니고 있는 어두운 측면을 묘사한 것에 놀라며, 출로가 없다고 여깁니다. 그들은 최후의 승리는 자신들 것이라면서, 생명보험에라도 든 것처럼 수입과 지출을 따져 봅니다. 그러나 당신은 이러한 것들을 헤아려보지도 않고 곧장 암흑으로 진격해 갔습니다. 이것이 당신이 수난을 겪고 있는 원인입니다.

그리고 이 무모함은 둘째 원인, 즉 지나치게 진지하다는 것으로 이어지고 있습니다. 혁명 속에도 여러 가지가 있지요. 당신은 혁명 때문에 재산을 잃었지만, 혁명 때문에 재산을 얻은 자도 있을 것입니다. 생명마저 혁명에 빼앗긴 자도 있을 것이며, 혁명에서 급료를 얻고 원고료를 얻고, 그대신 혁명가의 명예를 잃은 자도 있습니다. 이들 영웅들은 물론 진지합니다. 그러나 만일 당신이 원래보다 손해를 보았다면, 나는 그 원인이 '지나치게' 성실했던 데 있다고 봅니다.

셋째로 당신은 미래를 지나치게 밝게 생각하고 있기 때문에 한 번 장애를 만나면 곧 큰 실망에 빠집니다. 미리 필승을 기대하지 않는다면, 설사 실패하더라도 고통은 아마 훨씬 적을 것입니다. 솔직히 말하면 지금까지 말한 것은 모두 실없는 소리입니다. 당신의 개인적인 문제에 관해서는, 나는 전혀 손을 쓸 수가 없습니다. 그것은 '전진하라 죽어라, 청년이여!'라는 식의 용감한 글로 해결될 일이 아니지요.

여기서 조금만 말하고자 합니다. 첫째, 생계를 도모해야 합니다. 그리고 생계를 위해서는 수단을 가리지 말아야 합니다. 요즘 '목적을 위해서는 수단을 가리지 않는다'는 것이 공산당의 특기라고 떠드는 자들이 있는데, 이것은 큰 착오입니다. 세상의 많은 사람들이 실제로는 이것을 실행하고 있으면서도 단지 입 밖에 내지 않을 뿐입니다. 둘째, 애인을 위로해 주십시오. 그런 것은 혁명으로의 길과는 정반대라는 게 세상의 여론인 듯하나, 이는 개의할 바가 못 됩니다.

선생, 나는 당신이 잠시 쉬기를 권합니다. 형편 닿는 대로 조금 입에 풀칠할 것만을 생각하면서 말입니다. 그러나 나는 당신이 영원히 '몰락'하는 것은 바라지 않습니다.

종이가 다 되어 이것으로 답신을 줄입니다. 모쪼록 건강을 회복하길 바랍니다.

그리고 애인을 굶기지 말길.
루쉰. 1928년 4월 1일

둘, 역사와 지식, 운명

인간은 배움을 통해 뭔가를 끊임없이 추구해 간다. 그래서 책을 읽어 배우고 선생님을 만나 배우기도 하고 아니면 부모, 선배 등 많은 이들로부터 뭔가를 배워 나간다. 이러한 상식적 흐름을 부인할 사람은 아무도 없다. 문제는 왜 배우며 어떻게 배우는가, 그래서 그렇게 배운 것으로 무엇을 해 나가느냐이다. 이런 식으로 논의를 확장해 보면 논의는 조금 복잡해진다. 극단적으로 편지글의 젊은이처럼 "앎은 고통의 시작이었다."는 절규까지 나오게 된다. 이 말의 진실 여부를 떠나 잘못 배워 문제가 되거나 오히려 많이 배워 문제가 되는 경우는 숱하게 많다. 하긴 나치 학살과 같은 인류의 비극적 사건에 주도적 역할을 한 사람들은 대개 많이 배운 지식인들이었다. 결국 우리는 배우는 것이 중요한 것이 아니라 왜, 어떻게 배우느냐가 중요한 것인데 그래서 배움을 소화하고 전하는 또는 배움을 받아들이는 개인의 주체적 의지도 중요하다는 것이다. 물론 그런 주체적 의지는 왜, 어떻게 배우느냐에 따라 많은 영향을 받을 수 있다. 그러나 같은 선생님으로부터 똑같은 내용을 배운 학생들의 길이 각기 다른 길로 봐서 그 관계는 일방적으로 설정할 수 없을 듯하다. 그래서 이 문제는 그런 복잡한 관계에 대한 학생의 생각을 묻고 있다.

위 편지글이 쓰인 시기는 중국이 극도의 혼란의 소용돌이 속에 빠져 있는 때였다. 이 소용돌이의 시초는 청나라 말엽으로 거슬러 올라간다. 청나라는 19세기에 접어들어, 인구의 급속한 증가, 지주 세력의 확장으로 인한 빈부차의 현격화, 관리의 부패와 횡포의 횡행, 서구 제국주의 열강들의 중국 진출이 빈번해지는 상황에 놓이게 된다. 이로 인해 국민의 대다수인 농민 생활이 날로 궁핍해지면서 민란이 빈발하고, 국가 또한 서구 열강의 침략이 노골화되는 사태에 직면하게 된다. 이런 위기 속에서 영국과의 외교·통상 문제로 인한 아편전쟁(1840~1842)이 발발하고 중국은 결국 중국 최초의 불평등조약인 난징조약을 영국과 체결하기에 이른다. 이는 중국의 반식민지화를 촉진시키는 계기가 된다. 또한 안으로는 홍수전의 상제회가 중심이 된 태평천국운동(1851~1864)이 청조 타도와 평등 사회 실현을 목표로 일어나 반봉건·반제국주의 모순을 첨예화시킨다. 이런 민란은 청조의 각성을 유발하여 양무운동, 변법 자강운동 등을 전개시키는 시발점이 되었으나 위로부터의 개혁이었기에 이내 그 한계를 드러내고 말았다.

마침내, 1911년 신해혁명이 일어난다. 이는 민족·민권·민생의 삼민주의를 내건 쑨원의 중국혁명동맹회가 화북지방의 군벌인 위안스카이와 손을 잡고 청조를 무너뜨리게 되는 결정적 사건으로써, 이로 인해 중국 최초의 공화정 정부인 중화민국이 수립되었다. 그러나 독재와 정권욕에 눈이 먼 나머지 황제 부활을 꿈꾼 위안스카이의 배신으로 인해 신해혁명의 이상은 수포로 돌아가고 제국주의 침략에 시달리던 중국은 외세를 등에 업은 각 지역 군벌의 권력다툼에 다시 극도의 혼란에 빠지게 된다. 이에 불만을 품은 지식인·학생·노동자들은 일본의 21개조 요구의 철폐, 산둥반도의 이권 반환, 친

일관료의 척결 등을 요구하며 대대적인 시위에 돌입했고 이는 전국적인 대중운동으로 발전하게 된다. 이것이 1919년에 발생한 5·4운동이다. 청년의 편지에서 청년 Y가 언급한 혁명이 바로 5·4운동의 연장선상에 위치한다. 그리고 5·4운동의 한 지류였던 신문화운동을 중추적으로 견인해 낸 지식인 중의 한 명이 루쉰이었고 그의 글은 청년층을 비롯한 많은 이들에게 혁명의 참여를 독려하는 영향을 끼쳤다.

신해혁명이 실패로 돌아간 뒤 해외로 유랑을 떠났던 쑨원은 5·4운동으로 인해 다시금 개혁의 불씨가 지펴진 것을 확인하고 중국으로 돌아와 광둥을 중심으로 한 중국 국민당을 결성하기에 이른다. 쑨원의 중국 국민당은 러시아의 10월 혁명에 고무받아 창설된 중국 공산당과 연합하여 군벌타도의 기치를 내걸고 북벌을 감행한다. 이것이 바로 제1차 국·공 합작이다. 이 북벌 계획은 쑨원의 뒤를 이은 장제스에 의해 1928년 만주군벌의 장쭤린이 죽은 후, 거의 끝나게 된다. 그러나 군벌타도와 자주 독립국가의 건설을 위해 연소용공(소련공산당과의 연합)을 표방하며 공산당과의 연계성을 인정한 쑨원과는 달리 장제스(장개석)는 제1차 국·공 합작이 완료되자 노동자·농민의 열렬한 호응 속에 그 세력이 크게 확장된 공산당의 힘을 두려워 한 나머지 이들과의 결별을 선언하며 탄압하기에 이른다. 이후 중국은 다시 장제스의 국민당과 공산당 사이의 내전에 휩싸이고, 제2차 국공합작, 중일전쟁을 거쳐 1949년 중화인민공화국이 성립되기까지 숨 가쁜 항해를 계속하게 된다. 이상을 통해서도 알 수 있듯이 중국은 불과 100여 년 사이에 안팎으로 엄청난 역사의 격변을 경험했다. 루쉰의 말처럼 당시의 상황은 '50년 앞을 내다보는 초혁명문학가라 하여도 예견하기 어려운' 급변하는 시대였다.

　Y는 작가 루쉰의 글에 감명받아 혁명에 동참했다가 그 혁명의 결과에 상당한 회의감에 빠진 나머지 정신적·육체적으로 피폐해져 버린 청년이다. 그는 혁명이 내건 장밋빛 기치가 구체화되리라 믿었으나, 혁명의 결과는 일부 사회 구성원들의 정치적, 경제적 지각변동과 계층적 변환이었을 뿐, 대의를 위해 희생된 소의는 말 그대로 사소하고 개별적인 것에 지나지 않았다. Y가 보기에, 진정한 혁명세력으로 위장했던 군벌과 위정자들은 혁명의 소용돌이가 잠시 잦아들자 이내 본색을 드러내어 세력과 이권 추구에 몰입했고, 혁명의 주축세력이었던 노동자와 지식인마저 승관발재(升官發財, 관리가 되어 돈 버는 것)만을 바라는 속물·축생들일 뿐이었다. 의식의 눈이 깨어 바라본 암울하기 그지없는 사회, Y는 그 사회의 암흑 속으로 몸을 던져 정열을 불태웠지만, 남겨진 것은 철저히 유린당한 혁명의 기치와 희망을 잃은 채 침상에 누워 억겁의 고통 속에 숨죽여 흐느끼는 빈털터리 자화상뿐이었다. 이런 그에게 혁명은 가녀린 새우가 담겨지는 술도가니였고, 혁명의 정신을 일깨워, 투쟁의 현장으로 이끌어 낸 루쉰은 독약에 흐느적거리는 취하새우를 만드는 요리사에 다름 아니었을 것이다. 혁명의 기운이 싹트지 않고, 작가 루쉰의 글을 접하지 않았다면, 그는 자신의 가정·사회 환경에 의해 또 다르게 예정된 쁘띠부르주아적인 안온한 삶을 영위했을 것이다. Y의 글을 통

해 우리는 배움과 앎에 의해 인간의 삶이 얼마나 좌지우지될 수 있는지를 알 수 있다.

한편, Y에 대한 답장에서 언뜻 보기에 루쉰은 혁명의 여부는 사람에 달려있지 글에 달려 있는 것이 아니라며, Y의 혁명에 대한 몰입은 개인적인 선택 의지에 의한 것일 뿐, 자신의 글이 Y의 행위를 전적으로 유도한 것이 아니라는 언급을 하고 있는 듯하다. 이에 따르면, 설사 자신의 글이 아니었더라도 Y는 다른 촉매제와 윤활유를 경유해 혁명의 시대적 요청에 반응했을 것이다. 다만 한 가지 유념해야 할 사실은 이 당시 루쉰의 문학관이다. 그는 이 서신을 쓰기 일 년 전인 1927년, 한 군관학교에서의 연설에서, 문학이 혁명을 선전·고취·완성시킬 수 있다는 혁명문학파들의 주장에 대해 혁명이란 특정한 목적을 위해 운용되는 문학은 아무런 힘도 없다는, 즉 그다지 큰 영향을 줄 수 없다는 언급을 한 바 있다. 오히려 외세·군벌 타도와 민주·민족국가를 건설하기 위한 당시의 혁명에 가장 필요한 것은 실제의 무장투쟁임을 강조하고 있다. 이런 견지에서 본다면, Y와 마찬가지로 루쉰 또한 당시 사회 환경에 누구보다도 민감하게 반응하며, 영향을 받고 있음을 알 수 있다. 그러나 글(문학)은 그러한 영향력이 없음을 피력하고 있다. 즉 루쉰은 자신의 글이 개인적 선택의 하나로 혁명에 뛰어든, 아니 사회적 모순과 부조리에 불만을 품고 최소한 개혁의 필요성을 공감한 청년들에 한해서 윤활유의 역할은 했을지라도 자신의 글을 접한 모든 이들로 하여금 혁명 과정으로의 직접적인 참여를 불러일으키는 기폭제 또는 독약이 되었다는 사실은 답장이 쓰인 현재의 시점에서는 인정하지 않는 듯하다.

Y와 루쉰이 표면적으로 대립하고 있는 지점이 바로 여기다. 그러나 바로 그 지점에서 서로의 시선은 평행선을 달리고 있다. Y의 입장에서 보자면, 루쉰의 사상이 피력된 글은 그를 둘러싼 하나의 외부환경이다. 그렇지만 우연히 루쉰의 글과 강연을 통해 그의 사상을 배움으로써 결과적으로 Y의 삶은 예상치도 못할 만큼 철저히 황폐화되어 버린다. 만일 다른 사람의 글을 통해 배움의 계기가 마련되었더라도 그랬을까. 여기서 우리는 누구에게 어떤 식으로 배우느냐가 중요한지를 가늠해 볼 수 있다.

그런데 루쉰에게 배운 모든 청년이 Y와 같은 삶을 선택하지 않은 것으로 보아 Y가 자신의 황폐화된 삶의 원인을 루쉰으로부터 배운 것으로만 설정하는 것은 또 문제가 될 수 있다. 루쉰과의 접촉이 배제된 상황에서, 그러나 사회 전반적인 혁명의 열풍 속에서 Y가 그리는 삶의 궤적은 얼마나 달랐을까?

반면 루쉰의 입장에서 보면, 그 많은 외부환경 또는 글 중에서 왜 자신의 것만이 그토록 독약 묻은 화살이 되어 Y의 심장을 꿰뚫어야 했는가라는 의구심이 든다. Y에게는 루쉰의 글을 접하기 이전부터 사회모순과 어떤 변화에 대한 인식의 싹이 그의 내면에 이미 마련되어 있지 않았을까? 그렇지 않고서야 어떻게 루쉰의 글에 그토록 전율적인 공명을 할 수 있었을까? 혁명과 투쟁, 전쟁으로 점철된 당시의 외부환경 속에서, 어찌 보면 Y의 혁명 가담은 그의 인생 역정의 필연적 과정이었을 수도 있다. 즉, 어느 날 정말 무심결에 접한 루쉰

의 글은 Y에게 필연적으로 잠재되어 있던 혁명 의지, 최소한 사회적
불만을 분출시키는 우연적 계기에 불과한 것은 아니었을까?

Y 청년	루쉰
혁명의 와중에서 드러난 모든 인간들의 기만과 허위에 좌절	1. 일순간의 혁명이 개인의 구체적 삶의 방식까지도 바꿀 수는 없으므로 Y가 본 기만과 허위를 거부할 수 없는 현실 2. 그러나 그런 민중과 현실을 껴안는 것이 필요
루쉰의 글에 중독되어 개인적 삶이 황폐해짐	자신의 일정 책임은 인정하나 본질적인 것은 Y의 주체의지와 선택
문학이란 외부환경의 절대성	외부환경의 영향력은 인정하나 역으로 개인의 의식과 행위도 그 환경을 바꿀 수 있음(상호작용)
삶의 대안 부재	1. 혁명에의 무모한 몰입과 지나친 집착, 낙관적이고 원대한 미래관을 버릴 것 2. 진정한 혁명은 크든 작든 구체적인 것으로부터 시작되므로 개인의 현실적 안위를 돌보는 것이 급선무

일단 우리 학생들은 배움과 앎의 중요한 비중에 초점을 맞출 수
있을 것이다. 잘 배워 크게 성공하건, 잘못 배워 삐뚤어지건 결국 배
움과 앎이 중요하다는 것이다. 거창하게 생각하지 않더라도 영어 선
생님 잘 만나 영어를 잘하게 되었다든가 수학 선생님 잘못 만나 수
학을 영 못하게 된 경우도 꽤 많지 않은가. 물론 그 반대의 경우도 있
다. 좋지 않은 선생님을 만났어도 혼자 부지런히 노력해 잘하는 경
우도 얼마든지 있기 때문이다. 물론 이런 경우라 할지라도 누군가로
부터 배우는 것이 과소평가되는 것은 아니다. 왜냐하면 혼자서 수학
을 잘하게 되었다 하더라도, 좋은 선생님을 만났더라면 더 잘할 수
도 있는 것이기 때문이다.

셋, 운명과 선택, 진정한 관계의 길

인간의 삶은 어차피 끊임없는 상호작용의 연속이다. 개인의 주체적 의지가 아무리 강하다 하더라도 누군가와의 상호작용이 제대로 이루어지지 않는다면 제 효과를 발휘하지 못할 것이다. 그런 제대로 된 상호작용을 위해 좋은 선생님, 제대로 된 배움의 과정이 중요한 것이고 그래서 교육의 중요성이 계속 강조되고 있는 것이다. 사실 청년 Y의 문제는 배움 그 자체에 문제가 있기보다는 그 배움을 실천할 수 있는 사회적 여건이 문제가 있었다고 볼 수밖에 없다. 루쉰과 그를 따르는 청년들의 힘이 아주 강했더라면 모르되 그렇지 않았다면 다른 사람들과의 관계도 무시할 수 없기 때문이다. 그렇게 본다면 그런 정황을 좀 더 신중하게 고려하지 못한 루쉰의 책임도 있다. 왜냐하면 그는 청년보다는 더 많이 아는 사람이고 청년에게 가르침을 준 사람이기 때문이다. 가르침이란 배움과는 달리 무거운 책임이 따르기 마련이다. 루쉰이 의도하지 않았더라도 자신의 강연(가르침)과 글의 생산적 효과에 더 신경을 쓸 필요가 있었다는 것이다.

청년의 개인적 의지 문제로 본다면 청년의 삶은 결국 청년의 문제이다. 배움은 하나의 과정이다. 가르침이란 가르친 대로 실천하라라는 의미가 담겨 있지만 그래도 최종 결정하고 선택하는 것은 배우는 자의 몫이다. 왜냐하면 가르침은 가는 길과 방법을 제시해 주는 것이지만 구체적인 걸음걸이나 실제 걸음까지 같이 해 주는 것은 아니기 때문이다.

▲ 1928년 상하이 징윈리(景雲里) 자택 서재에서의 루쉰(1881~1936).

똑같은 스승에게 배웠어도 가는 길은 대부분이 다르다. 궁극적으로 배움은 지식과 지혜를 배우는 것인데 지식은 오로지 책이나 스승으로부터 배우는 것이지만 지혜의 최종 몫은 개인의 선택 의지이다. 루쉰은 청년에게 세상 보는 눈을 가르쳤지만 실제 어떤 길을 택해 실천하느냐는 청년의 몫이었던 것이다. 루쉰이 혁명의 성공여부가 글에 달려있지 않고 사람에게 달려 있다는 것도 그런 의미일 것이다.

물론 개인의 선택 의지는 타고나는 것이라기보다 배움의 과정을 통해 형성되는 것이다. 제대로 된 선택 의지를 키우기 위해 끊임없이 배우는 것이리라. 그렇다고 많이 배운다고 해서 좋은 선택 의지를 갖게 되는 것은 아니다. 이 사회에 부정적 영향을 끼치는 많은 사람들이 많이 배운 사람들이고 보면 그런 점을 잘 알 수 있다. 아무래도 그런 점을 잘못 가르쳤거나 잘못 배운 탓도 크다. 고기 낚는 방법만 가르치거나 배웠지 왜 고기를 낚아야 하는가를 가르치거나 배우지 못한 것이다. 왜 고기를 낚아야 하는가를 모른다면 아무 곳에서나 아무 고기나 낚는 환경파괴꾼이 될 수도 있다.

다시 텍스트 내용으로 돌아와 보자. Y와 루쉰은 외부환경의 영향력(배움의 과정)을 인정하고 있다는 점에서는 같은 입장을 취하고 있다. 다만 Y의 경우 개인은 환경의 영향에 거의 절대적으로 지배된다고 믿는 반면, 루쉰은 환경의 영향을 인정하되 개인의 주체의지와 행위도 중요시 여기고 있다. 특히, 혁명과 같은 상황에서는 그동안 누적된 사회적 불만과 변화에의 욕구가 구체적 행동으로 이어져 사회구조의 본질적 변화를 일으킬 수 있음을 루쉰은 잘 알고 있다. 그래서 그는 낭만적 혁명관을 경계하고 있는 것이다. 개인의 다양하고 구체적인 실천의 축적만이 결국 사회의 질적 변화를 일으켜 궁극적으로 그리는 세상을 현실화시킬 수 있음을 루쉰은 강조하고 있는 것이다.

이런 측면에서 본다면, Y는 일종의 구조주의적 사회관에 지나치게 몰입되어 있음을 알 수 있다. 개인들의 행위는 항상 주어진 사회적 조건 하에서만 이루어질 뿐, 개인이 사회에 미칠 수 있는 역동적 영향력은 무시되고 있다. 즉, Y는 루쉰의 개인적 역할을 중요하게 여기면서 자신의 개인적 역할은 가볍게 여기고 있다. 그렇기에 자신은 잘못된 사회구조와 잘못된 배움에 의해 농락당한 취하새우일 뿐이다. 그런 그에게 과거는 암울했고 현실은 추악하며, 미래는 두려울 뿐이다. 그렇다면, 인류가 이루어 낸 수많은 점진적·혁명적 변화들은 어떻게 설명해야 할까? 우리는 루쉰을 통해서 Y의 고민을 타개할 수 있는 방법을 알아채게 된다. 개인은 물론 주어진 현실적 사회구조, 외부환경의 제약을 받지만, 그것은 일방적인 것이 아니다. 개인의 개별적 행위의

▲ 루쉰이 청년들과 이야기를 나누는 모습

반복과 그것의 체계화는 결국 사회의 제도와 관습 등의 구조를 변화시킬 수 있는 것이다. 개인을 둘러싼 외부환경의 제약·통제와 어떤 변화의 갈망을 구체화시키는 개인의 일상적·반복적 행위와의 갈등, 이런 개인과 외부환경과의 끊임없는 긴장과 변증법적 모순관계야말로 사회를 계속해서 점진적으로 나아가 질적으로 변화시키는 원동력이 되는 것이다. 결국 누구에게서 무엇을 배우느냐와 개인의 선택 의지는 상호 작용 속에서 자리매김 된다.

사람은 학습하는 존재이므로 어떻게 배우느냐가 중요하다. 똑같은 학교에서 똑같은 선생님에게 배웠더라도 인생의 가는 길이 다른 것은 그 때문이다. 문제는 선생님이나 책으로부터 배우는 과정 그 자체가 중요한 것인지, 아니면 개인의 선택 의지가 중요한지가 문제다. 나는 어느 한쪽이 중요하다는 생각보다는 둘의 상호작용을 어떻

게 설정하느냐가 더 중요하다고 본다.

청년은 편지에서 자신의 삶이 황폐해진 것이 루쉰에게서 잘못 배워서라고 하지만, 그것은 잘못된 생각이다. 설령 루쉰이 잘못된 지식을 가르쳐 주었다 하더라도 최종 결정은 청년 자신이 한 것이기 때문이다. 더욱 중요한 문제는 루쉰은 잘못됐거나 나쁜 지식을 전달해 준 것은 아니라는 점이다. 바람직한 삶의 방향을 제시했지만 워낙 변화가 큰 사회적 환경 때문에 청년의 많은 희생이 따른 것뿐이다.

결국 루쉰과 청년이 더 나은 세상을 위해 서로의 좋은 관계를 설정해나갔지만 구체적인 상호작용에 문제가 있었던 것이다. 루쉰은 사회변혁을 위한 지혜를 전달하는 이로서 사회의 흐름 판단과 구체적인 방향 제시에서 좀 더 생산적인 방향을 제시하지 못했고 청년은 루쉰의 가르침을 맹목적으로 따름으로써 좀 더 생산적인 실천 방향을 찾지 못했다.

개인의 선택의지가 배움의 과정을 통해 형성된다고 보면 둘의 상호작용의 중요성을 쉽게 알 수 있다. 많이 배워 더 나은 삶의 길을 찾는 것이 가장 좋겠지만 많이 배워 잘못된 길을 걷는 것보다, 적게 배웠지만 제대로 된 길을 가는 사람을 통해 왜 배워야 하는가, 어떻게 배워야 하는가가 중요함을 알 수 있다. 그런 맥락 속에서 개인의 지혜로운 선택과 실천이 따른다.

그래서인지 젊은이의 편지가 고맙다. 이런 편지를 쓸 용기가 남아 있었기에 그 젊은이의 고뇌는 희망으로 다시 꽃폈을 것이다. 진정한 개인의 운명과 거대한 역사는 맞물려 돌아가게 마련이다. 아마도 그

젊은이는 "애인을 굶기지 말라"는 루쉰의 당부에서 더 큰 삶의 희망
을 발견했으리라.

지식과 삶

3부

넘나들기

1장 통합, 통섭 지식의 즐거움
2장 명작 다시 읽기
3장 읽기와 쓰기를 두려워 말라
4장 고전 다시 읽기
5장 창의 인성과 독서 전략

1장 통합, 통섭 지식의 즐거움

하나, 통합의 즐거움

여러 가지를 서로 합치는 것을 통합이라 하고, 어느 하나를 중심으로 서로 연계시키는 것을 통섭이라 한다. 요즘 이런 말들을 지식이나 학문 차원에서 부쩍 많이 사용한다. 근대 시대에는 지식과 학문을 잘게 나누고 분석해 지식과 학문의 합리성을 추구했다고 한다면, 탈근대 시대에서는 잘게 나누었던 그런 지식이나 학문을 연계시키고 융합시켜 새로운 융합형 지식을 추구한다.

우리나라는 고등학교 때는 문과 이과로 나누어 반통섭 교육을 시키고, 대학에 가면 그것을 합치려고 노력한다. 수학이나 과학을 잘하면 이과, 국어를 잘하면 문과 식의 지나친 편의주의가 판치는 한, 통섭 교육은 어려울 것이다. 인류의 온갖 지식과 문제가 얽혀 있는 진화론을 살펴보면 통섭식 접근이 얼마나 중요한지를 알 수 있다. 굳이 우리 교과식으로 이야기하면 역사 지식과 과학 지식을 철저하게 연결해야 이해할 수 있기 때문이다.

진화론 하면 라마르크의 용불용설, 다윈의 적자생존설을 가리킨다. 특정 개체가 자연에 적응하기 위해 열심히 노력하다 보니 진화

되었다는 것이 개체 적응설인 용불용설이다. 기린이 먹이를 따 먹기
위해 애쓰다 보니 목이 길어졌다는 식이다. 반면에 개체의 노력보다
는 자연이라는 환경 때문에 진화가 이루어졌다는 자연선택설이 적
자생존설이다. 개체를 중요하게 여기느냐 자연을 더 중요하게 여기
느냐에 따라 진화의 관점이 달라진 것이다.

이름	라마르크(1744~1829)	다윈(1809~1882)
주요 주장	진화론 : 용불용설(개체적응설) 개체 → 자연	진화론 : 적자생존설(자연선택설) 개체 ← 자연
업적 및 시대 배경	□ 업적 식물지(1728), 무척추동물의 세계(1801), 동물철학(1809) □ 시대 배경 아담스미스 『국부론』(1776) 프랑스대혁명(1789~1794) ▲ 들라쿠르아, 〈민중을 이끄는 자유의 여신〉, 1830, 루브르박물관	□ 업적 남아메리카, 남태평양, 오스트레일리아 항 해 탐사(1836), 진화론 발표(1858), 종의 기원(1859) ▲ 『종의기원』 □ 시대 배경 산업혁명(18세기 후반~100년) 스티븐슨 증기기관차 발명(1814)

그런데 라마르크의 용불용설은 1789년에 일어난 프랑스대혁명과 밀접하게 연결되어 있음을 아는 사람들이 드물다. 프랑스대혁명이 일어났을 당시에 라마르크는 왕실 식물원 책임자였다. 당연히 혁명 세력에 의해 죽임을 당할 처지였지만 혁명군은 오히려 라마르크를 지원한다. 특정 개체 노력에 의해 진화가 이루어진다는 라마르크의 생각이 프랑스대혁명을 주도한 세력들의 사고방식과 맞아떨어졌기 때문이다.

그러나 산업혁명에 의해 시스템이나 환경 변화가 중요한 시대가 열리고 그런 시대 흐름을 반영하는 다윈의 진화론이 등장하면서 라마르크의 진화론은 역사에서 멀어져 갔다. 우리처럼 이과와 문과를 지나치게 나누는 교육에서는 이런 식의 진화론의 실체를 이해하기 어려울 것이다.

가장 중요한 것은 특정 주제나 문제를 해결하기 위해서는 반드시 다양한 지식과 학문, 교과를 넘나들어야 한다는 사실이다. 이를테면 남녀 성차별 문제라고 한다면 어떻게 접근해야 할까.

일단 다양한 자료를 통해 문제의 실상을 자세히 볼 필요가 있다. 누구는 사회학 책에 나오는 '자본주의와 여성노동'을, 누구는 고전에서 가정을 깨뜨리고 새로운 남편을 찾는 여성 해방의 전형을 보여주는 『장끼전』, 도술을 부려 남편을 출세시키는 여인을 그린 『박씨전』, 남자로 위장하여 비장 임무를 수행하면서 남편을 구해내는 적극적인 여인상을 그린 『이춘풍전』 등을 통해 남편에 대한 아내의 최고 가치를 '열녀(남편을 올곧게 섬긴 여자)'로 보는 소극적 순종형을 담은 많은 고전을 탐구할 것이다.

또 누구는 생물학적 차원의 성 차이를, 또 누구는 상속 문제와 가사노동에 대한 법률 조사를 할 것이다. 또 일부는 각종 인터넷 자료, 잡지와 신문자료 등을 정리할 것이다. 어휘나 속담, 광고문안(미망인, 암탉이 울면……, 여자는 남자하기……), 소설 공지영의 『무소의 뿔처럼 혼자서 가라』(2010), 박완서의 『그대 아직도 꿈꾸고 있는가』(2011), 이경자의 『절반의 실패』(2002) 등을 비롯해 이링 페처의 『누가 잠자는 숲속의 공주를 깨웠는가』라는 패러디 동화까지 우리가 넘나들 자료는 다양한 탐구의 샘물이다.

수학시간에 이런 수업은 어떨까. 유클리드 기하학을 배우기에 앞서 그런 기하학이 발생하게 된 그리스시대의 사회사적 배경을 조사하는 것이다. 고정되고 정형화된 평면 도형의 형식성을 추구하는 그러한 기하학에 변화를 싫어하는 지배계급의 세계관이 담겨 있음을 알게 되면 그 의미를 더욱 쉽게 이해할 수 있을 것이다. 수학시간에 계산법만 배우라는 법이 어디 있는가. 이차방정식을 배우면서 전쟁과 더불어 발달했던 무기 대포, 대포와 더불어 발달한 물리학과 수학의 세계, 대포의 포물선을 연상하면서 기하학과 대수학을 체계적으로 만나게 했던 데카르트를 만나고 다시 이차방정식으로 돌아오면 수학이 결코 추상적인 학문이 아님을 알게 될 것이다.

이제 우리 통합교육이 교과나 지식을 단순하게 합쳐 놓는 것이 아님을 기억할 필요가 있다.

둘, 통섭의 묘미

사실 통섭 학습이란 특별히 따로 존재하는 것이 아니라 열린 접근을 하다 보면 자연스럽게 이루어진다. 열린 학습의 핵심은 학습자가 지식을 단순하게 학습하는 것을 지양하고 왜 그런 지식이 필요한가의 맥락을 배우는 것이다. 그러다 보면 살아 있는 지식을 배울 것이고 우리의 공동체 삶에 대한 진지한 문제 설정도 할 수 있다. 국어 교과서에 나오는 정철의『관동별곡』을 함께 보자.

江강湖호애 病병이 깁퍼 竹듁林님의 누엇더니, 關관東동 八팔百빅里니에 方방面면을 맛디시니, 어와 聖셩思은이야 가디록 罔망極극ᄒ다.
(자연을 사랑하는 병이 깊어 전라도 창평에서 한가로이 지내고 있었더니, 800리나 되는 강원도 관동 지방을 다스리는 관찰사 소임을 맡기시니, 아! 임금의 은혜야 갈수록 그지없다.)

흔히 '강호'는 강과 호수의 융합합성어로 '자연'이란 뜻이라고만 가르친다. 그러니까 이 작품 전체 설명도 정철이 지은 뛰어난 작품으로 추켜세우거나, 현대말 풀이에 그치는 교육이 과연 우리 또물또들에게 얼마나 도움이 되겠는가. 왜 정철은 이런 작품을 썼으며 정철이 전라도 창평에 있었던 것이 과연 자연을 사랑해서일까, 조선시대 사대부들에게 자연은 어떤 의미일까라는 최소한의 맥락조차 묻지 않는다면, 이 작품을 감상하는 의미가 없을 것이다. 그리고 정철이 가본 관동팔경 가운데 낙산사, 월송정, 죽서루 등으로 수학여행을 가면서도 이 작품과 연계시켜 답사하지 않는다면 샘물 같은 고전을 배우는 의미는 빛이 바랠 것이다.

그렇다면 우리는 먼저 정철의 삶과 시대의 맥락을 이해하려는 자세가 필요하다. 위에서 '죽림'은 좁게는 대숲, 넓게는 자연을 뜻한다. 구체적으로는 전라도 담양의 창평을 가리킨다. 중국 위나라 말엽, 진나라 초에 대숲에 모여 깨끗하고 고상한 이야기(청담)를 즐겼다 하는 일곱 선비를 가리키는 '죽림칠현'을 연상하여 쓴 것이다.

결국 자연을 사랑하여 죽림칠현처럼 한가히 지냈다고 한 것인데, 그 이면에는 정치 풍파가 깔려 있다. 정철은 동인으로, 선조 11년 진도 군수 이수가 뇌물을 준 사건으로 옥사가 벌어지자 이수를 두둔하여 탄핵을 받아 면직되어 창평에 머무른 것이기 때문이다. 이곳에서 있다가 1580년 45세 때 강원도 관찰사가 되어 『관동별곡』과 시조 『훈민가』를 지은 것이다.

관동별곡을 이해하려 함에 그의 정치적 배경을 중요시 여기는 것은 이 작품이 단순한 기행문이라기보다는 정치인으로의 삶의 자세를 적극적으로 개입시킨 글이기 때문이다. 그에 대한 뭇사람들의 평가가 양극단을 치닫고 있는 점도 이 작품을 조심스럽게 이해해야 할 당위성을 제공해 준다. 그래서 "간신 정철은 이리 같은 바탕으로서 독한 마음을 품고 겉으로는 선량한 체하면서 속으로는 남을 시기하는지라 청백한 이들이 그를 용납해 주지 않자 항상 불평을 품고 있다.(라덕명의 소)"라고 하는가 하면 "송강은 젊어서부터 청정함으로써 이름이 높았으니 율곡이 매우 중하게 여겼다.(김시양)"라는 극찬도 많다. 물론 이런 이분법적 평을 떠나 우리는 조선시대 붕당정치나 당파 싸움 문제를 살펴볼 수 있고, 또 여유가 있으면 정철의 체취를 찾아서 그가 여행한 지역을 돌아볼 수도 있을 것이다. 그것이 진정 우리에게 필요한 맥락설정 통합교육의 묘미가 될 것이다.

조선시대 사대부들의 이른바 '전원 예찬' 또는 '귀거래(강호에 돌아가자)'로 상징되는 자연사랑 정신에 대해서는 어떻게 생각하는가. 과연 진정한 자연 사랑일까? 이 점은 조심스럽게 이해할 필요가 있다. 그러한 사대부들의 태도에는 조선시대의 경제적인 측면인 토지제도와 정치적인 측면인 붕당정치, 철학적인 측면에서의 성리학이 깔려 있다. 이를테면 성리학적 자연관이라 할 수 있다. 곧 토지제도로 보면 관직에서 물러날 경우 토지를 국가에 반납해야 하는 고려시대와는 달리 조선시대는 토지 사유화가 이루어졌다. 이는 땅을 기반으로 하는 생활 근거가 확고하게 마련된 것이므로 관직에서 물러난다 하더라도 여유 있게 돌아갈 곳이 있는 것이다.

안빈낙도(安貧樂道)와 안분지족(安分知足)을 내세워 소박하고 가난하더라도 자연을 사랑했다고 읊조렸지만 이런 태도는 관직에서 물러난 처지를 합리화하는 표현일 때가 많았다. 그래서 문학교육연구회 선생님들은 다음과 같이 비판하기도 한다.

"당쟁이 격심했던 시절에 와서는 자연을 사랑함이 고치지 못한 병이 되었다는 것은 권력투쟁의 와중에서 자신을 지키기 위한 방법의 다른 표현이다. 그러나 다시 관직의 길을 걷게 되면 서슴없이 나아가 그를 불러준 군주의 은혜를 그지없어 한다. 임지로 부임하는 작자의 눈에 비치는 자연은 그대로 자신의 득의만만함을 나타내 주는 대상이 된다.

−문학교육연구회, 『삶을 위한 문학교육』, 연구사, 209면, 1987

물론 이런 비판에 동의하지 않는 견해도 있다. 자연에 대한 사대부들의 느낌을 다음과 같이 국토 사랑으로 볼 수도 있다.

『관동별곡』은 정철이 강원도 관찰사로 임명되어 갔을 때 쓴 것으로, 명승지로서의 세계에 이름을 떨친 금강산의 절경을 펼쳐 보이면서 조국산천에 대한 사랑과 민족적인 긍지감을 격정에 넘쳐 노래하였다.

−박충록, 『한국민중문학사』, 열사람, 1988

이런 견해에 대해 문학교육연구회 선생님들의 반박은 이렇게 이어진다.

완상적 태도로 국토의 아름다움을 발견하는 것과 민중의 생활 근거로서의 국토미 예찬이나 자연관은 차이가 있다. 이조 사대부들의 시가에 등장하는 자연은 우리가 몸담고 살아가는 자연의 아름다움을 노래한 것만은 아니다. 그들 대부분은 사대부적 의식 속에 관념화되고 규범화된 자연을 완상조로 읊고 있음이 드러난다.

−문학교육연구회, 『삶을 위한 문학교육』, 연구사, 1987

사실 사대부들이 공부만 하고 이런 여행을 여유롭게 즐길 수 있었던 것은 일에만 매달렸던 하층민의 삶이 있었기 때문에 가능했다. 정철은 금강산 구경을 끝내고 동해 쪽으로 빠지면서 다음과 같이 노래하고 있다.

山산中듕을 미양 보랴, 東동海해로 가쟈스라. 藍남與여 緩완步보ᄒᆞ야 山산映영樓누의 올나ᄒᆞ니, 玲녕瓏농碧벽제와 數수聲성매鳥됴는 離니別별을 怨원ᄒᆞᄂᆞᆫ 듯, 旌졍旗긔를 떨티니 五오色ᄉᆞᆨ이 넘노는 듯, 鼓고角각을 섯부니 海해雲운이 다 것는 듯.

(내금강 산중의 경치만 매양 보겠는가? 이제는 동해로 가자꾸나. 가마를 타고 천천히 걸어서 산영루에 오르니, 눈부시게 반짝이는 시냇물과 여러 소리로 우짖는 산새는 나와의 이별을 원망하는 듯하고, 깃발을 휘날리며 오색 기폭이 넘나드는 듯하며, 북과 나팔을 섞어 부니 —풍악을 울리나— 바닷구름이 다 걷히는 듯하다.)

여기서 '남여완보'란 말에 주목해 보자. 양반 사대부들은 산에 오를 때도 가마 타고 올랐다. 가마 타고 등산하기. 지금으로서는 상상하기 힘든 장면이지만 조선시대에는 그것이 당연한 현실이었다. 이 구절의 의미를 알기 위해서는 다음과 같은 정약용의 시가 제격이다.

사람들 아는 것은 가마 타는 즐거움뿐　　　人知坐輿樂
가마 메는 괴로움은 모르고 있네.　　　　不識肩輿苦

이런 수업효과를 위해 모둠 토의와 조사를 잘 병행하는 것이 좋다. 이를테면 고사리팀은 정철의 일대기, 질경이팀은 정철이 살았던 당시의 시대적 상황, 토끼풀팀은 그 당시 다른 나라 상황을 함께 살피고, 나팔꽃팀은 당파싸움의 흐름에 대해서, 그리고 살살이팀은 가사가 음악으로서 문학으로서 어떤 특징이 있는지 조사하여 발표하는 식으로 말이다.

▲ 김홍도의 '행려풍속도병' 중 〈관리행차〉, 1795

셋, 우리의 삶에도 통합교육이 필요하다

아무리 교과를 넘나들고 다양한 토론을 한다 할지라도 그것이 우리 삶과 접맥이 되지 않는다면 무의미할 것이다. 더군다나 우리 삶 자체는 교과의 분할도 지식과의 경계도 없다. 그런데 학생들과 많은 토론을 해 보면 다양한 교과 지식이 융합되지 않고 지식과 삶이 겉도는 학생들이 많다. 심한 고정관념이나 통념 때문에 자료 따로 생각 따로인 것이다. 실제 자료는 많은데 그 자료를 우리의 구체적 현실과 연결시키는 힘이 부족하기도 하다.

언젠가 국사 교과서의 조선 후기 영정조 시기를 열심히 읽고 있던 수원의 어느 고등학생에게 교통 체증이 심한 남문을 지나며 왜 저

남문이 저기 서 있는지 생각해 본 적이 있는지 물어보았다. 씩 웃고 마는 그 학생에게 나는 이인화의 역사 소설 『영원한 제국』과 관련된 역사책을 찾아 읽고 생각해 볼 것을 권했다. 물론 그렇게 하는 것이 수원에 살고 있는 사람으로서의 최소한의 양심이자 업보 아니겠느냐는 설교조의 농담을 덧붙이는 것도 잊지 않았다. 이제 그 학생은 왜 정조가 우리나라 최초의 신도시 수원성을 건설했는지 따지면서 자신이 수원성 근처에 살고 있는 의미를 물을 것이다.

2장 명작 다시 읽기

하나, 명작은 늘 명작인가

학생들은 보통 초등학교, 중학교, 고등학교 등을 거치면서 '명작=좋은 작품'이라는 등식 아래 책을 읽곤 한다. 어른들의 채근 때문이겠지만 그런 태도는 때로는 명작을 감옥에 가두는 격이 될 수도 있다.

글쓴이가 고등학생이었을 때는 카뮈의 『이방인』은 누구나 읽어야 하는 고전 명작이었다. 그것도 '실존주의'라는 다음과 같은 틀 속에서 학생들은 그저 열심히 읽고, 감상문 끄트머리는 '무척 감동적이었다'로 적곤 했다.

▲ 카뮈의 『이방인』 표지

카뮈의 사상을 통해 본다면 부조리의 인식이야말로 인간의 존엄성이기도 한 것이다. 그리고 작가는 부조리에 대해 부조리한 세계를 인식하고 여기에 대항하여 인간의 가치를 복권해야 한다고 주장하기 때문에 그에게 있어서 부조리는 당연히 반항적 인간을 낳는 것이다. 여기에서 부조리에 맞서려는 인간은 기존 사회에서 소외되어 고독한

'이방인'이 되고 만다. 『이방인』에서 작가는 졸고 있는 의식이 깨어나는 과정, 그리고 깨어나는 의식이 불가피하게 허망된 모순에 부딪혀 부조리를 낳게 되는 결과를 보여 주며, 또 뫼르소를 통해 사회에서 소외된 비극적 인간성을 제시한다.

-『독서평설』 1992년 3월호

그러니까 이 작품을 왜 실존주의 작품이라고 하는지, 또 실존주의는 무엇인지 등의 기본 물음조차 던지지 못한 채 감상문을 마무리했다. 그러니 뫼르소는 왜 아무 이유 없이 외국인을 죽여야 했는지, 이유 없는 것이 이유인지, 그가 깨달았다는 부조리라는 것이 무엇인지, 또 왜 작품의 주된 흐름이 밋밋한지 등을 골똘히 물어야 했던 것이다. 명작임을 부정하자는 것이 아니다. 명작은 주어지는 것이 아니라 제대로 읽는 사람끼리 만들어 가는 것이다. 그렇다면 아래와 같은 비판도 가능하지 않을까.

카뮈는 작품 『이방인』에서 1940년대를 살던 한 인간, 말하자면 지루한 나날(일상성)에 지친 소외된 인간을 그리고 있다. 그런데 날마다 거듭되는 지루함을 강요하는 힘의 원천은 본질적으로 당대의 자본주의 체제인데도 불구하고 카뮈는 이에 대한 인식이 안 된 상태에서 작품을 꾸려 나가고 있었다. 그 단적인 증거로 작품의 주인공 '뫼르소'가 자기의 일상생활의 구조적 요인을 깨닫는 점을 나타낸 흔적이 없으며 그리하여 사람으로서는 가장 큰 범죄에 속하는, 사람을 죽이는 동기

가 애매하고, 따라서 사형선고를 받고 나서 깨닫는 의식이 전혀 1940
년대의 저항 정신의 세계적 보편성에 연결되지 않고 있다는 점에 유
의해야 한다. 무슨 말이냐 하면, 뫼르소가 쏘아 죽인 상대는 아랍 사람
이다. 당시 아랍으로 말하면 불란서를 비롯한 유럽 제국주의 열강의
식민지 분할 점령의 대상으로서 식민지 종주국에 대한 저항이 아랍
사막 지대의 열풍 이상으로 고조되고 있었다. 이것은 침략에 대한 저
항이었을 뿐만 아니라 작품의 주인공 뫼르소와 같은 인물들이 숱하게
겪고 있던 인간 소외에 대한 본질적 저항의 성격을 갖고 있었다. 그러
나 까뮈는 뫼르소를 통해서 저항 지대의 아랍인을 죽이고도 죽은 그
사람의 인권에 대해서는 싹하니 닦아 먹고 또 나중에 사형선고를 받
고 깨닫는다는 것이, 이와 같은 식민지 민족의 저항 정신에서 불을 붙
여 온 것이 아니라 허깨비 같은 자의식으로 일관하고 있다. 이는 뫼르
소의 또 하나의 파멸이지 그 어떤 저항의 의미도 구제의 의미도 아님
은 너무나 명백한 것이다.

−백기완, 「현실 인식의 논리」에서

둘, 제대로 된 고전 명작 감상을 위하여

고전 명작을 감상하는 법이 따로 있는 것은 아니다. 여기서는 특
정 부분 집중 읽기를 권하고 싶다. 특정 장면에 대해 이리저리 깊이
생각해 보는 방식이다. 세상 만물이 다 그러하듯 전체가 부분이고 부

▲ 나도향의 「벙어리 삼룡이」

분이 전체다. 무슨 선문답을 하자는 것이 아니다. 세 번이나 발사를 실패했던 나로호 로켓을 생각해 보면 쉽게 이해가 간다. 오랜 세월 막대한 자금을 들여 만든 그 거대한 기계를 발사 못한 것은 작은 부품 하나의 문제일 수 있다. 그렇다면 그 작은 부품은 로켓 전체의 운명을 감당하고 있는 것이다. 물론 로켓이 제대로 발사되었을 때 그 부품의 운명은 가치가 있을 것이다. 그렇다면 『흥부전』이나 『춘향전』과 같은 고전의 의미를 특정 장면이나 사건, 어떤 말 한마디를 가지고 작품 전체를 꿰뚫는 의미를 되새겨볼 수 있다. 여기서는 나도향의 「벙어리 삼룡이」에서 가장 강력한 느낌을 던져 주는 마지막 부분의 화재 사건을 가지고 생각해 보자. 먼저 해당 부분을 읽어 보자.

그날 저녁 밤은 깊었는데 멀리서 닭이 우는 소리와 함께 개 짖는 소리만이 들린다. 난데없는 화염이 벙어리 있던 오 생원 집을 에워쌌다. 그 불을 미리 놓으려고 준비하여 놓았는지 집 가장자리로 쪽 돌아가며 흩어 놓은 풀에 모조리 돌라붙어 공중에서 내려다보면 집의 윤곽이 선명하게 보일 듯이 타오른다.

불은 마치 피 묻은 살을 맛있게 잘라 먹는 요마(요사스러운 마귀)의 혓바닥처럼 날름날름 집 한 채를 삽시간에 먹어 버렸다. 이와 같은 화염 속으로 뛰어 들어가는 사람이 하나 있으니 그는 다른 사람이 아니라 낮에 이 집을 쫓겨난 삼룡이다. 그는 먼저 사랑에 가서 문을 깨뜨리고 주인을 업어다가 밭 가운데 놓고 다시 들어가려 할 제 그의 얼굴과 등과 다리가 불에 데어 쭈그러져 드는 것을 알지 못하였다.

그는 건넌방으로 뛰어들었다. 그러나 색시는 없었다. 다시 안방으로 뛰어들었다. 그러나 또 없고 새서방이 그의 팔에 매달리어 구원하기를 애원하였다. 그러나 그는 그것을 뿌리쳤다. 다시 서까래에 불이 시뻘겋게 타면서 그의 머리에 떨어졌다. 그러나 그는 그것을 몰랐다. 부엌으로 가 보았다. 거기서 나오다가 문설주가 떨어지며 왼팔이 부러졌다. 그러나 그것도 몰랐다. 그는 다시 광으로 가 보았다. 거기도 없었다. 그는 다시 건넌방으로 들어갔다. 그때야 그는 색시가 타 죽으려고 이불을 쓰고 누워 있는 것을 보았다. 그는 색시를 안았다. 그러고는 길을 찾았다. 그러나 나갈 곳이 없었다. 그는 하는 수 없이 지붕으로 올라갔다. 그는 비로소 자기의 몸이 자유롭지 못한 것을 알았다. 그러나 그는 자기가 여태까지 맛보지 못한 즐거운 쾌감을 자기의 가슴에 느끼는 것을 알았다. 색시를 자기 가슴에 안았을 때 그는 이제 처음으로 살아난 듯하였다. 그가 자기의 목숨이 다한 줄 알았을 때, 그 색시를 내려놓을 때는 그는 벌써 목숨이 끊어진 뒤였다. 집은 모조리 타고 벙어리는 색시를 무릎에 뉘고 있었다. 그의 울분은 그 불과 함께 사라졌을는지! 평화롭고 행복스러운 웃음이 그의 입 가장자리에 엷게 나타났을 뿐이다.

—니도향, 「벙어리 삼룡이」 부분

이 부분에 대해 우리는 어떤 감상을 할 수 있을까. 절박한 화재 사건 속에서 왜 삼룡이는 "여태까지 맛보지 못한 즐거운 쾌감을 자기의 가슴에 느끼는 것을 알았다."라고 했을까. 이때 불의 의미는 무엇일까? 이 불은 분명 삼룡이의 삶 전체를, 이 작품 전체를 관통하며 타오르고 있다. 그렇다면 어떤 의미를 부여할 수 있을까. 정반대의 의미를 부여한 두 학생의 감상문을 통해 작품의 의미를 다시 되새겨보자.

독후감 1

'불'은 파괴였다

프로메테우스가 독수리에게 간을 쪼이는 형벌을 받게 된 것은 그가 인간에게 '불'을 전해 주었기 때문이다. 인간은 이 가엾은 프로메테우스에게 '불'을 받고, '파괴'의 힘을 가지게 되었다. 모든 것을 순식간에 검은 재로 만들어 버릴 수 있는 거대한 파괴 도구로써의 불. 역사상 인간이 만들어낸 모든 전쟁과 파멸은, 노아의 홍수 때와 같은 '물'을 사용한 것이 아니라, 모든 것을 잿더미로 만들어 버리는 '불'로써 이루어진 것이었다.

인간은, 이 파괴의 불로써, 이 파괴의 힘으로써, 스스로에게 만물의 영장이라는 이름을 붙일 수 있을 만큼 자라 버렸다.

나도향의 「벙어리 삼룡이」는 이러한 인간의 파괴적인 모습을 보여주고 있다. 아마도 이 파괴의 행동은 인간의 '본능'일지도 모른다.

아무리 주위 환경에 많은 영향을 받는 인간일지라도, 그에게는 본능이라는 것이 있다. 소설 속에서 벙어리가 살아가기 위해서, 그 모진 수난을 참아내는 것은 바로 살고자 하는 욕구와 본능이 있었기 때문이었다. 이 본능은, 그 사람의 무의식에 깔려져 있는 것으로, 어떠한 순간에 여러 가지 형태로 나타나게 된다.

자신에게 본능이 있다는 것을 누구나 쉽게 인정하지 않으려고 하지만, 삶의 본능과 죽음의 본능은 살아 있는 인간들의 살아가는 모습을 설명해 줄 수 있다. '파괴'라는 것은 바로 이러한 인간의 본능 중에서 '죽음의 본능'과 밀접한 관계를 가진다. 진화론에 따르면, 인간은 동물이기 이전에 최초에 무기질 단계에서 비롯된 것이라고 한다. '죽음의 본능'은 무의식중에 이러한 무기질 단계의 모습으로 돌아가려고 하는 것으로, 항상 죽음의 가능성을 안고 살아가는 인간의 모습을 설명해 줄 수 있다. 하지만, '죽음의 본능'이 충족되어 버리면, 인간은 아무런 본능도 욕구도 가지지 못하고 그냥 사라진다. 이러한 것을 막기 위해서, '삶의 본능'은 죽음의 본능을 항상 다른 식으로 나타나도록 만든다. 이것이 바로 '파괴하려는 인간'의 모습이다. 항상 어떤 식으로든지 인간은 파괴를 행한다. 그것이 새로운 창조를 위한 파괴이든지, 다른 것들의 죽음을 위한 파괴이든지, 인간의 역사를 통해서 인간은 끊임없이 부수고, 태우고, 없애 버리곤 했다.

하지만, 이러한 파괴의 잿더미 위에 언제나 새로운 것이 만들어지는 것은 바로 '죽음의 본능'보다는 '삶의 본능'이 강하기 때문이다. '삼룡'에게도 '삶의 본능'은 크게 작용한다. 그는 자신이 살고 있는 집에서만 자신은 살아 있을 수 있다는 이상한 믿음을 가지고 있다. 이 믿음 때문에, 그는 주인 아들의 어떠한 압박도 참고 견디면서, 자기가 살아갈 수 있는 '종'의 역할을 성실하게 행한다. 모든 '파괴'의 욕구나, 인간으로서 가질 수 있는 욕망 등을 모조리 누르고, 단지 그 집안에서 살아남기 위해 모든 걸 억제한다.

> … 그는 주인의 집을 버릴 줄 모르는 개 모양으로 자기가 있어야 할 곳은 여기밖에 없고 자기가 믿을 것도 여기 있는 사람들밖에 없는 줄 알았다……. 자기의 주인 아들이 때리고 찌르고 꼬집어 뜯고 모든 방법으로 학대할지라도 그것이 자기에게 으레 있을 줄 밖에 알지 못하였다……. 그는 이 마땅히 자기가 받아야 할 것을 어떻게 해야 면할까 하는 생각을 한 번도 하여 본 일이 없다…….

이토록 스스로를 억제하던 벙어리가 어떻게 해서 주인의 집에 불을 놓게 되었는가.

전혀 사랑의 감정은 생기지도 않을 것 같은 '삼룡'에게 어느 날 사랑의 감정이 피어났다. 그런 이상한 감정 때문에 그는 지금까지 당연하다고 생각했던 주인 아들의 학대를 증오로 받아들이게 된다. 하지만, 그런 감정의 변화가 만들어낸 것은 그가 살아 있던 공간에서의 추방이다. 이미 그곳을 떠나면, '죽음'밖에는 없다고 생각했던 벙어리의 이상한 믿음 때문에 집밖으로 던져진 삼룡의 숨겨진 본능들은 아무런 거리낌없이 그의 밖으로 뛰쳐나오게 되었다.

그는 억제되었던 그의 '죽음의 본능'을 극단적인 파괴의 행위로 충족시킨다. '불'로써 그는 자신을 학대하던 주인 아들과 자신이 살아왔던 그 공간에게 응징을 가하고, 억눌렸던 사랑의 감정을 폭발시킨다.

그에게 있어 '불'은 파괴였다. 그리고 동시에 그것은 억압되었던 본능의 충족이었다. 비록 그것이 충족된 이후에 아무것도 남아 있지 않더라도, 그는 입 가장자리에 평화롭고 행복스러운 웃음을 띨 수 있을 만큼 만족스러웠던 것이다.

– 어느 고등학생의 독후감에서

독후감 2

'불'은 축제였다

자신이 속한 그 울타리 속에서 아무런 저항의 몸짓도 보이지 못하고, 그저 스스로에게 모든 문제의 원인을 질책하며, 항상 자신을 조금씩 조금씩 튼튼한 밧줄로 묶어가는 삶이 있다. 둘러싸고 있는 울타리가 없어지면, 더 넓은 가능성의 공간이 끝없이 펼쳐져 있음을 생각조차 해 보지 못하고, 자신이 깊숙이 파들어 간 우물 속에서 죽어가는 개구리의 모습을 우리는 어디서나 볼 수 있다.

나도향의 소설 「벙어리 삼룡이」에 등장하는 '삼룡'은 어디서나 찾아볼 수 있는 그런 소극적인 패배주의자의 모습을 지극히 극단적으로 형상화하고 있다. 가장 일상적인 방법으로서의 의사소통 수단인 '언어'를 사용하지 못하는 이유로, '삼룡'은 일차적인 두꺼운 자기만의 울타리에 갇혀 있다. 계용묵의 「백치 아다다」에 나오는 아다다와 같은 유형의 울타리다. 그리고 그는 '종'이라는 신분으로 인한 이차적 울타리에 다시 한 번 둘러싸여 있다. 이런 울타리 이외에도, 결코 그에게 득이랄 수 없는 추한 외모로 인한 몇 개의 작은 울타리들이 그를 한층 더 두텁게 두르고 있다.

그는 이렇게 철저하게 둘러싸인 울타리 속에서 주인 영감이 주는 떡을 위해서, 그 생명의 떡을 얻기 위해서 주인 아들의 폭압을 참고 견디어 내며 우물밖에는 아무것도 없다고 절실히 믿는 개구리처럼 살아간다. 물론, 이런 모든 울타리들이 그가 선택한 것은 아니다. 하지만 사회 속을 살아가는 누구나 스스로가 선택하지 못한 갖가지 울타리에 둘러싸여 있다는 것을 생각한다면, 나도향이 형상화한 '삼룡'이라는 인물에서 우리는, 우리 자신의 모습을 찾아볼 수도 있을 것이다.

그런데 울타리 속에, 벽 속에 갇혀진 삶은 어떠한 일상적인 계기를 바탕으로 어쩌면, 울타리 밖으로 뛰쳐나올 수도 있을 것이다. 그것이 울타리의 일부분이든지 전체든지, 굳어져 가던 죽어가던 존재는 그가 살아가는 곳의 일상적인 모습들을 떨쳐 버리고, 새로운 삶을 찾아갈 수도 있을 것이다. 어떠한 필연적인 계기만 주어진다면 말이다. 갇혀 있던 울타리 속에서 '삼룡'에게도 그러한 탈피의 가능성들을 엿볼 수 있다.

…… 정욕을 가진 사람인 벙어리도 그의 피가 차디찰 리는 없었다. 혹 그의 피는 더욱 뜨거웠을지도 알 수 없었다. 뜨겁다 뜨겁다 못하여 엉기어 버린 엿과 같을지도 알 수 없었다. 만일 그에게 볕을 주거나 다시 뜨거운 열을 준다면 그의 피는 다시 녹을지도 알 수 없었다…….

볕과 뜨거운 열…… 이러한 계기들이 그를 구속에서 벗어나게 할 수 있을까……. 비록 그것이 굳어진 '사랑'이라는 밧줄을 푸는 것에만 치우치고 있지만.

소설 속에서 그는 그 계기를 스스로 만든다. 바로 볕과 뜨거운 열을 가진 '불'로써!

'불'은 분명히, 굳어진 그의 밧줄을 모조리 태워 버릴 수 있는 힘을 가진다. 밧줄과 함께 그 자신까지도 태울 수 있는 거대한, 주체할 수 없는 힘을 가지고 있다. 그가, 그토록 소극적이던 벙어리가 어떻게 '불'을 사용할 것을 결심했는가. '불'이라는 계기를 스스로의 힘으로 사용하게 만든 것은 그의 내부에서 일어난 두 가지 감정의 변화였다. 오랫동안 얼어 있었던 그의 피를 조금씩 녹게 만든 아씨에 대한 '사랑'과 자신을 억압하는 주인 아들에 대한 '증오'가 바로 그 두 가지이다.

새아씨가 삼룡의 집으로 시집온 다음 날부터 얼어붙었던 그의 혈액은 조금씩 움직임을 시작했고, 그의 속에서는 작은 불씨가 피어올랐다. 삼룡의 내부에 있는 불씨는 이전에 그를 억압했던 주인 아들에 대한 저항의 감정도 함께 만들어내게 되면서 점점 타오른다. 그를 묶었던 밧줄을 하나씩 태우면서.

그의 불씨는, 그 내부의 불은 어느 날 그를 둘러싸고 있었던 그의 세계가 무너지면서 그가 집 밖으로 내동댕이쳐졌을 때 밖으로 밀려나온다. 그는 그 내부의 불을 실재의 불로 옮기는 것이다. 그를 싸고 있던 울타리를 태우는 것으로 그는 스스로에게 속박을 가하던 모든 것을 태우려 한다. 눌려 있었던 자유를 찾기 위해서, 그는 선덕여왕을 사랑하다 불꽃이 되어버린 회귀처럼 내부의 불을 밖으로 뿜어낸다. 결국, 그는 울타리를 태웠다. 그리고 밧줄을 끊었다. 그의 피는 고통을 알지 못할 정도로 끓고 있었고, 사랑하는 사람은 지켜질 수 있었다. 하지만, 불은 그를 태운다. 모든 것을 벗어버린 자유의 그를…… 그에게 있어서 '불'은 축제였다. 구속된 일상을 극복하고 자유를 향하는. 비록, 그것은 마지막 축제가 되어 버렸지만 말이다.

– 어느 고등학생의 독후감에서

평소의 행위 양식에 따라 생각이 다르거나 아니면 이 작품 감상의 계기를 바탕으로 생각이 바뀌었을 수도 있다. 우리는 이제 글을 읽을 때 고정관념이나 선입견에 의한 무비판적 독서가 아니라 적절한 관점과 근거에 의한 비판적 읽기가 필요함을 알았을 것이다.

셋, 적극적 읽기와 적극적 삶

소극적 읽기는 단지 글의 내용을 이해하는 데 그치지만, 적극적 읽기는 책의 내용을 자기 삶 속으로 끌어 온다. 우리가 학습 과정에서 하는 주제 찾기가 대표적인 소극적 독서이다. 그래서 지은이의 중심 생각은 열심히 찾았는데 지은이는 왜 그런 생각을 했으며, 그것이 우리에게 도대체 어떤 의미가 있는지에 대해서는 별로 따지지 못했던 것이다.

문학이 진정 우리 삶에 토대를 두거나 아니면 있을 수 있는 삶의 세계를 그리는 것이라면, 그 속에서 우리의 다양한 삶의 맥락을 찾아낼 수 있을 것이다. 그것이 우리 삶에 어떤 의미가 있는지도 끊임없이 물어야 한다. 그러니까 열린 읽기는 다양한 관점으로 우리 삶과의 다양한 관계와 상호작용을 읽는 것이다.

3장 읽기와 쓰기를 두려워 말라

하나, 이 세상과 소통하기를 즐기자

흔히 언어를 의사소통의 도구라고 한다. '의사'는 병 고치는 의사가 아니라 '뜻과 생각'을 말함이니, '의사소통'은 뜻과 생각을 소통하는 것이다. 곧 그러한 의사소통은 주로 언어를 통해 이루어지므로 언어를 의사소통의 도구라고 말한다. 물론 언어가 진정한 의사소통의 도구가 되기 위해서는 전제가 필요하다. 제대로 듣고 말하고, 읽고 써야 한다는 것이다. 다시 정리해 보면, 제대로 들어야 제대로 말할 수 있고, 제대로 읽어야 제대로 쓸 수 있다는 것이다. 제대로 듣고 제대로 말하는 토론 능력, 제대로 읽는 독서 능력, 제대로 논리적으로 쓰는 논술 능력이 중요한 이유가 금방 드러난다. 여기서는 독서를 중심으로 독서 토론, 독서 논술을 통해 이 세상과 즐겁게 소통하는 길을 찾아보자.

둘, 요약을 통한 소통

먼저 제대로 읽기를 통한 훈련을 위해서 간단한 두 글을 읽어 보자.

[관점 1]

역사를 만들어 가는 데 민중과 영웅 둘 다 없어서는 안 되겠지만, 가장 근본적인 주체는 민중이라고 생각합니다. 역사 속에서 위인이라고 일컬어지는 인물들은 모두 그 시대의 산물이며 그 시대는 그 안에서 살아가는 민중들의 삶의 합이기 때문입니다. 민중들이 일상 속에서 느끼는 필요를 구체화시키는 것이 영웅이기 때문에 다수의 민중들이 바탕이 되지 않고서는 영웅의 출현도 없으리라고 보는 것입니다. 가령 동학 혁명을 이끌었던 전봉준의 경우, 당시 민중들의 억눌린 삶과 이 억눌림으로부터 벗어나고자 하는 시대적 요구가 없었다면 결코 역사에 기록될 수 없었을 것입니다. 이처럼 영웅과 민중은 함께 역사를 변화시켜 나가지만 근본적인 주체는 민중이라고 생각합니다.

[관점 2]

민중 없이 영웅이 탄생할 수는 없겠지만 민중에 의해 탄생한 영웅은 그 시대를 이끌어가는 가장 중요한 요인이라고 생각합니다. 예컨대, 1차 대전이 끝난 후 내외적인 요인에 의해서 독일은 군국주의의 길을 걸어갈 수밖에 없었지만, 히틀러라는 희대의 독재자가 등장하지 않았다면 역사는 많이 달라졌으리라 생각합니다. 이순신 장군은 보통 사람은 흉내도 내기 어려울 정도의 초인적인 노력으로 상상하기 힘든 전과를 올렸습니다. 그의 위대함은 그가 참전한 전투와 그렇지 않은 전투가 엄청난 차이를 보였다는 점에서 쉽게 증명할 수 있습니다. 과연 이순신 장군이 없었어도 임진왜란이 그렇게 빨리 종결될 수 있었을까 생각하면, 역사에서 한 인물의 중요성을 무시할 수 없다고 생각합니다.

-김슬옹 · 마상룡 외, 「논술 짱! 구술 압」 중에서

제대로 읽기는 요약을 잘하면 90퍼센트는 성공이다. 요약은 보약이다. 독서도 토론도 쓰기도 요약을 잘하지 않으면 제대로 할 수 없다. 곧 요약은 제대로 소통하고 학습할 수 있는 가장 중요한 바탕 능력이니 보약이 아닐 수 없다. 요약을 잘하기 위해서는 핵심어를 잘 찾아야 하고 중심 내용을 서너 문장으로 잘 추려내야 한다. 그렇다면 다음과 같은 활동을 해 보자.

1단계로 두 글의 핵심어를 쓰고 핵심 요지를 각각 두세 문장으로 요약하시오.

기준	핵심 요지
관점 1	○ 핵심어 : 민중, 역사, 주체
	① 역사를 만들어가는 주체는 민중이다.
	② 다수의 민중들이 바탕이 되어야 영웅이 출현한다.
	③ 민중들의 필요를 구체화 시킨 것이 영웅이다.
관점 2	○ 핵심어 : 영웅, 역사
	① 영웅은 역사변화의 주체이다.
	② 역사에서 영웅의 중요성을 무시할 수 없다.
	③ 영웅은 그 시대를 이끌어가는 가장 중요한 요인이다.

2단계로는 두 관점의 공통점과 차이점을 찾아내야 한다. 두 관점은 모두 영웅은 민중에 의해 탄생한다는 점을 인정하고 있다. 그러나 [관점1]은 역사를 만들어가는 주체는 민중이라고 본 반면에 [관점2]는 영웅은 그 시대를 이끌어가는 가장 중요한 요인이라고 보고 있다. 또한 민중과 영웅의 관계에 대해서는 [관점1]은 다수의 민중들이 바탕이 되어야 영웅이 출현한다고 본 반면에 [관점2]는 민중보다 영웅이 더 중요하다고 보았다. 따라서 [관점1]은 민중들의 필요를 구체화시킨 것이 영웅이며, [관점2]는 영웅으로 인해 역사가 달라졌을 것이라고 보고 있다. 이러한 공통점과 차이점을 일정한 기준을 세워 합쳐 요약하는 것이 3단계 통합요약이다.

여러 가지 의견이나 제시문을 짜임새 있게 분석해서 통합 요약하는 실력이야말로 요약의 꽃이고 논술의 꽃이다. 만일 300자 안팎으로 통합요약을 하라면 다음과 같이 쓸 수 있다.

[관점1]과 [관점2]는 모두 영웅은 민중에 의해 탄생한다는 점을 인정하고 있지만, 몇 가지 측면에서는 의견을 달리하고 있다. [관점1]은 역사를 만들어가는 주체는 민중이라고 본 반면에 [관점2]는 영웅은 그 시대를 이끌어가는 가장 중요한 요인이라고 보고 있다. 또한 민중과 영웅의 관계에 대해서는 [관점1]은 다수의 민중들이 바탕이 되어야 영웅이 출현한다고 본 반면에 [관점2]는 민중보다 영웅이 더 중요하다고 보았다. 따라서 [관점1]은 민중들의 필요를 구체화시킨 것이 영웅이며, [관점2]는 영웅이 없으면 역사가 달라졌을 것이라고 보고 있다.

이렇게 통합 요약을 함으로써 두 글을 낱낱이 이해하고 비평하는 힘이 생겼으므로 함께 토론을 해 보았다.

셋, 토론을 통한 소통

토론은 30분간 민중팀과 영웅팀으로 나눠 서로 자유롭게 의견을 주고 받는 방식으로 진행하였다. 말투만 다듬어 토론 전체 얼개를 소개해 보면 다음과 같다.

"민중이 더 중요하다"와 "영웅이 더 중요하다"에 관한 토론

분당 불곡고 2학년. 2012. 9. 19.

사회자 여러분 안녕하세요? 오늘은 민중과 영웅 중에서 어느 쪽이 더 중요한지에 대해서 토론을 해 볼 거에요. 영웅팀과 민중팀 각자 자기 의견을 자유롭게 발표해 주시기 바랍니다. 먼저 발언할 기회를 얻는 반짝 퀴즈를 드립니다. 단군은 기원전 2333년에 우리나라를 열었습니다. 그렇다면 올해는 단기 몇 년일까요?

박세원 저요. 2333+2012= 4345년입니다.

사회자 네. 맞습니다. 그럼 영웅팀부터 발언해 주십시오. 작전 타임은 2분씩 두 번을 쓸 수 있습니다. 모든 발언은 3분을 넘길 수 없습니다. 자 그럼 시작해 주십시오.

원지영 저는 영웅이 더 중요하다고 생각합니다. 그 이유는 영웅이 능력을 발휘하여 민중을 구할 수 있기 때문입니다. 영웅은 민중들의 바람을 실현시키는 민중보다 뛰어난 사람입니다. 영웅은 많은 이들을 구하며, 결과적으로 민중을 지배합니다.

송지영 저는 원지영 학우의 의견에 반대합니다. 영웅이 능력을 발휘하여 민중을 구할 수 있다고 하였는데, 민중의 도움이 전혀 없이 영웅 혼자서 문제를 해결하기는 쉽지 않습니다. 축구경기를 예로 들 수 있습니다. 어떤 선수가 골을 넣어서 영웅 대접을 받지만, 그 골은 그 선수 혼자만의 힘으로 이룬 것은 아니지 않습니까? 주변 선수들이 도와주지 않았다면 그러한 업적의 달성은 어렵습니다. 민중이 사회를 이끌어가며, 민중 여럿이 한 명의 영웅보다 더 큰 힘을 발휘할 수도 있습니다.

강지연 송지영 학우께서 축구경기를 예로 드셨는데 만약 그 상황에서 영웅이 없었다고 생각해 보세요. 선수들의 결정에 영향을 주고, 선수들의 마음을 한데 모아 주고, 선수들이 나아갈 방향을 제시한 영웅적인 존재가 없었다면 그러한 업적을 이룰 수 있었겠습니까? 다수의 민중이 있어도 그 민중들의 말을 합치고 이끌어갈 영웅이 필요합니다. 영웅이 있었기 때문에 그 골을 넣을 수 있었던 것입니다.

조성록 저는 민중이 더 중요하다고 생각합니다. 위험한 상황을 만들어내는 것은 민중이기 때문에 애초부터 민중이 없다면 영웅도 없습니다. 민중이 있어야 영웅이 영웅으로써 존재할 수 있으며, '영웅'이라는 타이틀 또한 민중이 만들어준 것입니다. 더욱이 영웅 한 사람보다

수십, 수백 명의 힘을 합친 민중이 더 강할 것입니다.

이현지 저는 영웅이 더 중요하다고 생각합니다. 민중 속에서 영웅이 탄생하는 경우도 있겠지만 영웅이 될 사람은 민중 속에 섞여 있을 때부터 비범했을 것입니다. 일반 민중이 가지지 못한 뛰어난 힘을 가지고 그 힘을 민중을 위해 쓴 것입니다. 그리하여 악의 무리를 물리쳐 주고, 민중이 하지 못하는 일들을 영웅이 대신 해 줍니다.

이진 물론 사람마다 가진 능력이 다르고, 그에 따라 남들보다 능력이 뛰어난 사람도 있을 수 있습니다. 그런데 그렇다고 해서 그가 민중의 일원이 아닌 것은 아니지 않습니까? 민중이라는 집단 속에서 눈에 띄는 사람이 영웅이라 불리는 거죠. 결국 민중 속에서 영웅이 탄생하는 것이고, 민중이 영웅을 결정하니 민중이 더 중요하죠.

김지석 민중은 자신들을 이끌 좋은 지도자를 원합니다. 그리하여 영웅이 민중을 지배합니다. 아무나 민중을 지배하나요? 영웅은 처음부터 비범했던 것이죠. 그리고 영웅이 없다면 평범한 민중들의 존경의 대상이 없을 수 있으므로 발전이 더딜 것입니다. 사회와 민중이 발전할 때에는 항상 영웅적인 존재가 있어 왔습니다. 영웅의 행동으로 인해 민중들이 힘을 낼 수 있는 것입니다. 그 힘을 이끌어내는 것은 영웅입니다.

오정윤 김지석 학우께서 사회와 민중이 발전할 때에 항상 영웅적인 존재가 있어 왔다고 하셨는데, 반드시 그렇지만은 않습니다. 그것은 역사 속의 수많은 경우의 수 중 눈에 띄는 일부일 뿐입니다. 영웅이 언제나 우리 곁에 있지는 않을뿐더러 있더라도 언젠가는 패배할 수도 있습니다. 이 사회를 이끌어 나가는 것은 민중입니다. 민중이 모여서 힘을 합치면 하나의 영웅보다 강력합니다.

김담이 민중이 모여서 힘을 합치더라도 하나의 영웅보다 강력할 수는 없습니다. 뛰어난 영웅 한 명이 능력을 발휘하여 세상을 변화시키고 많은 이들을 구하지 않습니까? 결과적으로 영웅이 민중을 지배합니다. 그러므로 영웅이 민중보다 더 중요합니다.

김정희 소수보다는 다수가 중요한 것이 사회죠. 사회와 나라의 구성원은 민중으로, 그 성립의 근본입니다. 따라서 민중이 없이는 사회가 있을 수 없고, 그 사회를 통솔할 영웅 또한 존재할 수 없습니다. 영웅을 중심으로 한 민중이 나라를 이끌어갈 수 있습니다.

최자은 영웅이 민중을 이끌어갑니다. 사공이 많으면 배가 산으로 간다고 하죠. 이와 마찬가지로 영웅이 개인이기 때문에 무언가를 추진하고 변화시킬 수 있는 것이지, 민중이라면 많은 의견들이 대립하고 결국은 아무것도 추진시킬 수 없었을 것입니다. 끝에 남는 것은 영웅의 승리이고, 이에 민중의 희생이 뒤따를 수 있습니다. 영웅은 때로는 악인이 되어가면서 민중에게 희생을 강요할 수 있습니다. 민중은 소비될 수 있고 그 숫자만이 기록에 남을 뿐입니다. 결과적으로 민중의 후손들은 영웅이 이룩한 성과 위에 터전을 잡고 풍족한 삶을 누릴 수 있습니다.

송지영 최자은 학우의 의견에 반대합니다. 영웅이 문제 해결이나 업적을 위해 민중에게 희생을 강요할 수 있다는 논리는 너무 많은 위험성을 내포하고 있습니다. 권력 있는 누군가가 어떤 문제를 해결하기 위하여 또는 역사적인 업적을 달성하기 위하여 국민에게 희생을 강요하는 경우를 생각해 보세요. 그 희생당하는 국민은 나의 가족일수도, 친구일수도 있습니다. 이런 경우에도 그것이 당연하다고 생각하십니까? 민중 사이에서 영웅이 태어나므로 영웅도 민중의 일부라는 것을 명심해 주세요.

최자은 그렇지만 지금까지의 역사가 말해 주지 않습니까? 민중 개인은 기록되지 않지만 영웅의 업적은 역사에 기록되고, 후세에 그 이름이 기억될 것이며 그 위에 다시 역사가 세워지는 것입니다. 역사는 그렇게 발전되어 왔습니다.

이진섭 역사라는 것은 후세에 기록되는 것이죠. 당시에는 누가 더 잘하고 잘못했는지 판단하기 어렵습니다. 그렇기 때문에 역사책에 '민중 67명이 희생되었다.' 처럼 숫자로만 기록되었다고 해서 민중 개개인은 별로 중요하지 않으니 소비될 수 있다는 최자은 학우의 의견에는 공감이 가지 않네요.

최자은 제 의견에 대한 이견이 많네요. 더 알아보고 추후에 답변 드리도록 하겠습니다.

이진섭 저는 영웅이 등장한 이유가 혼란스러운 세상에서 민중을 구하기 위해서라고 생각합니다. 다수의 민중 중에서 눈에 띄는 업적을 세운 소수가 영웅이라 불립니다. 이렇게 영웅과 민중은 상대적인 것입니다. 영웅이 영웅이라 불릴 수 있는 것은 그 비교대상인 민중이 존재하기 때문입니다. 그렇기 때문에 민중이 더 근본적인 것이라고 생각합니다.

조성록 맞습니다. 영웅이 민중을 위해 힘쓰고 민중을 많은 범죄와 혼란 속에서 구하긴 하지만, 영웅이라는 것이 존재하기 이전에 민중이라는 것이 존재하기 때문에 민중이 더 중요합니다. 영웅은 민중 속에서 나온 파생적 의미라고 생각하면 좋을 것 같습니다.

사회자 여러분의 좋은 의견 잘 들었습니다. 토론을 통해 서로의 의견을 나누면서 생각의 폭이 넓어졌기를 바랍니다. 오늘 토론은 여기서 마치도록 하겠습니다.

넷, 논술을 통한 소통

토론을 거쳤으므로 이제 자유롭게 요약과 토론을 바탕으로 간단한 천 자 칼럼을 써 보기로 하였다. 대표 답안만 검토해 보기로 하자.

역사의 진정한 주체는 영웅이다

최자은(불곡고2)

최근까지도 시대를 이끌어가는 주역이 누군지에 대한 논란이 계속되고 있다. 영웅의 근본인 민중이 업적을 이루었다는 의견이 있는 반면 영웅이 민중을 이끌었다는 의견도 존재한다. 영웅과 민중을 두고 제시문의 두 관점은 팽팽히 대립하고 있다.

영웅은 민중속에서 태어났다는 점은 두 관점 모두 동의하고 있다.

그래서 [관점1]은 민중을 근본으로 생각한다. 영웅은 민중들의 삶의 합일뿐이며, 민중이 역사의 주체인 것이다. 한편 [관점2]는 이순신을 예로 들며 영웅 개인의 능력이 결과에 큰 차이를 가져오는 점을 강조하였다.

비록 민중도 영웅과 함께하긴 했지만, 영웅이 역사의 주체로는 [관점2]에 동의한다. 인간은 원래 개인의 이익을 추구하지만, 공동체 안에서는 화합하며 공동의 목표를 추구한다. 영웅은 민중을 합치고 이끌어 나가는 중요한 역할이다. 영웅이 있기에 집단이 조율되고 추진력을 갖출 수 있는 것이다. 나폴레옹이나 칭기즈 칸이 없었다면, 수많은 민중들이 함께 작전을 짜고 세계를 재패할 수는 없었을 것이다. 이처럼 영웅 개인의 능력이 사회에 미치는 파급력은 매우 크다.

다 함께 배를 젓는다 해도, 선장이 없다면 배는 방향을 잃어버릴 것이다. 영웅이 없는 사회는 통합되지 않고 결국엔 정체된다. 물론 영웅 개인의 독자적인 능력만이 아닌 민중의 지지가 필요했을 것이다. 하지만 영웅이 있었기에 변화가 생기고 역사가 전개된 것이다. 결국 역사의 주체는 영웅이다.

위와 같은 독서토론 칼럼에 대해 친구인 이진은 다음과 같은 평가를 해 주었다.

평가영역	평가항목	도움말
I. 논제 파악과 제시문 분석력	a. 문제 핵심을 파악했는가	잘 파악했다.
	b. 제시문 분석과 내 생각을 잘 연결했나	[관점1]과 [관점2]의 공통점과 차이점을 설명하면서 자신의 의견을 잘 연결했다.
II. 쟁점 분석 논증력과 사고력	c. 머리말의 문제제기가 구체적인가	제시문의 두 관점을 간략하게 제시하면서 문제제기가 잘 연결된 것 같다.
	d. 몸말의 분석 논증이 치밀한가	천 자 분량 수준에서는 분석 논증이 잘 되었다.
	e. 맺음말이 논지를 강화시켜 주었는가	맺음말에 자신의 의견을 한 번 더 강조함으로써 논지를 강화시켰다.
	f. 문단설정과 연결이 긴밀한가	문단 구성과 연결에 문제가 없다.
	g. 논지나 논증은 창의성인가	나름대로의 예시를 들면서 창의성 있게 썼다.
III. 문장력과 표현력	h. 문장의 정확성과 효율성	문장력이 좋다.
	i. 맞춤법과 띄어쓰기	특별히 틀린 곳이 없다.
	j. 원고지 사용법과 분량	분량이 적절하다.

김지석 학생의 경우는 다음과 같은 깔끔한 개요를 통해 답안을 잘 작성했으나 기본 조건 지키기에 문제가 있다. 일반 학생들이 자주 범하는 실수이니 눈여겨보자.

개요

1문단 : 역사는 민중과 영웅이 함께 만들지만 역사의 주체는 과연 누구인가.
2문단 : 민중이 더 중요하다는 의견제시.
3문단 : 2문단에서 제시한 의견을 야구게임을 예시로 서술.

4문단 : 3문단의 내용과 연관해서 민중이 더 중요하다는 주장 정리.

영웅의 근본이 민중이다

역사는 민중과 영웅이 함께 만들어가는 것이지만, 그 역사를 만들어가는 주체가 누구인지에 대한 의견은 매우 다양할 수 있다. 위의 제시문은 두 가지 관점을 제시해 주고 있는데, 나는 두 관점 중 민중이 주체라는 것이 옳다고 생각한다.

영웅이란 민중이 위기에 처했을 때 민중들의 입장을 대변해 민중들을 올바른 길로 이끌어가는 존재이다. 앞의 문장을 언뜻 보면 영웅이 더 중요하게 보일 수 있다. 물론 그런 능력을 가진 영웅도 중요하지만, 영웅을 따르거나 뒷받침해 줄 민중이 존재하지 않는다면 영웅이라는 의미는 무색해질 것이고, 더 근본적으로 본다면 영웅이 민중 사이에서 나오기 때문에 영웅이 존재할 수도 없는 것이다.

야구게임을 예로 들어보자. 한 팀의 에이스 투수가 정말 완벽하게 9이닝을 막아 단 한 점의 실점도 용납하지 않았다. 그러나 에이스 투수가 속한 팀의 공격이 9이닝 동안 단 1점이라도 득점에 성공하지 못한다면 결국 그 게임은 무승부가 되어버리는 것이다. 더 근본적으로는 야구라는 게임이 투수라는 선수를 필요로 하지 않는 게임이라면 그 에이스 투수는 존재할 수 없었을 것이다.

훗날 역사가 인정하고 기억하는 것은 한 명의 에이스투수, 즉 영웅이겠지만 팀의 득점을 만들어 낼 다른 야구선수 즉, 민중이 존재하지 않았더라면 결국 무승부로 끝나는 것이고 결국 역사 또한 그 영웅을 인정하지 않을 것이기 때문에 근본적으로는 영웅을 뒷받침해 줄 민중이 더 중요한 것이라고 생각해 본다.

글이 살아 있다. 자신의 생각과 논조가 분명하고 표현은 자연스럽다. 야구게임 논증도 참신하다. 다만 주어진 두 글에 대한 치밀한 분석을 반영하지 않아 아쉽다. 논술은 자기만의 생각도 중요하지만 더 중요한 것은 주어진 논제에 대해 누가 어떤 생각을 했는가를 바탕으로 자신의 생각을 이끌어 내야 한다는 것이다.

요약과 토론을 거쳐 최종 논술문까지 매우 진지하고도 장대한 소통 여행을 해 보았다. 이런 소통 능력이 있는 학생들이 열심히 살아가는 한 이 세상은 희망이 더 넘칠 것이다. 지식과 생각은 나누는 것이다. 그것이 소통이고 삶이다.

4장 고전 다시 읽기

하나, 도대체 고전이 뭐길래

우리는 흔히 고전을 옛날 글 가운데 좋은 글이나 작품 정도로 생각하는 사람들이 많다. 그러나 고전의 진정한 가치는 그 정도의 인식으로는 찾기 어렵다. 그러니까 우리는 먼저 고전에 대한 잘못된 인식을 바꿀 필요가 있다. 훌륭한 내용을 담고 있는 것이 고전이라기보다는 어느 시대에서나 끊임없이 생각거리, 문젯거리를 던져 주는 것이 고전이라는 것이다.

플라톤의 책이나 우리의 『흥부전』이나 지금 관점으로 보면 내용은 지금 우리와 안 맞을 수도 있다. 그러나 두 작품 모두 고전으로 뽑는 것은 아직도 우리에게 많은 생각을 던져 주기 때문이다. 그렇다면 내친김에 아예 고전의 현대 가치를 물은, 다음 문제를 통해 고전의 가치를 따져 보자.

○ 예시문 ㉠는 고전에 관한 글이고, ㉡는 고전 소설 『흥부전』, ㉢는 『흥부전』을 현대적으로 재창조한 작품의 한 예다. 예시문을 참고하여 현대사회에서 동서고금의 고전이 재해석되거나 재창조되는 이유에 대해 논술문을 작성하시오.(고려대 논술 문제 변형)

㉮ 고전은 원래 오래된 책이나 옛날의 의식-법식을 뜻했으나, 그 의미가 확장되어 오랜 세월에 걸쳐 많은 사람들에게 높이 평가되고 애호된 저술이나 특정분야의 권위서 혹은 뛰어난 예술작품을 가리키게 되었다. 고전은 현대를 사는 우리에게 오늘의 반성과 미래의 전망을 가능하게 하는 지혜의 보고라고 할 수 있다. 동서고금의 고전적 작품과 저작은 시대와 지역을 뛰어넘는 생명력을 가질 뿐 아니라, '지금-이곳'의 문제를 새롭게 인식할 수 있게 해 주는 현재적 가치를 지니고 있기 때문이다.

㉯ (앞줄임)

온 집안이 크게 웃고, 흥보가 하는 말이,

"이번 호사를 다 했으니 이 통 하나 마저 탑세."

흥보의 마누라가 박통을 타 갈수록 밥도 나오고 옷도 나오니 마음이 아주 좋아, 이 통을 또 타면 더 좋은 보물이 나올 줄로 속재미가 부쩍 나서,

"이 통 탈 소리는 내 사설로 먹일 테니 집에서는 뒤만 맡소."

흥보가 추어,

"가화만사성이라니, 자네 저리 좋아하니 참기물 나오겠네. 어디 보세, 잘 메기소."

흥보댁이 메나리 목으로 제법 메겨,

"여보소 세상사람, 나의 노래 들어보소. 세상에 좋은 것이 부부밖에 또 있는가."

"어기여라 톱질이야."

"우리 부부 만난 후에 설운 고생 많이 했네. 여러 날 밥을 굶고 엄동에 옷이 없어 신세를 생각하면 벌써 아니 죽었을까?"

"어기여라 톱질이야."

"가장 하나 못 잊어서 이때까지 살았더니, 천신이 감동하사 박통속에 옷 밥 났네. 만복 좋은 우리 부부 호의호식 즐겨보세."

"어기여라 톱질이야."

"한 상에서 밥을 먹고, 한 방에서 잠을 잘 때, 부자 서방 좋다 하고 욕심낼 년 많으리라. 암캐라도 얼른하면 내 솜씨에 결단나지."

"어기여라 톱질이야."

(가운데 줄임)

그렁저렁 겨울 지나 정월 이월 삼월 되니, 강남서 오는 제비 각 집을 날아들 제, 신수 불길한 제비 한 쌍이 놀보 집에 들어가니, 놀보가 제비를 보고 집짓기에 수고된다. 제가 손수 흙을 이겨 메주덩이 만하게 뭉쳐 처마 안에 집을 짓고, 검불을 많이 긁어 소 외양간 짚 깔 듯이 담뿍 넣어 주었더니, 미친 제비 아니며는 게다 알을 낳겠느냐. 집을 잘 못 들어 알 여섯을 낳았더니, 마음 바쁜 놀보놈이 삼시로 만져 보아, 다섯은 곯고 하나만 까서 날기 공부를 익힐 때에, 성질이 모진 놀보 소견에 구렁이가 먹으려 할 때 쫓았으면 저리 되었을까. 축문을 지어 제사하여도 구렁이가 오지 않아, 대발틈에 다리 부러지면 제가 동여 살려줄까, 밤낮으로 축수하여도 떨어지지도 아니하여, 날기 공부하느라고 제 집 가에 발붙이고 날개를 발발 떨면 놀보놈이 밑에 앉아,

"떨어지소, 떨어지소."

두 손 싹싹 비비어도 종시 떨어지지 않았다. 그렁저렁 점점 커서 날아가게 되었는데 놀보가 실패하자 제비 절로 다리 부러지기를 기다리면 놓치기 염려되니, 울려 놓고 달래리라. 제비집에 손을 넣어 제비새끼 잡아내어 연약한 두 다리를 무릎 대고 자끈 꺾어 마룻바닥에 선뜻 놓고, 천연히 모르는 체 뒷짐 지고 걸으면서 목소리 크게 내어 풍월을 읊는 것이었다.

"황성에 허조 벽산월이오, 고목은 진입창오운."

(가운데 줄임)

"네 죄를 헤아리면 만 번 죽어도 아깝지 않다. 내 목성 나는 대로 네놈 수죄를 할 양이면 네가 놀라 죽겠기에 조용히 분부하니 자세히 들어보라. 한나라가 말세 되어 천하가 분분할 때 유·관·장 세 영웅이 도원에서 결의하고 한 왕실을 다시 일으키자, 천하에 횡행하던 삼 형제 중 말째되고, 오호대장 둘째 되는 탁군서 살던 성은 장이요, 이름은 비요, 자는 익덕이라 하는 용맹을 들었느냐? 내가 그 장 장군이로다. 천지에 중한 의가 형제밖에 또 있느냐. 한날한시에는 못 났어도, 한날한시에 죽는 것이 당연한 도리인데, 네놈은 어이하여 동기 박대를 그리 하며, 날짐승 중에 사람 따르고 해 없는 게 제비로다. 내가 근본 생긴 모양, 제비 턱을 가졌기로 제비를 사랑하더니, 제비 말을 들어 본즉 생다리를 꺾었다니, 그러한 몹쓸 놈이 어디가 또 있겠느냐. 내 평생에 가진 성기, 내게 이해 불고하고, 몹쓸 놈이 있으며는 장팔사모 쑥 빼내어 퍽 찌르는 성정인 고로, 어찌 쾌인 익덕 같은 이를 만나 세상에 인심을 배반한 이를 모두 죽인다는 말을 너도 혹 들었느냐? 네놈이 흉맹 극악하여 동생을 쫓아내고, 제비 절각시킨 죄로 똑 죽이자 나왔더니, 돌이켜 생각하니 죽은 자는 다시 살아날 수 없고, 형을 받은 자는 다시 거느릴 수 없다 하니, 네 아무리 회개하여 형제우애하자 한들 목숨이 죽어지면 어쩔 수가 없겠기에, 목숨을 빌려주니 이번은 개과하여 형제 우애 하겠느냐?"

놀보 엎드려 생각하니 불의로 모은 재물을 허망하게 다 날렸으니 징계도 쾌히 되고, 장 장군의 그 성정이 독우라도 채찍질했으니, 저같은 천한 목숨은 파리만도 못 하지. 악한 놈에게 어진 마음은 무서워야 나는구나. 복복 사죄하며 울며 빈다.

"장군 분부 들사오니, 소인의 전후 죄상은 금수만도 못하오니, 목숨 살려 주옵시면 옛 허물을 다 고치고 군자의 본을 받아 형제간 우애하고, 이웃에 화목하여 사람 노릇 하올 테니 제발 덕분에 살려주오."

장군이 분부하기를,

"네 말이 그러하니 알기 쉬운 수가 있다. 남원이나 고금도나 우리 중형 관우 씨 계신 곳에 내가 가서 모시고 있다가 네 소문을 탐지하여 개과를 하였으면 재물을 다시 주어 부자가 되게 하고, 그렇지 아니하면 바로 와서 죽일 테니, 군사나 잘 먹여 위로하라. 이제 곧 떠나겠다."

—신재효본 「흥부전」에서

다 세상사람 들어보소. 『흥부뎐』 자초지종이 이러한데 야속할 손 세인심이요. 괘씸할손 광대글쟁이 솜씨더라. 있는 말 없는 말에 꼬리를 달아 원통한 귀신을 매섭게 몰아치고 웃으며 짓밟더라. 세상일에 속에는 속이 있고 곡절 뒤에 곡절인데, 겉보고 속보지 않으니 제가 저를 속이며 소경이 제닭치고 동리굿에 춤을 춘다. 강남제비 박씨 받아 흥부가 치부했다니 이 아니 기막힌가, 어느 세상에 가난한 놈 박씨 물어다주는 복제비 있다던가, 왜제비 양제비가 너희를 살리더냐, 청제비 노제비가 너희를 살리더냐, 제비 좋아하네, 제비를 기다리다 밭갈기를 잊었으며 씨뿌리기 잊었구나. 사람이 못하는 일 날짐승이 무슨 소용이랴, 너희들 병통이 골수에 맺혔으니 이 모두 뉘 탓인가, 네 탓 네 할애비 탓이로다. 눈속이는 허깨비 강남제비 미워서 보는 대로 붙잡아서 다리 똑똑 분질러서 세상인심 혁파하려 무진 애를 썼으되 이웃이 몽매하고 양반놈들 안목 없고 삼공육경에서 향청벼슬아치가 겨루기가 도둑질이요, 뽐내기가 헐뜯기로 암흑세상 살던 인생 원한이 하도하오…….

-최인훈, 『놀부뎐』에서

◎ 작성요령

(1) 문학-사상-역사-사회-경제-예술-영화 등의 분야와 관련된 예를 활용할 것.

(2) 예시문 (나)와 (다)는 현대 어법에 따라 일부 고쳐 쓴 것이다. 이를 참고하되, 이 작품만을 분석대상으로 한정하지 말 것.

· 글의 길이는 빈 칸을 포함하여 1,200자 안팎이 되게 할 것.

· 예시문 속의 문장을 그대로 쓰지 말 것.

둘, 고전 논술 해결의 3대 전략

고전 논술은 주어진 고전을 바탕으로 논제가 요구하는 조건에 따라 문제를 설정하는 능력에 달려 있다. 다음으로는 자신이 설정한 문제 설정을 치열하게 분석해내는 분석력이 있어야 한다. 그러한 분석을 바탕으로 내용을 치밀하게 구성하는 능력이 세 번째다.

첫째, 문제 설정 전략

고전을 바라보는 관점에는 크게 두 가지가 있다. 정적인 관점에서는 고전의 보편적 가치를 바탕으로 고전이 시대를 초월하여 주는 의미와 가치를 강조한다. 셰익스피어의 『햄릿』의 경우 '죽느냐 사느냐 그것이 문제로다.'로 잘 알려진 햄릿은 예나 지금이나 우리 주변에서 발견할 수 있는 우유부단형 인물로서의 보편성을 보여주고 있다. 이러한 점에서 이 작품이 덴마크 왕조라는 특수한 시대적 배경을 바탕으로 하고 있음에도 고전으로서 높은 평가를 받는다.

그러나 동적인 관점은 보편적 가치보다는 현재와 미래에 역동적으로 끼치는 문젯거리, 생각거리를 강조하게 된다. 햄릿이 이런 관점에서 중요한 것은 이 작품이 우유부단형이라는 전형적 인물을 제시해서가 아니라 그런 유형의 인물이 가지고 있는 문젯거리를 잘 보여 주고 있다는 점에서. 또한 햄릿은 우유부단형의 전형이 아니라, 이거냐 저거냐는 우유부단스런 갈등에서 끝내는 자신의 신념을 실천으로 옮기는 강인한 모습을 보여 주는 역동적 인물 유형이기도 하거니와 각 시대마다 이런 인물 유형의 변화과정이 중요하다는 것이다. 그런데 주어진 문제는 재해석을 강조함으로써 동적 관점에서 고전을 바라볼 것을 요구하고 있다. 세 텍스트의 흐름을 간단하게 정리해 보면 그런 요구의 맥은 더욱 분명해진다.

㉮

(1) 고전은 현대를 사는 우리에게 오늘의 반성과 미래의 전망을 가능하게 하는 지혜의 보고다.

(2) 고전은 '지금-이곳'의 문제를 새롭게 인식할 수 있게 해 주는 현재적 가치를 지니고 있기 때문이다.

㉯

(1) 흥부는 놀부 형 때문에 가난하게 살 수밖에 없었다.

(2) 흥부는 아주 착해 우연히 사고로 다친 제비 다리를 고쳐 줌으로써 큰 복을 얻게 된다.

(3) 놀부는 악행을 거듭해 벌을 받았다.

㉓

(1) 흥부전은 광대 글솜씨에 의해 자초지종(사실)이 왜곡되었다.

(2) 흥부가 제비 박씨로 치부했다는 과정이 황당무계하다.

(3) 오히려 흥부는 요행을 바라다 농사일을 소홀히 했을 것이다.

(4) 내(놀부)가 강남 제비를 부러뜨린 것은 요행을 통해 물질적 부를
추구하는 인심을 혁파하기 위해서였다.

전반적으로 재해석을 강조했지만 ㉯와 같은 작품 자체를 부정한
것은 아니다. ㉮ 제시문에서 동서고금의 고전적 작품과 저작은 시대
와 지역을 뛰어넘는 생명력을 가진다는 것을 바탕으로 삼았기 때문
이다. ㉰의 관점에서 ㉯는 문제가 있지만 그렇다 하더라도 이 작품
이 오랜 세월 읽히고 있는 이유가 있을 것이다. 요즘 백설공주나 이
솝우화 같은 고전 동화에 대한 패러디나 다시 쓰기가 유행하다 보니
고전 동화의 가치를 부정하는 사람이 많은데 꼭 그럴 필요가 없다고
본다. 지금의 관점에서 문제가 있을 수 있지만, 우리에게 끊임없이
뭔가를 생각하게 하고 문제를 제기할 수 있는 틀을 제공하고 있기
때문이다. 그러므로 ㉯와 같은 관점이 옳고 그름을 따지기보다는 ㉰
와 같이 재해석, 재창조되는 이유 또는 맥락을 쓰면 된다는 것이다.
㉯가 옳은가 ㉰가 옳은가와 같은 이분법적 가치판단을 묻고 있는 것
이 아니다.

그밖의 조건으로 두 가지를 요구하고 있다. 작성 조건에서 '문학-
사상-역사-사회-경제-예술-영화' 등의 분야와 '관련된 예'를 '활용'

하라고 요구하고 있고 또 제시문을 참고하라고 하고 있다. 참고는 참고만 하면 되는 것이지 그것에 전적으로 의존하지 말라는 요구이기도 하다.

그렇다면 논제 조건에 따라 가능한 문제 설정은 다음과 같은 경우가 있을 수 있다.

고전을 재해석해야 하는 이유

첫째, 고전 작품 내용에 문제가 있어서.

둘째, 고전 작품은 일종의 고정관념이므로.

셋째, 사상의 자유를 위해.

넷째, 시대마다 삶의 가치 기준이 다르므로.

다섯째, 현대 사회의 문제를 해결하기 위해.

둘째, 분석 전략

첫째, 고전 작품에 문제가 많아서라고 한다면 왜 문제가 많은지를 분석하면 된다. 일단 고전 작품에는 아주 오래전에 창작되거나 형성된 것이 많아 지금 시대에 맞지 않아 문제가 되는 경우가 있다. 이솝 우화의 개미와 베짱이도 개미는 근면하게 일해 옳고 베짱이는 놀기만 해 겨울에 굶어죽어 싸다고 흔히 말하지만, 이는 여가 문화를 중요하게 여기는 관점과는 맞지 않는다. 또한 가수나 연예인들의 부가가치가 중요한 요즘의 흐름으로 보면 더욱 그렇다. 그래서 개미는 자기만을 위해 일한 이기주의 일 중독자로, 베짱이는 여러 사람들을 위해 즐거운 노래를 부른 가수로 재해석하거나 다시 쓰는 것이다.『흥부전』또한 현실적이고 경제적인 놀부보다 비현실적이고 도덕적인 흥부를 더 높이 평가하는 것은 실용적이면서 현실적인 경제적 관점으로 보면 문제가 있을 수 있다.

둘째, 고전 작품이 고정관념으로 작동되는 것도 비판 대상이다. 고정관념은 자유로운 생각과 변혁을 가로막는 최대의 걸림돌이다. 백설공주와 신데렐라와 같은 고전 동화가 오랫동안 고정관념으로 영향을 끼침으로써 성차별 사회 모순을 변혁하는 데 걸림돌이 되어 왔다.『흥부전』또한 실질적 대안도 없이 막연하게 착한 사람을 옹호하는 권선징악을 강요함으로써 가난의 진정한 원인을 은폐하는 구실을 해 온 것이다. 개미와 베짱이 또한 여가 문화를 특정 계층의 문화로만 작동하게 하고, 노동자 농민의 여가 없는 삶을 옹호하는 이데올로기로 작동되어 왔다.

셋째, 사상의 자유를 위해서도 고전은 재해석될 필요가 있다. 고전은 근본적으로 사상과 표현의 억압을 헤치고 살아남은 것이 대부분이기 때문에 그런 작품을 절대화시키고 고정화시키는 것 자체가 옳지 않다. 이솝우화는 노예 신분이었던 이솝이 쓴 것이다. 노예가 쓴 것임에도 살아남을 수 있었다면 오늘날 사상의 자유를 뛰어넘는 뭔가가 담겨 있는 것이다. 또한 현재 고전으로 평가받고 있는 작품들에는 당대에는 인정을 받지 못하거나 억압을 당한 것들도 꽤 많다. 갈릴레이의 지동설 관련 저술이 그러했고, 코페르니쿠스 저술 또한 오랫동안 숨기다가 말년에나 발표해 사후에 인정을 받은 경우였다.

넷째, 시대마다 삶의 가치 기준이 다르므로 고전은 재해석되어야 한다. 시대는 변화하기 마련이다. 노예가 열심히 일해야 했던 시절과 우리나라가 경제개발을 한참 추진할 당시에는 이솝우화가 훌륭한 가치를 지니고 있었다. 하지만 이제 어느 정도 경제 안정을 이룬 시대에는 여가와 여유 문화가 중요하다 보니 개미보다는 베짱이를 강조하게 된다.

우리가 알고 있는 삼국지 또한 재해석의 결과다. 우리가 흔히 읽는 삼국지는 중국 명나라 때 나관중의 『삼국지 통속 연의』라는 작품을 말한다. 이 작품에서 유비가 주인공이면서 성인군자인 것처럼 나오는 것은 주자학을 근거로 한나라를 정통으로 하고 한나라의 계통을 잇는 유비에게 정통성을 주었기 때문이다. 이에 비해, 나관중이 기초한 삼국지는, 위를 멸하고 진을 세운 '사마가'의 신하인 '진수'가 쓴 것으로 『진수 삼국지』인데, 이는 사실에 기초하여 위나라의 조조가 정통성을 갖고 있다는 관점에서 쓴 작품이다. 그러나 후대 사람들은 진수의 삼국지보다는 민간에서 전해 내려오는 삼국지를 더 좋아했고 나관중은 이를 바탕으로 다시 쓴 것이다. 우리나라 삼국지는 크게 세 가지 계열이 있다. 박종화의 삼국지는 나관중의 관점이고, 이문열의 삼국지는 진수에 가까운 관점이며 김홍신의 삼국지는 그런 영웅보다 민중들을 더 높이 평가한 관점으로 재해석한 것이다.

다섯째, 현대 사회 문제 해결을 위해서는 좀 더 역동적인 재해석이 필요하다. 현대 사회는 인종문제, 교육문제, 환경문제, 노동문제, 도시문제, 여성문제, 사상문제, 범죄문제, 인권문제, 불평등문제, 정치문제 등등 수없이 많은 문제들이 끊임없이 꿈틀대고 있다. 이런 문제들은 현대 사회의 직접적 문제이기도 하지만 인간존재의 근본 문제이기도 하다는 점에서 고전과 연계시킬 수 있다. 고전은 바로 인간 존재의 근본 문제를 다루고 있기 때문이다. 또한 고전을 통해 인류가 생산해 온 지식의 지혜들을 재발견할 필요가 있다는 것이다. 이를테면 불평등문제는 루소의 『인간 불평등의 기원』을 지금 시대에 맞게 재해석함으로써 그 지혜를 빌려올 수 있을 것이다.

셋째, 구성 전략과 쓰기

우리는 다섯 가지 관점에서 고전을 재해석해야 하는 이유를 따져 보았다. 다섯 가지 관점을 다 녹여 하나의 글로 구성할 수도 있고(예시 답안 2) 아니면 어느 한 관점을 집중적으로 쓸 수도 있다(예시 답안 1). 어떤 경우든 자신의 관점을 일관되게 끌어가야 한다.

한 가지 관점을 집중적으로 쓴 예시 답안 1

진정한 고전은 시대와 지역을 뛰어넘어 우리에게 보편적 가치를 심어 주기도 하면서 끊임없이 다양하게 읽힐 수 있어야 한다. 흥부전이 고전인 이유는 권선징악의 주제를 담아서가 아니라 흥보와 놀부를 통해 서로 다른 스타일의 인간 유형에 대해 끊임없는 문제를 제기해 주고 있기 때문이다. 따라서 흥부전을 살아 있는 고전으로 만들기 위해서는 적극적인 재해석을 시도하는 전략이 좋다. 그렇다면 고전을 재해석해야 하는 중요한 맥락은 무엇인가.

먼저 지금 시대적 관점으로 보면 고전 작품의 관점에는 문제가 있을 수 있다. 이솝우화의 개미와 베짱이도 개미는 근면하게 일해 옳고 베짱이는 놀기만 해 옳지 않을 뿐 아니라, 겨울에 굶어죽어 싸다고 했지만 이는 여가 문화가 중요한 오늘날 관점과 맞지 않는다. 또한 가수나 연예인들의 부가가치가 중요한 지금의 흐름과도 맞지 않는다. 심지어 백설공주나 신데렐라와 같은 고전 동화는 남성 위주의 성차별을 담고 있기도 하다.

둘째, 고전 작품을 재해석해야 하는 이유는 고전 작품이 고정관념으로 작동되는 것을 막기 위해서다. 고정관념은 자유로운 생각과 변혁을 가로막는 최대의 걸림돌이다. 백설공주와 신데렐라와 같은 고전 동화가 오랫동안 고정관념으로 영향을 끼침으로써 성차별 사회 모순을 변혁하는 데 걸림돌이 되어온 것이다. 흥부전 또한 실질적 대안도 없이 막연하게 착한 사람을 옹호하는 권선징악을 강요함으로써 가난의 진정한 원인을 은폐하는 구실을 해 왔다.

이런 맥락에서 보면 사상의 자유를 위해서도 재해석은 끊임없이 이루어져야 한다. 고전들은 근본적으로 사상과 표현의 억압을 헤치고 살아남은 것이 대부분이기 때문에 그런 작품을 절대화시키고 고정화시키는 것을 거부하는 재해석 전략과 맞아 떨어진다.

따라서 시대마다 삶의 가치기준이 다르다는 것이 재해석이 필요한 현실적 이유이다. 시대는 변화하기 마련이다. 노예가 열심히 일해야 했던 시절과 우리나라가 경제개발을 한참 추진할 당시에는 이솝우화가 훌륭한 가치를 지니고 있었다. 하지만 이제 어느 정도 경제안정을 이룬 시대인 만큼 여가와 여유 문화가 중요하다 보니 개미보다는 베짱이를 강조하게 된다.

결국 현대 사회 문제 해결을 위해서는 좀 더 역동적인 재해석이 필요한 셈이다. 현대 사회는 인종문제, 교육문제, 환경문제, 노동문제, 도시문제, 여성문제, 사상문제, 범죄문제, 인권문제, 불평등문제, 정치문제 등등 수없이 많은 문제들이 계속 꿈틀대고 있다. 이런 문제들은 현대 사회의 직접적 문제이기도 하지만 인간존재의 근본문제이기도 하다는 점에서 고전과 연계시킬 수 있다. 고전은 바로 인간존재의 근본 문제를 다루고 있기 때문이다. 고전을 통해 인류가 생산해 온 지식의 지혜들을 재발견할 필요가 있다는 것이다. 이를테면 불평등문제는 루소의 『인간 불평등의 기원』을 지금 시대에 맞게 재해석함으로써 그 지혜를 빌려 올 수 있을 것이다.

다양한 관점을 종합적으로 쓴 예시 답안 2

현대 사회는 매우 복잡한 사회이다. 사회란 자연세계와는 달리 우리 인간이 만들어나가는 독특한 조직임에 틀림없지만, 그럼에도 불구하고 스스로가 많은 문제들을 만들어낼 뿐만 아니라 그 문제들마저 스스로 해결하지 못하는 위기에 처해 있기도 하다. 어떻게 보면 우리 인간들이란 문제를 만들어내는 존재일는지도 모른다. 현대 사회가 복잡한 것도 사회적 조직이나 인구의 폭등 또는 과학기술혁명에 의한 새로운 문명의 이기 때문이기도 하겠지만, 그 안에서 문제들을 발생시키고 또한 발생되는 문제들에 대해서는 제대로 해결하지 못하는 어려움들이 현대사회를 더 복잡하게 만드는지도 모른다.

그렇다면 현대 사회의 문제들이란 무엇인가? 도대체 너무나 많아 이루 말할 수 없지만 떠오르는 대로 나열하더라도 인종문제, 민족문제, 환경문제, 노동문제, 사상문제, 여성문제, 인권문제, 종교문제, 정치문제, 인류문제 등등이다. 이것은 직접적인 현실의 문제이기도 하지만 인간의 존재에 대한 근본적인 질문이기도 하다. 가령 환경문제만 해도 과학기술의 발전과 직결된 사안이다. 환경문제는 단지 자연 파괴의 문제만을 포함하는 게 아니라 도시의 공간환경 문제이기도 하다.

그러나 현대 사회의 문제들이란 현대 사회 그 자체만을 바라본다고 해서 해결의 실마리가 떠오르는 것은 아니다. 인간이 생산해 온 지혜들을 불러 모을 필요가 있다. 인류가 사유해 온 지식의 보물들을 재발견하면서 현대 사회의 문제들에 접목시키는 것이야말로 고전을 재해석하고 재창조하는 가장 현실적인 이유이자 그 적극적인 의미가 된다. 예컨대 정치적 기술에서는 『삼국지』가 필요할 터이고, 노동문제에서는 마르크스의 『자본론』이, 불평등한 사회의 분석에서는 루소의 『인간 불평등의 기원』이, 사랑문제에서는 『사랑의 기술』이 필요할 터이다. 혹은 토마스 모어의 『유토피아』나 조지 오웰의 『1984』를 인간의 경제적 토대나 정치·사상적 자유의 문제로 다각적으로 의미화하면서 읽을 수 있을 것이다.

고전들은 현재 발생하는 문제들을 해결해나가는 방식으로 재구성되어 해석되어야 그 의미가 더욱 분명해질 것이다. 고전이란 결국 '지금–여기' 오늘의 관점에서만 유효하기 때문이다. 요컨대 현대 사회에서 고전이 재해석/재창조되는 이유는 현대 사회의 복잡한 문제들을 해결해나갈 수 있는 문제의 새로운 구성과 관련하여 인류의 지혜를 재발견하는 과정이 필요하기 때문이다. 즉 고전의 재해석/재창조는 우리가 고전을 단지 '재미'로 읽는다거나 '교양'의 수준을 높이기 위한 단순한 고전의 독서수준과는 다른 차원의 세계, 즉 현대적 삶의 위기를 극복하기 위한 새로운 문제 설정과 실천과정에의 개입이라는 의미가 있다는 것이다. 고전은 오늘날에 있어서 전혀 새롭게 반복된다.

5장 창의 인성과 독서 전략

창의성이 우리 사회의 주된 화두가 된 것은 꽤 오래되었다. 그 덕인지 우리는 IT 강국, 경제 강국이 되었다. 그래서 한 사람의 창의적인 천재가 국민을 먹여 살린다는 어느 기업가의 말이 인구에 회자되기도 했다. 무한 경쟁을 강조하는 신자유주의 흐름을 타고 창의성은 미덕으로 자리 잡았다. 문제는 그로 인해 우리가 얼마나 행복한 삶을 사느냐이다. 국민 소득 2만 달러 시대를 이야기하고 있지만 행복 지수는 국민 소득 2만 달러의 10분의 1도 못 미치는 나라보다 낮다는 통계도 있다.

이런 흐름 때문인지 2009 미래형 교육과정에서는 그냥 창의성이 아니라 '창의 · 인성 교육'이라는 새로운 화두가 등장했다. 21세기 글로벌 인재 양성에 필요한 창의성과 인성을 함께 길러 주어야 한다는 것이다. 기존에 해오던 창의성교육과 인성교육은 그 나름대로의 기능과 역할은 존중해 주되, 동시에 두 교육의 유기적 결합을 통해서 올바른 인성과 도덕적 판단력을 구비한 창의적 인재를 육성하자는 것이다. 그래서 2010년에 한국과학창의재단(http://www.kofac.or.kr)을 중심으로 창의 · 인성 교육 프로그램이 집중 연구 개발되었고 창의 인성 교육을 잘하는 초중고 100대 학교도 선정되었다.

교육과정이 자주 바뀌는 난맥상은 있으나 창의·인성 교육은 우리가 가야 할 길임이 분명하다. 독불장군식 창의성과 창의인재가 아니라 더불어 고민하고 나누는 창의성, 또 개인만 착하면 된다는 식의 인성이 아니라 사회적 관계와 실천이 따르는 인성이 중요하기 때문이다. 이러한 창의·인성 교육의 핵심은 체험학습과 독서교육이다. 체험학습을 통해 사회적 문제를 더불어 고민하고 해결하기 위해 온몸으로 산지식을 익히고 검증하는 과정이 중요하다. 그래서 창의·인성 100대 학교 선정의 주된 평가 잣대가 그 지역 사회와 얼마나 잘 연계된 창의·인성 체험 학습을 개발하고 실천했느냐에 있었다.

이런 체험학습 못지않게 중요한 것이 독서교육이다. 체험은 직접 체험도 중요하지만 독서를 통한 간접 체험도 매우 중요하기 때문이다. 독서를 통해서는 체험 못할 것이 없다. 또한 지식이 바탕이 되지 않거나 연계되지 않는 창의성과 인성은 모래 위의 집처럼 오래갈 수 없다. 독서를 통한 풍부한 지식이 창의·인성과 결합될 때 지혜가 된다. 그래서 우리는 단순 지식인이 아니라 지성인이 되기 위한 교육이 중요한 것이다.

창의·인성이 중요하다고 해서 모든 요소를 결합하기보다는 창의성 중심 전략, 인성 중심 전략을 추구하되 인성을 전제로 한 창의성을 추구하는 전략이 좋다. 이렇게 이야기하면 막연할 수 있으므로 실제 독서교육에 적용해 보자.

누구나 잘 아는 조선 중기의 한석봉 이야기를 이야깃거리로 삼았

고, 1단계 관심트기, 2단계 창의트기, 3단계 인성트기, 4단계 창의인
성트기 네 단계에 따라 질문형식으로 구성해 보았다.

1단계 관심트기는 창의적인 인성관련 질문을 던지기 위한 일종
의 준비단계로 네 가지 질문 유형이 있다.

단계	질문갈래	활용형 질문 예
1단계 관심트기	미리 묻기	이 이야기를 읽고 한석봉과 어머니에게 각각 세 가지씩 질문을 던져 보자.
	미리 조사	한석봉 글씨를 찾아보자.
	미리 체험	붓글씨로 '명필'이란 글씨를 직접 써 보자.
	미리 상상	어머니가 아니었다면 한석봉은 명필이 되었을까?

첫째, 미리 묻기로. "이 이야기를 읽고 한석봉과 어머니에게 각각
세 가지씩 질문을 던져 보자"라는 질문을 했다. 읽을거리에 대해 미
리 스스로 질문을 던지게 함으로써 그야말로 자기주도적인 탐구와
독서 분위기를 잡아가는 것이다. 둘째는 미리조사로, "한석봉 글씨
를 찾아보자"이고, 셋째는 미리 체험에 관한 발문이, "붓글씨로 '명
필'이란 글씨를 직접 써 보자"이다. 한석봉 글씨를 직접 보고 체험
하지 않고 명필 지식만을 쌓는 것은 무의미하다. 넷째는 미리 상상
에 관한 것으로 "어머니가 아니었다면 한석봉은 명필이 되었을까?"
라는 질문을 던졌다. 역사의 가정은 없지만 이렇게 상상함으로써 한
석봉이 명필이 된 맥락을 좀 더 새롭게 이해하고 해석할 수 있다.

2단계로 창의 중심 질문을 던져 보자. 역시 네 가지 유형으로 창의
성에서 가장 기본이면서도 중요한 확산적 사고, 은유적 사고, 비판
적 사고, 상상적 사고로 나누었다.

단계	질문갈래	활동형 질문 예
2단계 창의트기	확산적 사고	조선시대에 명필이 될 수 있는 다양한 조건을 생각해 보자.
	은유적 사고	떡썰기와 붓글씨 쓰기의 유사점은 무엇인가?
	비판적 사고	붓글씨와 떡썰기는 같이 경쟁할 수 있는가? 논리적으로 비판해 보자.
	상상적 사고	한석봉은 다시 절로 돌아가 어떻게 연습했을까? 시나리오를 써 보자.

▲ 1583년(선조16)에 간행된 한석봉의 『천자문』

창의성의 기본은 다양한 생각을 엮어 내는 확산적 사고다. 그렇다면 "조선시대에 명필이 될 수 있는 다양한 조건을 생각해 보자"가 적절한 발문이 된다. 명필이 될 수 있는 조건은 사실 무한대다. 어머니의 노력은 숭고하고 존중하지만 어머니 노력 이외의 다양한 조건을 따질 때 진정한 명필로서의 의미를 찾아낼 수 있다. "명필이다"보다는 "왜 명필인가, 어떻게 명필인가"를 따지는 것이 중요하다.

창의성에서 서로 다른 요소를 연결하는 은유적 사고가 중요하다. 이런 은유적 질문으로는 "떡썰기와 붓글씨 쓰기의 유사점은 무엇인가?" 정도가 좋을 것이다.

비판적 사고는 창의성의 바탕이자 결과이다. 비판적 사고의 핵심은 부정성과 근거성이다. 문제(부정성)를 찾아내 그 근거를 통해 따지게 해야 한다. "붓글씨와 떡썰기는 같이 경쟁할 수 있는가? 논리적으로 비판해 보자"가 비판적 질문이다. 상상적 사고는 그야말로 사실

단계	질문갈래	활동형 질문 예
3단계 인성트기	도덕적 예민성	석봉이와 어머니 마음의 공통점은 무엇인가?
	도덕적 판단력	한석봉이 명필이 된 사회적, 역사적 맥락을 따져 보자.
	의사결정 능력	어머니의 꾸지람을 받은 한석봉은 어떤 식으로 문제를 해결했을까?
	행동 실천력	한석봉이 명필이 될 수 있었던 핵심 요인은 무엇인지 '실천' 측면에서 말해 보자.

이나 근거에 관계없이 생각을 펼치게 하는 것으로, "한석봉은 다시 절로 돌아가 어떻게 연습했을까? 시나리오를 써 보자"라고 한다면 멋진 이야기 구성(스토리텔링)이 나올 수 있다.

다음은 인성 중심의 질문이다. 인성의 중요 속성으로는 정직, 약속, 용서, 배려, 책임, 절제 등이 있다. 이런 속성을 마음 차원에서 느끼게 하는 '도덕적 예민성', 이런 속성을 사회 속에서 찾아내게 하는 '도덕적 판단력', 이런 속성을 바탕으로 더불어 문제를 해결해 나가는 '의사결정 능력', 실제 사회 속에서 실천하는 '행동 실천력' 등이 중요하다.

이런 흐름에 따라 역시 네 가지 질문 유형을 설정했다.

도덕적 예민성에 관한 질문으로는 "석봉이와 어머니 마음의 공통점은 무엇인가?"가 적절하다. 어머니는 아들을 진정 배려하였기에 가혹할 정도로 불을 끄고 경쟁을 했고 아들은 정직하게 자신의 잘못을 인정하였다. 어머니는 용서하고 석봉이는 다시 생활의 절제를 통해 약속과 책임을 다해 연습해서 명필이 되었을 것이다.

도덕적 판단력 질문은 "한석봉이 명필이 된 사회적, 역사적 맥락

단계	질문갈래	활동형 질문 예
4단계 창의인성체험	확산 인성	요즘 아이들의 악필이 많은 다양한 이유 분석을 바탕으로 다양한 해결방안을 제시해 보라. 단 한석봉 이야기를 근거로 제시하라.
	은유 인성	어머니가 떡썰기로 아들을 훈계한 이유를 아들에게 보내는 편지 형식으로 써 보자.
	비판 인성	여러분이 어머니라면 어떤 식으로 교육시켰을 것인지를 써 보고 근거를 제시하라.
	상상 인성	한석봉이 명필이 되는 과정을 아래에서 하나를 골라 활동해 보라. (1) 그림으로 표현 (2) 시나리오로 표현 (3) 노래 가사로 표현

을 따져 보자"는 것이다. 석봉이 인성은 사회적 관계 속에서 이루어지는 것이므로 그 맥락을 따지게 한다. '의사결정 능력' 질문은 "어머니의 꾸지람을 받은 한석봉은 어떤 식으로 문제를 해결했을까?"를 생각하게 한다. 행동 실천력 질문은 "석봉이 명필이 될 수 있었던 핵심 요인은 무엇인지 '실천' 측면에서 말해 보자"라고 하면 된다.

마지막 4단계로 창의성과 인성을 결합한 질문을 네 가지로 설정해 보았다. 창의성 질문에 인성 요소를 결합하거나 강화시킨 질문이다.

이를테면 확산적 사고와 인성을 결합하면, "아이들의 악필이 많은 다양한 이유 분석을 바탕으로 다양한 해결방안을 제시해 보라. 단 한석봉 이야기를 근거로 제시하라"라는 질문으로 독서를 바탕으로 다양한 생각과 남을 배려하는 것이 악필의 문제를 반성하게 하는 것이다. 악필은 개성이기도 하지만 다른 사람이 읽기 불편하다는 측면에서 '천재는 악필이다'라는 말로 무마할 수 없다.

은유적 사고와 인성을 결합하면, "어머니가 떡썰기로 아들을 훈계한 이유를 아들에게 보내는 편지 형식으로 써 보자"라고 하면 될 것이다. 비판적 사고와 인성을 결합하면, "여러분이 어머니라면 어떤 식으로 교육시켰을 것인지를 써 보고 근거를 제시하라"가 좋다. 상상적 사고와 인성을 결합하면 "한석봉이 명필이 되는 과정을 그림을 좋아하는 학생은 그림으로, 또 문학을 좋아하는 학생은 시나리오로, 노래를 좋아하는 학생은 노래 가사로 표현해 보라"라고 하면 풍성한 활동 속에서 상상력과 인성을 함께 키워 나갈 수 있을 것이다.

이런 질문 전략을 통해 창의인성이 어떻게 독서교육과 접맥되는지를 알 수 있다. 거꾸로 독서가 창의·인성을 만들어가는 핵심 주춧돌이 될 수 있음을 한석봉 이야기에 대한 풍부한 질문과 활동을 통해 확인할 수 있으리라.

말과 세상

4부

횡단하기

1장 말에 담긴 세상, 말로 바꾸는 세상
2장 나는 왜 이름을 바꾸었나
3장 청소년 욕망의 언어
4장 세계화 시대 우리말 음운 지식의 소중함
5장 '동아리'라는 말의 유래와 우리의 꿈

1장 말에 담긴 세상, 말로 바꾸는 세상

하나, 말은 세상을 비추는 거울

말은 세상을 비추는 거울이고, 말은 세상을 담는 그릇이다. 거울에 세상의 온갖 것이 비치듯, 말에는 세상살이의 온갖 모습이 비치고, 그릇에 살림살이의 갖가지 것들이 담기듯, 말에는 세상살이의 갖가지 속살들이 담긴다. 아래 사진의 표어를 보자. "앞 차는 가족처럼, 뒤 차는 친구처럼"이라고 했다. 비록 짧지만 이 두 마디 말에도 우리 사회의 속살과 겉모습이 드러나 있다. 우선, 차를 운전하는 사람들이 서로를 아끼며 양보하려는 마음을 넉넉히 지니지 않아서 안타까워한다는 사실을 알 수 있다. 그리고 하필 "가족처럼, 친구처럼"이라 한 것으로 보아 우리나라 사람들이 가족이나 친구는 아낀다는 사실

▲ 육교 위에 설치된 교통 표어

도 알 만하다. 그 밖에도, 교통질서를 잘 지키자는 표어가 많은 것에서 우리나라의 교통질서가 어지럽다는 사실을 짐작할 수도 있을 것이다. 이처럼 표어 하나에서도 세상의 겉과 속을 적잖이 들여다볼 수 있다.

둘, 말은 세상을 담는 거울

이제 우리가 나날이 쓰는 말을 조금만 살펴보자. 먼저 아래 만화를 보면 어떤가. 이 만화는 우리 주변의 평범한 청소년들이 '캡숑, 짱, 졸라' 같은 말을 서슴없이 쓴다는 현실을 보여 준다. 우리말을 사랑하자고 하면서도 위의 말들을 마치, 본디 우리말인 것처럼 여기고 아무 생각 없이 함부로 쓴다는 것을 걱정하는 만화다.

사실, 요즘에는 청소년들끼리 자주 쓰는 말을 어른들은 알아듣지 못할 때가 많다. "우리 오늘 번개 있는 거 알지?" 하는 말은 이제 제법 널리 알려진 말인데, 여기 쓰인 '번개'는 인터넷 대화방에서 대화를 나누며 알게 된 사람들이 마침내 서로 만나는 것을 뜻한다. 컴퓨터의 누리그물(인터넷)을 널리 쓰

▲ 『동아일보』, 2001.10.10, 황중환, 386C

면서 생겨난 말이기에 일상생활에서는 쉽게 들을 수 없던 말이다. 아직도 인터넷 대화방을 잘 모르는 어른들은 알아듣지 못할 것이다.

지난날에는 어떤 사람이 마음에 들지 않으면 더러 '밥맛이 없다.' 또는 '밥맛 떨어진다.'라고 말했다. 그런데 얼마 전부터는 '밥맛이야!' 라고 말하게 되었다. 똑같은 느낌을 나타내면서 '~이 없다'고 하다가 '~이야'로 바뀐 것이다. 어째서 그렇게 되었을까? 밥이 아주 귀하던 시절에 밥맛을 잃는 것은 아주 큰일 날 일이었으나, 요즘 젊은이들에게 밥은 여러 먹거리 가운데 하나일 뿐이다. 밥맛이 없으면 피자나 라면을 먹으면 그만인 것이다. '밥'에 대한 생각이 달라지니까 말의 쓰임도 바뀐 것이다.

셋, 말은 삶을 아로새기는 무늬

북극 가까이 사는 사람들은 우리처럼 복잡한 말을 쓰지 않지만 눈을 나타내는 말은 놀랄 만큼 여러 가지라 한다. 그것은 사시사철 눈이 쏟아지고 생활이 거의 눈 오는 것에 달려 있기 때문이다. 이를테면 에스키모라고 부르는 이누이트족의 눈에 관한 어휘들은 눈발만큼이나 다채롭다. 바람에 날리는 눈은 피크투룩, 눈보라가 되어 내리는 눈은 피크투룩투크, 내리는 눈은 콰니크, 가볍게 내리는 눈은 콰니아라크, 가을에 내리는 첫눈은 아필라운, 깊고 부드러운 눈은 마우야, 쌓여서 녹는 눈은 아니우, 가볍고 부드러운 눈은 아쿨루

라크, 설탕 같은 눈은 푸카크, 축축한 눈은 마콰야크, 젖은 눈은 리사크, 젖어서 내리는 눈은 콰니크쿠크, 표면에 쌓이는 눈은 아푼이라 부른다.

우리 겨레도 오랫동안 벼농사에 기대어 살아 왔기 때문에 벼와 쌀을 나타내는 낱말이 아주 여러 가지로 발달했다. 이를테면, 모판에 뿌리는 벼의 씨앗은 '볍씨', 그게 모판에서 싹이 나 자라면 '모', 알맞게 자란 모를 쪄서 논에 심으면 '벼', 벼에서 꽃이 피고 열매를 맺으면 '나락'이라 한다. 나락이 익으면 벼베기를 하고 타작을 해서 열매를 떨어버린 벼는 '짚', 짚과 갈라진 나락을 말리려고 멍석에 널면 '우케', 우케를 방아에 찧어서 껍데기를 벗기면 알맹이는 '쌀'이고 껍데기는 '겨'다. 겨에서도 잘게 부수어진 가루는 '등겨', 부수어지지 않고 굵게 남은 것은 '왕겨', 방아에 찧어도 껍질이 벗겨지지 않고 남아서 쌀에 섞인 나락은 '뉘', 나락이 익도록 기다리지 않고 벼를 미리 베어서 열매를 떨어 삶아서 찧은 알맹이는 '찐쌀', 방아를 찧다가 부스러진 쌀의 조각은 '좁쌀'이다. 쌀을 솥에 넣고 물을 부어 지으면 '밥'인데, 물을 약간 적게 부어 단단하게 찌면 '고두밥', 물을 아주 넉넉하게 부어 오래 쑤면 '흰죽', 물을 더욱 많이 붓고 낟알이 없어지도록 쑤면 '미음'이 된다. 밥이라도 조상의 제사상에 올리는 밥은 '메' 또는 '멧밥'이라 부른다.

북극 지방의 사람들이 눈 속에 살면서 눈을 나타내는 말을 아주 여러 가지로 쓰듯 우리도 비가 많이 오는 자연 환경 속에 살기 때문에 비를 나타내는 말을 갖가지로 쓴다. 가랑비, 눈비, 는개, 먼지잼,

바람비, 보슬비, 부슬비, 안개비, 여우비, 이슬비, 장대비, 진눈깨비, 호미자락…… 이런 낱말들이 모두 비의 이름들이다. 요즘은 온갖 산업들이 일어나 농사의 값어치가 떨어진 탓에 비를 대수롭지 않게 여기는 세상이 되어서 그런 말들을 알뜰하게 쓰지 않는 듯하다. 그러나 우리 조상들은 비에 농사의 성패가 달려 있기 때문에 마음을 쓰지 않을 수가 없었던 것이다. 말과 세상이 얼마나 서로 깊은 관계를 맺으며 서로 얽혀 있는지를 알 만하다.

넷, 말은 세상을 바꾸는 힘

그렇다면 이제 우리는 이 세상과 어떤 말로 어우러져야 좋을지 생각해 보자. 부모 가운데 한 분만 살아 계시면 '편부모'라고 말해 왔다. 그런데 요즘 많은 사람들이 편부모라는 말을 버리고 '한부모'라는 말을 쓰려고 한다. 왜 그럴까. 편부모라는 말에는 '완전하지 않은 결손 가정의 부모'라는 편견이 깔려 있기 때문이다. 살다 보면 언제나 부모님이 모두 살아 계시기는 어려운 일이다. 그러니 반드시 부모님이 모두 계셔야만 완전한 가정이 되는 것이라 할 수는 없다. 우리가 '장애인'을 '장애우'로 부르려는 것이나, '장애인'의 반대말을 '정상인'이라 하지 않고 '비장애인'이라 부르려는 것도 그런 노력들 가운데 하나다.

물론 말을 바꾼다고 세상이 갑자기 바뀌는 것은 아닐 것이다. 하지만 우리가 '장애우'라고 바꾸어 말하는 것이 평등하고 따뜻한 세상으로 다가가는 첫걸음이 되지는 않을까? 이처럼 말은 세상을 비추고 담아내는 것에 그치지 않고 세상을 새롭게 만들어 가는 구실도 한다. 어떤 말을 쓰느냐에 따라 이 세상의 모습은 달라질 수 있다. 우리는 우리가 쓰는 말에 대해 별로 생각하지 않고 살아간다. 하지만 때로는 우리가 쓰는 말을 곰곰이 살피면서 삶과 세상의 모습도 생각해 보는 것이 좋지 않을까. 쓰는 말들을 자주 돌아보고 살피는 사람과 그렇지 않은 사람들이 만들어 내는 세상은 다를 터이기 때문이다.

2장 나는 왜 이름을 바꾸었나

"용성아, 내가 수수께끼 하나 낼게. 알아 맞혀 봐. 그러니까, 자기 것이면서도 남이 가장 많이 사용하는 것이 뭐게?"

"음, 내 것을 남이 더 사용한다. 그런 게 있나? 잘 모르겠는데."

이것은 어릴 때 자주 즐기던 수수께끼 놀이다. 이름은 남이 더 많이 사용할 뿐 아니라 아예 남에게서 받는다. '용성'은 할아버지께서 지어 주신 본래 내 이름이다. 그래서 "용성택시, 용성식품"과 같이 택시나 식품 상호에도 있는 내 이름이 싫어 '엄마 배 속에서 생각했다가 태어나자마자 내가 지은 이름으로 지을걸.'이라는 엉뚱한 생각을 하곤 했다.

설령 어른들이 아무리 좋은 뜻을 붙여 지어 주었다 하더라도 그것은 빈껍데기일 뿐이다. 실제의 뜻을 붙여 알맹이를 채우는 일은 자신일 수밖에 없지 않은가. 삶을 꾸려가면서 자기가 어떻게 살아가느냐에 따라 뜻은 계속 바뀌고 이름은 재창조되는 것이다.

이름의 짜임새에 처음 관심을 가진 것은 수원중학교에 다닐 때였다. 그 당시에 중학생 이름표는 한글로, 고등학생은 한자로 되어 있었다. 아버지의 회초리 때문에 초등학교 때 천자문을 공부한 탓인지

▲ 고등학교 시절, 한글운동에 관한 주중식 선생님의 격려 편지

한자 이름표를 유심히 살펴보는 습관이 있었다. 잘 보이지도 않았지
만 알 수 없는 이름도 많았다. 그때마다 떠오른 것이 '이름표는 남이
보라고 달고 다니는 것인데 왜 저 어려운 한자로 이름표를 만들었을
까. 한글로 하면 같은 이름 가진 사람이 많아진다지만 얼굴과 함께
다니는데 무슨 문제가 있을까. 설령 한자로 쓴다고 해서 누구는 무
슨 자 쓰고 누구는 무슨 자 쓴다고 외우고 다니는 것도 아닌 터였다.

그 뒤론 한자로 새까맣게 뒤덮인 교무실 도표나 담화문을 보면 안
타까운 마음을 감출 길이 없었다. 그런 까닭에 철도고등학교 1학년
때 전국 국어운동 고등학생 연합회(오동춘 선생님 지도)에 스스로 참여
하게 되었다. 왜 사람들은 좋은 우리 말글을 버려 두고 남의 말글을

▲ 고2 시절, 1978년 〈한글나무〉 동아리에서 참배한 주시경 무덤 앞에서

더 좋아할까. 부족한 점이 있으면 고치고 발전시킬 생각은 안 하고 남의 것에만 기대려고 하는지 안타까웠던 것이다. 단순한 옹고집이 아니라 자기 것을 사랑하고 자신의 힘으로 세상을 꾸려가는 것은 이성을 가진 사람의 바른 길이라고 생각했다. 자기가 자기 스스로를 멸시한 뒤에 남이 더욱 자기를 멸시한다고 말글얼을 외치시던 최현배 님의 말씀은 나의 갈 길을 가르쳐 준 셈이었다.

고등학교 2학년 때는 '국어운동'에 관한 토론도 열심히 하고 버스, 고궁, 길가 등에 나가 조사와 계몽도 하고 〈밤을 잊은 그대에게〉라는 방송에 출연도 하는 등 바쁜 나날을 보냈다. 그러던 중 〈한글이름 펴기 모임〉에서 펴낸 『한글이름본』이라는 조그만 글집을 받아보게 되었다. 부르기 좋고 듣기 좋은 우리다운 토박이 이름에 관한 여러 자료가 알차게 실려 있었다. 번득 스쳐오는 것은 훈훈하고 아무 부담이 없는 고향의 들과 논, 하늘이었다. 그것은 뿌리에 대한 강한 그리움이었다. 알레스 헤일리가 아프리카의 선조들의 고향 땅에서 그곳 주민과 고향 말을 서로 확인하고는 부둥켜안고 울부짖는 감정이 내게도 밀려오는 듯했다.

물론 한자말이 우리말이듯 한자식 이름(한자로 표기되지 않은)도 우리 이름이겠지만 좀 더 우리다운 맛이 담겨 있는 토박이말 이름은 어머니의 따뜻한 품과 같은 맛을 준다. 더 이상 망설일 필요가 없이 이름을 바꾸기로 결심했다. 내가 가꾸어 갈 이름을 내 스스로 짓는 것도 멋진 일이라 생각했다.

우선 이름 짓는 방법이 다양하니 어떤 방법으로 지을까가 문제였다. 『한글이름본』을 보니 짓는 방법이 네 가지로 구분되어 있었다. 첫째로는 '가람', '기둥', '보라'와 같이 이미 있는 낱말을 그대로 가져다가 짓는 방법이 있었다. 이 방법은 같은 이름이 많이 나올 가능성도 있고 독창성이 부족한 점이 있어 마음에 들지 않았다. 두번째 방법은 낱말을 맞붙인 이름들로서 '꽃보라', '푸른솔'과 같은 이름들. 셋째는 본딧말을 다듬은 이름으로서 '귀염(귀엽다)', '바롬(바른)' 등과 같은 이름이다. 넷째는 긴 말을 줄인 이름으로 '다솜(다사로운 솜)', '새난(새롭게 난)' 등이었다.

이런저런 고민을 하던 1977년 고등학교 1학년 겨울방학을 앞둔 어느 날, 특급(무궁화호)을 타고(철도고등학교 학생은 무료로 탈 수 있었다) 수원 집에 내려가는 길에 새로운 이름을 골똘히 생각하다가 수원에서 내리는 것도 잊고 천안까지 가게 되었다 ㄱ 길에서 '옹골차다'라

▲ 철도고등학교 2학년(1978년) 때
새 이름을 짓고 나서

는 말을 얻었다.

워낙 성격이 내성적이고 알차지 못했던 터라 '실속 있고 꽉 차다'라는 뜻을 담은 '옹골차다'라는 말이 가슴을 무척 파고들었다. 이 낱말을 특별하게 배운 기억도 없는데 머릿속에 떠오르고 그 뜻이 강하게 느껴진 것도 신기하였다. 기차 안에서는 그 뜻을 그저 막연하게만 느꼈는데 집에 와서 사전을 찾아보니 내가 생각했던 뜻이 고스란히 들어 있었다. 이것이 바로 어미말(모어), 특히 토박이말이 지닌, 논리적으로 설명할 수 없는 힘이리라.

그래서 결국, '슬기롭고 옹골차게' 커야겠다는 생각 아래 첫자를 따서 '슬옹'이라 지었다. 몇몇 아는 사람들에게 선보이니 괜찮다는 편이었고, 〈한글이름펴기 모임〉에 연락을 하니 그 당시 으뜸빛 배우리님으로부터 좋다는 격려 편지까지 받게 되어 내 이름으로 삼았다.

마음이 급한 나머지 교칙에 어긋나는 줄 알면서도 이름표를 새로 갈았다. 그날 얼마나 기뻤던지 1978년 1월 6일 일기장에 그 기쁨을 고스란히 남겼다. 35년 만에 일기장을 들쳐 보니 "세종대왕께서 훤히 웃으시는 모습이 눈에 선하다"라고까지

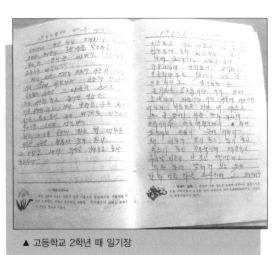

▲ 고등학교 2학년 때 일기장

써 놓았다. 개학이 되어 설레는 마음으로 일주일 정도 달고 다니니 널리 퍼져 친구들은 새로운 이름으로 불러 주었다. 매일 타고 다니는 전동차 안에서는 이름이 특이해서인지 많은 분들이 물어봐 한글 이름의 역사와 좋은 점을 한참 신나게 이야기하곤 했다. '슬기로운 옹고집을 가졌군' 하시며 껄껄 웃는 분도 있었다.

그러다가 기어코 학생주임 선생님께 걸리게 되었다. 선생님은 뜻은 참 좋으나 호적과 출석부에 '김용성'이라 되어 있으니 그렇게 해야 하고 법과 교칙을 어기면 안 된다며 이름표를 가져 가셨다. 이런 일을 예견했음인지 그 전 날 사진관에서 찍은 사진이 아직도 남아 있다.

정든 이름표를 잃고 나니 슬프기도 해 당장 호적까지 바꾸기로 하고(원래 공문서마다 쓸데없는 한자로 이름을 쓰는 것이 싫었다) 아버지께 말씀 드렸다. 워낙 고루하신 아버지께서 허락하실 리 없었다. 호된 꾸중만 듣고 그대로 지내다가 대학에 입학하였다.

친구, 선배들은 한글 이름으로 불러 주었으나, 공식 이름은 따로 있어 무척 불편했다. 대학생은 성인인지라 스스로 법적으로 고칠 수가 있어 재판을 하기로 결심했다. 우리나라에서 처음 한글 이름으로 호적을 고치고 우리나라 이름을 '아름나라'로 고치자고 법정투쟁한 밝한샘님으로부터 도움을 얻어 서류를 수원 지방법원에 제출하였다. 15일 만에 허가증명서를 받은 나는 새로 태어난 기분이었다.

대학 2학년 때인 1983년에는 한글이름펴기모임과 서울대에서 연고운 이름 자랑하기 대회에서 추킴상까지 받아 아버지께서도 이해하시게 되었다.

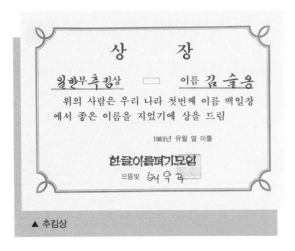
▲ 추킴상

어떤 분들은 '개성(개 같은 성질)'과 같은 은어와 다를 게 뭐가 있느냐며 '슬쩍하다가 옹골지게 당한 놈'이라고 해석하는 등 이름에 대한 문제점을 지적했다. 그러나 이런 식의 이름은 이름의 독창성과 다양성이라는 측면에서 이해하는 것이 좋다. 물론 이름은 남이 더 사용하니 보편성, 수용성 등을 고려해야 한다. 남의 이름을 나쁜 뜻으로 해석하거나 삐딱하게, 부정적으로 생각하는 것은 그런 사람의 마음이 문제이지 이름의 문제가 아니다.

이제까지 너스레하게 자기 자랑을 한 듯싶어 쑥스럽지만 이름을 알뜰히 가꿔 나가는 것은 삶에 대한 진지한 태도와 노력을 뜻한다. 즉 이름은 그 사람의 모든 것을 뜻하고 이름을 통해 모든 일이 이루어지니 이름을 가꿔나가는 것은 우리 사회와 나라에 이바지하는 길이 된다.

이름부터 내 것에 대한 의식을 불어 넣는다면 우리의 주체성은 더욱 굳건하게 우리 힘을 키워 줄 것이다. 또한 한글이름을 널리 펴고자 하는 것은 남의 힘에 얽매여 살았던, 또한 지금도 강대국의 눈치를 살펴야 하는 우리의 역사와 현실에 대한 반성과 새로운 다짐이기도 하다.

3장 청소년 욕망의 언어

흔히 우리는 청소년들의 은어를 곱지 않은 눈으로 쳐다본다. 왜 그들이 그런 은어를 생산하고 소비하는 주체가 되었는지는 따지지 않고 오로지 표준어는 고운 말이라는 도식 속에서 은어는 비정상적인 말이며, 은어를 쓰는 아이들은 마치 비정상적 아이들인 것처럼 획일적으로 금을 긋는다. 그러나 은어는 다양한 언어양식의 하나일 뿐이다. 은어는 고운 말이다, 아니다를 따질 필요가 없다. 은어가 쓰이는 맥락을 따져보고, 이해할 것은 이해하고 따질 것은 따져야 하지 않겠는가.

학생들 사이에 쓰이고 있는 "왕따, 은따, 전따, 반따"라는 말들이 있다. '왕따'는 왕창 따돌린다는 말이고 '은따'는 은근히 따돌린다, '전따'는 전교에서 따돌린다, '반따'는 반에서 따돌린다는 말이다. 폭력과 금전 뺏기에 의한 이지메가 사회문제가 된 뒤 유행하는 말들이다. 사실 '따돌림'이란 말과 일본에서 들어온 외래어 '이지메'는 맥락이 다른 말이었다. 요즘의 따돌림은 더욱 파편화된 입시 위주의 환경과 물질 만능주의 사회 환경이 이지메로 많이 변질되어 더욱 문제가 되고 있다. 공부 잘하는 아이, 음악 잘하는 아이, 체육 잘하는 아이, 미술 잘하는 아이들, 가난한 집 아이, 부잣집 아이들이 두루두루 어울릴 수 있는 학교 환경이라면 문제는 달랐을 것이다.

요즘 청소년들의 언어로 자리 잡은 통신 언어도 있다. 먼저 그 갈래부터 보고 청소년들이 왜 그런 언어를 즐겨 쓰는지 보기로 한다. 먼저 기호 양식으로 보면 일반문자를 변형한 일반문자 언어와 특수기호를 사용한 특수기호 언어가 있다. 일반문자 언어는 다시 복합문자 언어와 단일문자 언어로 나눈다. 복합문자 언어로는 '드러50쇼(들어오십시오), 그럼 20000(그럼 이만)'과 같이 숫자가 끼어들기도 한다. 단일문자 언어는 일반 언어를 줄이거나 생략한 것들이 있다. 줄인 것으로는 '안냐세요(안녕하세요)', '설(서울)', '셤(시험)', '어솨요(어서와요)', '넘(너무)', '다소세요(다시 오세요)' 등을 들 수 있다.

생략한 대화의 예를 보면 "안녕하세요? 저는 ……에 살고 있는 ……라고 합니다." "네, 그러세요? 여기서는 처음 뵙는데, 자기 소개를 부탁드려도 될까요?"를 "안냐쎄여?" "넹……! 첨인데 소개 부탁……?"이라고 하는데 여기서 상당부분 생략된 것임을 알 수 있다. 이렇게 줄이기와 생략하기에서 주된 기법으로 사용되는 것은 소리 나는 대로 적기이다. 특수기호 언어는 주로 표정이나 감정을 직접적으로 나타내는 데 쓰인다. 이를테면 'B-)'(안경잡이의 미소), ':-*'(키스) 등과 같이 영문자를 비롯하여 각종 기호나 부호, 코드 등을 총동원해 표현하고 있다.

이러한 인터넷 언어는 특수 공간에서의 특수 언어이므로 긍정적으로 보자는 견해와, 기존 언어 체계를 파괴하는 것이므로 나쁘다는 부정적 견해가 맞서 있다.

언어는 맥락에 따라 다양한 가치를 띤다. 인터넷 언어가 통신에서는 편리할지 모르지만, 일상생활에서는 아직 불편하다. 일단 도덕적으로 또는 규범적 가치관으로 바라보기 전에 이러한 언어가 청소년들을 중심으로 이뤄지는 다양한 맥락을 이해할 필요가 있다.

첫째는 익명성에 따른 효과이다. 처음 만나 금방 대화를 터야 하는 어색한 분위기를 비규범적 언어 행위가 극복해 주는 셈이다. 속된 말로 썰렁한 분위기를 금방 극복하게 해 준다. 반면에 통신에 익숙하지 않은 사람이나 기성들에게는 그러한 언어가 오히려 부담스럽고 썰렁하다. 익명성이 필요없는 특정 동호회 대화방에서는 이런 통신 언어가 거의 쓰이지 않는다. 둘째는 정체성의 확보이다. 학생들이 특정 은어를 공유함으로써 자신들만의 정체성을 확인하듯이 통신 언어도 그런 측면이 강하다. 청소년들끼리 이런 은어가 잘 통하는 이유는 그 때문이다. 정체성은 역시 상대적이다. 같은 청소년이라도 통신 언어에 익숙하지 않은 학생들에게는 특정 은어가 정체성의 갈등일 수 있다. 셋째는 통신 공간의 특수성 확보이다. 통신은 빠른 시간 안에 자판을 통해 대화를 구현해야 한다. 그렇다면 일상 언어보다는 변형된 특수 언어가 더 효과적이다. 그래서 김수업 교수는 이러한 인터넷 언어를 전자말이라는 제3의 언어로 보아 입말, 글말과 다른 차원의 언어로 보아야 한다고 주장한다.

이러한 맥락으로 볼 때 통신 언어를 일상 언어와 무조건 대비시켜 계몽적 판단을 유도해서는 안 된다. 일상 언어에도 잘된 점 잘못된 점이 있듯이, 이러한 통신 언어도 맥락에 따라 좋은 점과 나쁜 점이 있는 것이다. 그러니까 일상 언어에서도 잘못된 언어를 획일적으로 또는 언어만의 문제로 환원해 바로잡을 수 없듯이, 인터넷 언어도 맥락에 따라 가치가 다른 것이다. 그러므로 그러한 인터넷 언어를 쓰자말자 할 것이 아니라 건전한 통신문화를 조성하는 노력을 기울이면 된다. 물론 통신 언어 문제를 통해 바람직한 통신문화 조성을 시도할 수는 있으나 그러한 시도의 잣대가 맞춤법이라든가, 기성세대의 도덕적 규범이어서는 안 될 것이다. 잘못된 점이 있다면 통신인들이 스스로의 비판 문화에 의해 거를 문제다.

신구세대 소통사전 – 어른들이 모르는 요즘 청소년들의 언어

신구세대 소통사전이란?

신세대가 쓰는 신조어 · 유행어에 대한 기성세대의 이해를 위해 만든 사전(정재환 기획 감수, 한글문화연대 엮음)

신세대 용어	뜻	관련 어구	예문
귀요미	귀여운 사람이나 대상	귀염둥이	친구1 : 손연재는 참 귀엽고 애교도 많아. 친구2 : 맞아, 귀요미야.
글설리	'글쓴이를 설레게 하는 리플(댓글)'의 줄임말로 실제 글의 재미나 가치를 떠나서 글쓴이를 기분 좋게 해주기 위해 다는 댓글		
까도남	까칠하고 도도하지만 사랑할 수밖에 없는 남자 또는 까칠한 도시 남자	까칠한 매력남	친구1 : 너 왜 이렇게 까칠하니? 친구2 : 요즘 까도남이 대세야.
낚이다	낚임을 당한다는 말로 거짓말, 농담에 속는 것을 뜻한다.	속다, 당하다	사기꾼의 속임수에 낚였다.
볼매	'볼수록 매력이 있다'의 줄임말	매력덩어리	그 여자를 처음 봤을 때는 평범했는데 보면 볼수록 볼매야.
불펌	'불법으로 퍼감'의 줄임말. 인터넷에서 남의 글이나 사진 등 자료를 불법으로 가져가는 행위	도용	이 사진에 대한 불펌을 금지합니다.(오른쪽 버튼 사용 금지)
뼈그맨	'뼛속까지 개그맨'의 줄임말로 천성이 개그맨인 사람	천생 개그맨	요즘은 국회에도 뼈그맨들이 많아.
선플	한자 '선(善)'과 영어 '리플라이(reply)'의 합성어로 선한 의도로 쓴 댓글이라는 뜻		선플달기 운동에 참여합시다.
오나전	컴퓨터 자판에서 '완전'을 빠르게 쓰려다 오타가 난 것에서 비롯된 말	완전	친구1 : 담임선생님이 빵 사주신대. 친구2 : 정말 오나전 좋아!
완소	'완전 소중'의 줄임말. 소중한 물건을 표현할 때 사용한다. '완소 ○○'처럼 좋아하는 드라마 속 인물이나 배우의 이름 앞에 붙여서 사용한다.		조인성은 모든 여고생들에게 완소남이다.
제물포	'쟤 때문에 물리 포기'라는 뜻으로 흔히 잘 가르치지 못하는 물리 선생님을 지칭하는 말. 이유는 알 수 없지만 '쟤'가 '제'가 되었다.		우리 학교 선생님 가운데는 제물포가 없어서 정말 다행이야.
중2병	중학교 2학년 나이 또래의 사춘기 청소년들이 흔히 겪게 되는 심리적 상태를 빗댄 언어로, 자아 형성 과정에서 '자신은 남과 다르다' 혹은 '남보다 우월하다' 등의 착각에 빠져 허세를 부리는 사람을 얕잡아 일컫는 인터넷 속어		우리 아버지는 평생 중2병을 앓고 있어.
초콜릿 복근	초콜릿 조각처럼 여섯 조각으로 두드러져 보이는 배의 근육		나는 초콜릿 복근을 만들기로 결심했다.
취업 5종	취업할 때 꼭 필요한 다섯 가지 : 어학연수, 공모전 수상, 인턴, 봉사활동, 자격증		요즘에는 취업 5종을 다 갖추지 못하면 취업하기 정말 힘들다.
킹왕짱	영어 '킹(King)'에 한자 '왕(王)'을 덧붙이고, 거기에 최고라는 뜻의 '짱'을 더하여 최고 중의 최고라는 뜻으로 매우 대단하다는 것을 강조하는 말	최고, 대단하다	우리들에게는 우리 담임선생님이 킹왕짱이다.

4장 세계화 시대 우리말 음운 지식의 소중함

　사람의 말소리는 자음과 모음으로 쪼갤 수 있는 공통 특징이 있다. 하지만, 실제 발음과 짜임새는 각 언어마다 다르다. 어느 나라 말이든 자음과 모음 같은 음운은 일정한 짜임새 속에서 쓰인다. 짜임새는 오랜 역사와 문화 속에서 만들어진 것이다. 따라서 각 나라의 말과 문화는 서로 바꿀 수 없는 독특한 색깔을 갖게 되었다. 사람들은 그러한 독특한 언어문화 속에서 세상을 바라보고 서로 소통하며 살아간다.

　우리말 자음의 주된 특징은 '예사소리, 거센소리, 된소리'가 짜임새 있게 발달된 것이다. 네 갈래의 자음이 그림에서 보듯 똑같이 삼분 체계로 이루어져 있다.

　이렇게 삼분법으로 짜임새 있게 발달된 자음 특징 때문에 우리는 '불, 풀, 뿔'과 같은 다양한 어휘를 사용하고 있다. 영어에는 이런 음운 특징이 없기 때문에 '풀'과 '뿔'의 발음을 잘 구별하지 못한다. 그래서 이런 일화가 있다. 미군이 6·25 전쟁 때

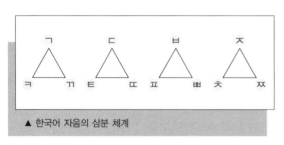

▲ 한국어 자음의 삼분 체계

남한을 돕기 위해 탱크를 몰고 왔을 때의 일이다. 우리나라 장교가 한국말을 갓 배운 미군 장교에게 '탱크가 맞냐, 땡끄가 맞냐'라고 묻곤 했는데 이때마다 미군 장교는 "그 말(탱크)이 그 말(땡끄) 아니에요."라고 해서 소통이 되지 못했다고 한다.

반면 우리나라 사람들은 안울림소리 자음과 울림소리 자음을 잘 구별하지 못한다. 이를테면 /고기/를 영어 사용자들은 /kogi/로 알아듣는다. 다시 말해 '고기'의 두 'ㄱ'은 문자로는 같지만 소리로는 '고'의 'ㄱ'은 안울림소리이고 '기'의 'ㄱ'은 울림소리로 다르다. 영국인, 미국인들은 이러한 차이를 '고'의 'ㄱ'은 '/k/'로 '기'의 'ㄱ'은 '/g/'로 정확히 구별하여 알아듣는다. 그러나 우리나라 사람들은 같은 소리로 듣는다. /r, l/의 경우도 영어사용자들은 /r/발음과 /l/발음을 구별하여 사용하지만 우리는 대체로 똑같이 /ㄹ/ 로 알아듣는다.

우리말 자음의 또 다른 특징은 '각'에서의 받침 기억 소리와 같이 끝소리 자음이 발달되어 있다는 점이다. 문자로는 27개(ㄱ ㄲ ㄴ ㄵ ㄶ ㄷ ㄹ ㄺ ㄻ ㄼ ㄽ ㄾ ㄿ ㅀ ㅁ ㅂ ㅄ ㅅ ㅇ ㅈ ㅊ ㅋ ㅌ ㅍ ㅎ ㄲ ㅆ)나 쓰이지만 발음(음운)으로는 일곱 개(ㄱ ㄴ ㄷ ㄹ ㅁ ㅂ ㅇ)만 쓰인다. 일본어는 받침소리가 거의 없으며 중국도 받침소리 자체를 구별하지 못한다. 예를 들면 '쿵후'의 '쿵'을 우리는 '/ㅋ/ㅜ/ㅇ/' 셋으로 구분하여 알아들을 수 있지만 중국인들은 /ㅋ-웅/와 같이 둘로 알아듣는다. 따라서 우리나라 말에서 받침소리가 발달된 것임을 알 수 있다.

우리말 자음의 또 다른 특징은 받침 자음과 첫소리 자음이 연계되어 있다는 점이다. /긱/이라는 낱말에 조사 /이/가 붙으면 /가기/가 되어 끝소리 기억이 첫소리 기역이 된다. 이런 원리를 세종대왕은 정확히 파악하여 첫소리 기역과 끝소리 기억을 같은 모양으로 만들었다.

모음의 가장 큰 특징으로는 양성모음과 음성모음의 짜임새 있는 발달을 들 수 있다. 음양의 이치가 짜임새 있게 반영되어 있는 언어는 한국어뿐이다. 곧 양성모음은 "ㅏ, ㅑ, ㅗ, ㅛ, ㅐ, ㅘ, ㅚ" 등으로 밝고, 날카롭고, 작고, 가볍고, 강하고, 얇은 느낌을 주는 모음들이다. 세종대왕은 우리말 모음의 이런 섬세한 특징을 제대로 파악하여 그것을 문자로 정확하게 나타냈다. 문자로 보면 짧은 획이 오른쪽, 위쪽으로 향해 있다. 물론 세종은 처음에는 짧은 획을 점으로 나타냈다.(ㅏ, ㅑ, ㅗ, ㅛ, ㅐ, ㅘ, ㅚ)

음성모음은 "ㅓ, ㅕ, ㅜ, ㅠ, ㅔ, ㅝ, ㅟ, ㅡ, ㅣ" 등으로 이런 모음이 쓰인 낱말들은 어둡고, 둔하고, 크고, 무겁고, 약하고, 두꺼운 느낌을 준다. 문자로는 짧은 획이 왼쪽, 아래로 향해 있다. 역시 15세기에는 짧은 획 대신 점으로 나타냈다.(ㅓ, ㅕ, ㅜ, ㅠ, ㅔ, ㅝ, ㅟ, ㅡ). 'ㅣ'는 15세계에는 양성모음도, 음성모음도 아닌 중성모음이었으나, 지금은 음성모음으로 분류한다.

의성어나 의태어에서는 양성모음과 음성모음의 대립이 "살랑살랑 : 설렁설렁, 대굴대굴 : 데굴데굴, 촐촐 : 철철"과 같이 섬세한 말맛의 대립을 만들어낸다. 더욱이 자음의 '예사소리-거센소리-된소리' 특질과 모음의 '양성-음성' 특질이 어울려 다양하고도 섬세한 어휘를 만들어낸다. 이것이 우리말의 독특한 색깔이며 특색임을 알 수 있다.

자음/모음	양성모음	음성모음	양성모음	음성모음
예사소리	발닥발닥	벌덕벌덕	볼독볼독	불둑불둑
된소리	빨딱빨딱	뻘떡뻘떡	뽈똑뽈똑	뿔뚝뿔뚝
거센소리	팔탁팔탁	펄턱펄턱	폴톡폴톡	풀툭풀툭
	작은말	큰말	작은말	큰말

우리말 모음의 또 다른 특징은 단모음 체계가 혀 앞뒤로 골고루 발달되어 있다는 점이다. 입안 그림에서 보듯 혀 앞쪽에서 나오는 음운이 다섯 개고, 혀 뒤쪽에서 나오는 음운이 다섯 개로 균형이 맞아 있다.

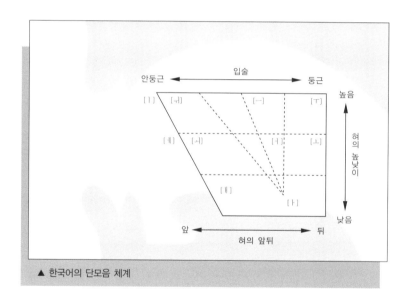

▲ 한국어의 단모음 체계

세계화 시대에 살다 보니 누구나 외국어를 많이 접하는 세상이 되었다. 모어에 대한 문법 지식보다 외국어에 대한 문법 지식을 더 중요하게 여기는 일부 잘못된 현상까지 벌어지고 있다. 세계화 시대일수록 모어를 무시하고 외국어 실력을 높이기보다는 모어와 외국어를 동시에 정확하게 쓸 수 있는 능력이 필요하다. 따라서 모어를 정확히 알고 쓰는 자세가 세계화 시대의 올바른 태도이다. 그런 의미에서 우리말의 음운 특징을 정확히 알 필요가 있다.

5장 '동아리'라는 말의 유래와 우리의 꿈

하나, '동아리'는 어떻게 '서클' 대신 쓰이게 되었을까?

'동아리'라는 말은 이제 국민 모두가 아끼고 즐겨 쓰는 말이 되었다. '서클'이라는 외래어를 대체하였을 뿐 아니라 그 이상의 의미를 머금은 멋진 말이 되어 서로의 관계를 맺어주는 말의 둥지가 되었다. 이 말이 제대로 쓰이기 시작한 것은 요즘 청소년들이 태어나기 한참 전이다. 정확히 1980년 후반, 대학가에서 먼저 쓰이다가 1990년 이후 일반인들에게까지 널리 퍼졌다. 이 말이 널리 퍼지게 된 두 가지 사연이 있어 함께 생각해 보고 동아리를 통해 꿈을 펼치는 청소년들의 사연을 만나보고자 한다.

글쓴이는 1977년, 고등학교 1학년 때 한글운동을 시작하여 외솔 최현배 선생님의 뜻을 잇고자 1982년 연세대 국문과에 입학하였다. 아무 주저 없이 국어운동학생회(국운회, 현 한글물결, 지도교수 : 마광수)에 들어갔고, 심신 단련도 겸할 겸 태권도부에도 들어가 동아리를 두 개나 병행하는 동아리꾼이 되었다.

한글물결에서는 이때 이미 '새내기(신입생)', '해오름식(창단식)', '날적이(일기)', '모람(회원, 모인 사람)', '모꼬지(엠티)' 등의 토박이말을 만들어 즐겨 쓰면서 외부에 알리는 운동을 폈다. 한글물결에서 학생들이 잘 모르는 낱말 하나씩을 매일 알리던 입간판은 학교 명물로 뽑히기도 했다.

물론 '동아리'라는 말은 이때 처음 생긴 말은 아니다. '같은 목적으로 한 패를 이룬 무리'를 일컫는 말로 원래 있던 말이었기 때문이다. 어원학자들은 '동'을 "한 덩어리로 묶은 것"으로 푼다. '아리'는 '항아리'에서 쓰인 접미사 '아리'다. 옛 문헌에서 발견이 안 되는 것으로 보아 근대 이후에 생긴 말로 보이지만 언제부터 쓴 것인지에 대한 정확한 기록은 아직 없다.

글쓴이가 대학교 3학년 때인 1984년 연세대 서클 연합회가 활성화되었다. 한글물결 대표로 이 연합회에 참가했던 글쓴이는 '연세대 서클 연합회'를 '연세대 동아리 연합회'로 바꾸자는 제안을 하였고, 그때 동지들이 흔쾌히 받아 주어 이 말이 널리 퍼지게 되었다. 1984년은 우리마당을 중심으로 문화운동 바람이 불던 때여서 취미 위주의 '서클'보다는 공동체 의식과 단결을 강조하는 이 말이 더욱 힘을 얻었던 듯하다. 1985년 대학 4학년 때 글쓴이는 전국 국어운동 대학생 연합회장으로 당선되어 전국 대학가에 보급하는 기틀을 마련했고, 정확한 기억은 나지 않지만 1986년쯤에는 동아리라는 말이 대학가에 널리 퍼졌다. 국민 용어로 굳어진 것은 1980년대 말쯤으로 기억한다.

그런 운동 과정에서 비슷한 운동을 폈던 백기완 선생님의 사연을 알게 되었다. 백기완 선생님은 평생을 토박이들의 사람다운 삶을 위해, 민주화를 위해, 평화 통일을 위해 평생을 앞서 싸우신 분이다. 이 분은 지식인 말투에 젖어있는 우리들과는 달리 말 자체가 삶 속에서 자연스럽게 쓰이는 토박이말을 쓰시는 분이었다. 이 분은 우리말운동가는 아니지만 우리말운동가보다 더 우리 말글을 아끼고 몸소 실천하시던 분이다. 이 분은 각종 강연회를 통해 '동아리'와 같은 말을 써야 함을 강조하였고 이분 덕에 이 말이 더욱 불길처럼 번져 나갔다.

그렇다면 이 말이 어떻게 자리 잡게 되었을까. 가장 중요한 요인은 전통 문화를 중심으로 한 문화운동의 바람을 탔기 때문이었다. 1984년은 돌을 던지며 데모하는 투석전과 최루탄 가스로 연상되는 반독재 운동과는 다른 한편으로 풍물패를 중심으로 하는 우리문화운동이 무척 활발하게 전개되던 때였다. 이런 운동을 주도하던 곳은 서울 신촌에서 대학 연합 동아리로 활동하던 우리마당(대표 김기종)이었는데 글쓴이도 이곳에서 활동하며 여러 대학에 '동아리'라는 말을 알리는 일을 하였다. 그 다음으로는 '동아리'라는 말이 주는 의미와 말맛의 친근감 때문인 듯하다. 굳이 운동권이 아니더라도 같은 뜻을 가진 사람들의 어울림을 강조하는 말의 뜻, 거기다가 맛깔스런 말맛이 더해져 많은 호감을 얻은 듯하다. 세 번째는 한글 운동 단체들의 노력과 대학 동아리 학생들의 호응이 있었기에 가능했다. 네 번째는 토박이말을 평소 즐겨 쓰시고 한글운동 단체와는 따로 토박이말을 널리 퍼뜨리는 운동을 통일운동과 더불어 펴 오신 백기완 선생님도 강연회에서 이 말을 강조한 역할도 매우 컸다. 물론 가장 큰 힘은 동아리에서 꿈을 키우는 이들의 열정이다.

둘, '동아리'의 힘과 동아리에서 꿈을 키우는 아이들

나는 처음 만나는 학생들한테 맨 처음에 꼭 던지는 질문이 있다. 십 년도 넘게 던져 온 질문이다.

"동아리 활동 하고 있니?"

동아리 활동을 하느냐는 매우 개인적인 선택 문제지만 동아리 활동을 열심히 하는 학생들이 더 돋보이는 것이 틀림이 없다. 왜 그런가 차분하게 생각해 보자.

첫째, 동아리는 자발적으로 참여하는 모임이다. '몇 학년 몇 반' 이런 것들은 대개 주어지는 것들이다. 이렇게 주어지는 공동체도 소중하지만 그 가운데 스스로 선택한 모임은 본인의 책임 의식이나 주체 의식을 더 많이 발휘할 수 있게 해준다. 자발적인 참여이기에 더 신나게 더 적극적으로 참여할 수 있으니 좋다.

▲ 동아리 활동 박람회를 둘러보는 학생들(2012년)

둘째, 취미든 꿈이든 함께 키워 가기에 소중하다는 것이다. 동아리가 아무리 좋다고 남 좋으라고 가입하지는 않는다. 결국 자신의 취미, 자신의 꿈이 소중하기에 가입한다. 그런데 그러한 강한 개성은 비슷한 사람들끼리 부대낄 때 더 잘 이룰 수 있다.

셋째, 동아리는 늘 평화로운 곳

은 아니다. 갈등과 문제가 늘 공존하는 곳이다. 그래서 더욱 소중하다.

　세화고 1학년 김태윤 군은 봉원중 2학년 때 '페이스북'이라는 이름
의 독서동아리 활동을 했다. 다른 동아리들은 학기 초 교사의 안내를
받고 이미 꾸려진 상태였다. 뒤늦게 꾸려진 탓에 서툰 점이 많았다.
『왜 세계의 절반은 굶주리는가』라는 다소 어려운 책으로 첫 모임을
열었다. 신자유주의, 시장경제 등 전문용어 때문에 어떤 친구는 책 읽
는 걸 포기했다. 출발부터 순탄치 않았던 탓에 한동안 모임을 열면 잡
담만 했다. 그러던 중, 학교에서 '동아리 발표회', '밤새워 책읽기' 등
의 행사를 열었다. 다른 동아리 친구들이 그동안 해왔던 활동들을 소
개하는 것을 보고 김 군은 자극을 받고 다시 활동에 집중했다. 동아리
활동을 스스로 해나가는 과정에서 책만 중요한 게 아니라는 걸 알았
다. 책을 매개로 할 수 있는 활동이 많았다. 김유정문학촌 기행, 국회
도서관 탐방, 소설을 원작으로 한 연극과 영화 관람 등을 비롯해 문집
제작, 유씨씨(UCC) 만들기 등 다양한 활동이 이어졌다.

－김청연 기자, 한겨레 신문

　김청연 기자가 조사한 위 사례를 보면 동아리를 참되게 발전시켜
나가는 과정 자체가 아름다운 추억이요 시혜임을 알 수 있다. 동아
리 자체가 사회의 각종 문제와 더불어 존재한다. 그래서 더 많은 고
민거리를 던져 준다. 그런 문제에 대한 학생 칼럼을 읽어 보자.

우리학교는 일주일에 한 번 2교시가 동아리 시간으로 배정되어 있다. 현재 운영 중인 동아리만 해도 시사 연구부부터 시작해서 방송 댄스부까지 그 종류가 다양하다. 그러나 개인의 취미나 흥미에 따라 입부하던 시기는 어느새 옛날이야기가 됐다. 대학 입시에 생활기록부가 높은 비율로 반영되면서 동아리도 대학에 자신을 표현할 중요한 요소가 된 것이다.

진학하고자 하는 대학 과와 관련된 동아리를 선택하는 것은 미리 그 분야에 대해 경험해 볼 수 있는 좋은 기회라고 생각한다. 우리학교 같은 경우엔 학교에서 이미 만들어 놓은 동아리도 있지만 원하는 동아리가 학교에 없다면 학생이 스스로 동아리를 만들 수 있다. 학생들의 희망 진로가 다양해짐에 따라 학생에 의해 새로 만들어지는 동아리의 수도 늘어나고 있는 추세다. 청소년상담가가 되고 싶은 아이가 만든 또래상담동아리, 국제 사회에 관심이 많은 아이가 만든 국제 봉사 교류 동아리, 이과생들에 의한 과학 탐구 동아리 등 동아리 시간에 이렇게 다양한 활동이 이루어질 수 있다는 것에 감탄했다.

하지만 아이들이 열정과 기대를 품고 만든 동아리는 계획했던 대로 운영되지 않는다. 학교가 다양한 동아리를 만들 수 있도록 허용했음에도 불구하고 손을 떼고 아무런 지원도 하지 않기 때문이다. 방송부나 문예편집부 등 학교에서 만든 동아리들은 예산이나 사용 물품 등에 대해서 지원을 받고 있는 한편 신설 동아리들은 그냥 방치되고 있는 실태다. 그 예로 신설된 과학 탐구 동아리가 대회 참가를 위해 과학 실험실 사용허가 등을 요청하자 너희의 사정을 왜 학교가 해결해주길 요구하느냐는 대응을 받은 적이 있었다. 동아리를 만들었으면 그 뒤는 알아서 하라는 식이다. 학생들의 손에서 할 수 있는 일에는 한계가 있는데 학교는 이것에 대해 자율성을 침해하고 싶지 않다는 변명을 내세우며 아무런 손도 내밀고 있지 않다. 이러한 신생 동아리에 대한 학교의 냉대는 우리 학교만의 이야기가 아닐 것이다.

시간이 지남에 따라 아이들의 기대감과 설렘은 점차 시들어가고 있다. 아이들이 많은 노력에도 불구하고, 동아리 시간엔 자습시간만 늘어간다. 원하는 만큼의 일을 진행시킬 수 없는 동아리 기장들의 고민이 안타깝게 느껴질 따름이다. 학교는 동아리 시간을 자습시간으로 만들어 버릴지 다양한 체험 활동을 할 수 있는 시간으로 만들지 선택할 수 있다. 아이들의 동아리는 더 많은 관심과 지원을 필요로 한다. 학생들이 동아리 시간에 수많은 활동 중 무엇을 해야 할지 망설이는 행복한 고민을 할 날이 오기를 바란다.

　－윤지영, 「동아리, 자습시간이 되지 않길」, 『아하! 한겨레』 277호, 2013, 23면

최근 입시 때문에 동아리가 난립하고 있다는 부정적 소리도 들리지만 윤지영 학생이 지적했듯이 진로와 직업을 위해 동아리 활동하는 것은 매우 좋은 일이다. 다만 진학이라는 목적을 지나치게 내세우면 동아리 본래 취지는 사라질 수 있다. 학교의 지원이 학생들 생각만큼 이루어지지 않았을 때 상처를 받을 수도 있다. 윤지영은 그런 문제를 글로 씀으로써 스스로 그리고 더불어 해결해 가는 길을 찾고 있다.

넷째, 동아리는 더불어 생각하고 소통하는 곳이다. 그런데 그런 생각과 소통이 자발적으로 이루어지기 때문에 더욱 소중하다. 김청연 기자의 보도문에 의하면, 서울 봉원중 학생들은 독서동아리를 통해 '함께 배움'의 즐거움을 맛본 학생들이 많다고 한다. 특별한 독서동아리 덕분이다. 2010년 12명으로 명작읽기반이 꾸려진 것을 시작으로 2011년 22개, 2012년 독서동아리는 32개나 탄생했다고 한다.

봉화중학교 특화된 독서동아리가 발달했다면 분당의 이우중학교는 학부모도 참여하는 다채로운 동아리로 유명하다. 동아리 수가 천 개를 넘을 때도 있다고 한다. 그 중 일부만 보자.

해파리 치킨(2012년도 고3 학년회 카페)

사회참여방(고2 사회참여 수강생들이 이용하는 카페)

중학교 합창동아리(즐겁게 노래를 부르는 곳입니다~♬)

허름한지푸라기집(김민영, 김선민, 허준영, 황호연 모둠의 카페)

이우독립만세(집을 떠나온 이우학생들을 위한 카페)

고릴라(2011학년도 학생회 카페)

얼음결정을 관찰해보자(얼음결정을 학교에서 관찰해보는 동아리)

이우고등학교 축구동아리 축바람(이우고등학교 축구동아리)

2011 고2 문학기행(문학기행카페)

구럼비를 지킵시다(구럼비를 지킵시다 동아리)

천개의 눈(천개의 길 비밀 조직)

국제교류활동(2012 국제교류활동 노리는 카페)

때리와뚜히(벗과 함께 다섯 바퀴)

이 학교 동아리의 특징은 온라인 카페와 실제 활동을 결합했다는 데 있다. 그래서 수많은 카페가 생겼다가 사라지기도 한다. 매우 역동적이다. 동아리와 카페가 살아 있다. 단 몇 사람의 동아리도 있고 학부모까지 수십 명이 복작거리는 동아리도 있다. 당연히 선생님들 동아리, 학부모만의 동아리도 같이

▲ 이우학교 누리집

돌아간다. 그래서 더욱 사람 냄새가 풍기는 학교가 되었다.

동아리의 다섯 번째의 힘은 홀로서기다. 동아리로 다져진 아이들은 홀로도 더 잘 설 수 있다. 김청연 기자의 보도문에 의하면, 유보경 양은 중학교 때 독서동아리에서 다져둔 독서습관의 힘으로 자발적으로 책을 읽는 힘이 생겼다고 한다. 그래서 "책을 정말로 안 좋아하고 싫어하는 친구들도 쉽게 시작할 수 있는 게 독서동아리인 것 같다"며 "내 경험을 바탕으로 독서동아리 활동에 대해서 궁금한 점이 있는 사람들한테 정보를 주고 싶다"라고 또 다른 도움내기(도움을 주는 사람, 멘토)로 거듭나고 있다.

셋, 경기여고 도서부 동아리원들과의 아름다운 만남, 그리고 동아리 경진대회

책을 쓰는 이들의 가장 큰 기쁨은 '저자와의 대화'에 초청을 받는 것이다. 그래서 2012년 5월 18일은 글쓴이에게 가장 기쁜 날이었다. 경기여고 도서부 동아리원들의 초청으로 '28자로 이룬 문자혁명 훈민정음(아이세움)'에 관한 저자 초청 특강이 있었기 때문이다. 세종대왕은 47살에 훈민정음을 창제하고 50살에 반포한 뒤 54살에 돌아가셨다. 나도 47살에 세종의 위대한 정신을, 훈민정음의 원대한 의미를 청소년들에게 들려주고 싶어 이 책을 썼다. 글쓴이가 통합, 통섭의 세종학 전도사가 된 것도 이 책에서 비롯되었다.

경기여고 도서부 학생들이 갖가지 준비를 하여 나를 초청해 주었기 때문이다. 저절로 신나는 강의를 할 수 있었다. 경기여고에서는 이 책을 통해 퀴즈와 골든벨 등 각종 독서 행사를 펼쳐 더욱 저자를 기쁘게 했다. 긴 시간 내내 이어지는 저자 사인회에서도 팔은 지칠

▲ 경기여고 도서부 동아리원들과 함께

▲ 동아리경진대회 발표

줄 몰랐다. 더욱 감동적인 것은 저자 강연을 바탕으로 2차 집중 인터뷰를 해서 교지에 실었다는 것이다.

2012년 8월에는 공익사단법인 체험학습연구개발협회 주최로 제10회 체험학습 창의활동박람회가 서울무역전시장에서 3일간 열렸다. ① 자율활동, ② 동아리활동, ③ 봉사활동, ④ 진로활동의 4개 영역 활동으로 나뉘어 그림과 같은 세 가지 체험관에서 서로의 활동 결과를 뽐냈다. 글쓴이는 심사위원으로 참가하였지만 각종 동아리들의 참가 열기에 덩달아 신이 나 하루 종일 하는 심사가 피곤하지 않았다. 동아리를 통해 꿈을 이뤄가는 아이들의 에너지가 전이되어서였다. 선의의 경쟁을 위해 점수를 매겼지만 참가 열기만큼은 점수로 환산하는 것이 무의미했다. 그들은 심사 결과에 관계없이 참가하기까지의 고뇌와 땀방울을 아로새겨 꿈을 지피는 이들로 거듭날 것이다.

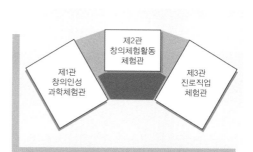

▲ 제10회 체험학습 창의활동 박람회 체험관

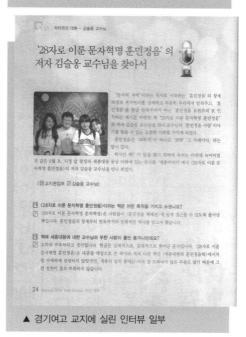

▲ 경기여고 교지에 실린 인터뷰 일부

청소년들과 나누고 싶은 말들 : 초인, 중용, 시중, 또물또

서울대학교 김난도 교수는 '아프니까 청춘이다.'라고 말한다. 스티븐 김 선생은 어느 방송에서 그 말은 틀렸다고 하면서 '즐거우니까 청춘이다.'라고 말한다. 다 틀렸다. 아프기만 하는 청춘, 즐거웁기만 하는 청춘은 없기 때문이다. 때로는 홍역을 앓듯 한없이 아프다가도 때로는 휘파람 씽씽 날리며 먼 미래로 마구 달려가는 것이 청춘이기 때문이다. 굳이 이런 특징을 말로 바꾼다면 '변화할 것이 많으니 청춘이다.'라고나 할까.

내가 좋아하는 네 가지 낱말이 있다. 하나는 니체의 '초인'이라는 말이다. '초인'은 무엇인가. 슈퍼맨인가, 아니면 배트맨, 울트라맨? 다 아니다. 자신의 잠재력을 최고로 발휘한 사람이 초인이다. 타고난 것도 아니요, 정해진 것도 아니다. 초인은 누구나가 될 수 있다. 초등학생도 초등학생으로서 최선의 잠재력을 발휘한다면 '초딩 초인'이 된다. 당연히 '중딩 초인', '고딩 초인'은 어떤가.

여러 두뇌학자들의 공통된 견해는 우리 보통 사람들은 자신의 잠재력을 채 3분의 1도 발휘하지 못하고 산다고 한다. 대부분의 잠재력이 저 깊이 잠겨 있는 것이다. 그런 실정이라면 반만 발휘해도 초인이 될 수 있을 것이다.

청소년들이 많이 힘든 것은 사실이다. 그런 측면에서라면 '아프니까 청춘이다.'라는 말이 맞다. 그 말을 다시 바꾸면 "극복할 것이 많으니 청춘이다."가 될 것이다.

'중용'은 딱 중간을 뜻하는 것이 아니고 최선의 선택을 의미한다. 최선의 선택을 할 수 있는 잠재력을 발휘한다면 바로 그 사람이 초인이다. '시중(時中)'도 중용에 나오는 말이다. 딱 한 번 나온다. 어떤 때, 어떤 상황에 가장 잘 어울리는 중용을 말한다. 처해진 상황에서 최선의 선택을 한다는 그것이 '시중'이다.

이런 경우는 행복의 전도사인 송현 선생님이 만든 말이 더 잘 어울린다. '지여처다'. 곧 "지금 여기서 처음처럼 다짐을 하자"는 것이다. 항상 처음에는 마음을 다잡고 최선을 다하기 마련이다. 그런 심정으로 최선을 다한다면 그것이 최선의 선택이요, 초인의 자세다.

선생님도 초인이 되기 위해 끊임없이 노력한다. 그런 의미에서 선생님이 만든 열 가지 자경문을 들려주고 싶다.

1. 공자처럼 제자들의 다양한 재능을 살려 주자.
2. 정약용처럼 매체와 자료를 잘 활용하고 쓰고 또 쓰자.
3. 소크라테스처럼 제자들 스스로 질문을 던지게 하자.
4. 퀴리처럼 돈보다 학문의 진리를 나누자.
5. 세종처럼 문제 해결을 위해 다양한 학문을 넘나들며 몰입하자.
6. 사마천(『사기』 지은이)처럼 인생의 고난을 전화위복으로 삼자.

7. 부이치치(팔다리가 없는 성자)처럼 내 몸을 사랑하자.

8. 김수환 추기경 님처럼 스스로 낮추고 상대를 섬기려는 마음을 갖자.

9. 법정 스님처럼 지나친 소유욕을 버리자.

10. 공병우 박사처럼 시간을 아끼고 또 아끼자.

공자는 제자들의 다양한 재능을 존중해 주고 더욱 잘 살리도록 했다. 그래서 안회는 학식이 뛰어나고, 자공은 경제에 밝았으며, 자로는 무술을 잘 했다. 염구는 행정에 능하고 사마우는 평범했지만 그 자체가 장점이었다.

정약용은 가는 곳마다 글과 시를 남겼고 끊임없이 자료 정리를 잘 해 많은 책을 쓸 수 있었다.

소크라테스는 제자들 스스로 질문을 던지게 하는 자기주도 학습을 이끈 선구자다. 퀴리는 아주 어려운 환경에서 연구에 연구를 거듭해 엑스선을 발견하여 백만장자가 될 수 있었으나, 과학은 나누는 것이라며 백만장자 되는 길을 가지 아니하였다.

세종이 그처럼 위대한 문자를 만든 것은 바로 문제 해결을 위해 다양한 학문을 넘나들었기 때문에 가능했다. 훈민정음 안에는 음악, 과학, 철학 등이 담겨 있다.

사마천은 궁형을 당하고도 역사책 저술을 위해 악착같이 살아남았다. '부이치치'는 팔다리가 없지만 늘 웃으면서 많은 사람들의 희망의 등대가 되고 있다.

김수환 추기경은 늘 스스로 낮추고 상대를 섬기려는 마음으로 성직자의 길을 갔기에 온 국민이 추앙하는 분이 되었다. 법정 스님도 마찬가지다.

공병우 박사는 안과 의사이자 한글 타자기 발명가로 위대한 발자취를 남겼다. 시간을 아끼고 또 아끼었기에 가능한 길이었다.

이제 이분들 말고도 다른 분들의 길을 우리 스스로 찾아보자. 그러기 위해 늘 되새겨야 할 말이 1부 1장에 실려 있는 '또물또'라는 말이다. 끊임없는 물음이 곧 길이요 등대이기 때문이다.

통합 국어 능력 어떻게 키울 것인가

하나, 문식력과 통합 국어 능력

"선생님, 우리 애가 책도 많이 읽고 독서 능력도 뛰어난데 왜 글은 거의 안 써요?"

흔히 이렇게 말하는 부모님들이 꽤 있다. 부모님들에게는 대못 치는 이야기지만 이런 아이는 독서 능력이 뛰어난 것이 아니다. 독서 능력이 뛰어나다면 당연히 글쓰기도 잘해야 한다. 자신이 읽은 책에 대하여 표현할 줄 모른다면, 그때의 독서 능력이 무슨 의미가 있겠는가. 그 반대도 마찬가지다. 책을 많이 읽지 않고 뛰어난 글쓰기 능력을 발휘할 수는 없다. 다양한 배경 지식이나 이런 지식에 대한 분석력을 바탕으로 자신의 생각을 펼쳐야 하는 논술문의 경우는 더욱 그렇다.

토론도 마찬가지다. 토론 주제에 대한 읽기와 탐구가 없이 어찌 좋은 토론을 할 수 있겠는가. 토론 기술이나 기본적인 말하기 기술은 타고날 수 있다. 그러나 내용 위주의 깊이 있는 토론 능력은 당연히 읽기 능력을 통해 생성되는 것이다. 그리고 열심히 토론을 잘 했다고 해서 거기서 끝난다면, 그때의 토론은 생산성이 적거나 의미가 떨어진다. 토론 결과는 되도록 기록으로 이어져야 한다. 논술문 형식으로 정리하면 좋겠지만 그런 여건이 아니라면 일기에라도 적어야 한다.

이렇게 이야기하면 대뜸 두 가지 질문이 펼쳐진다. 실제로 독서이면 독서, 토론이면 토론, 어느 하나만을 잘하는 아이들이 있지 않느냐는 것이다. 당연히 있다. 그렇다면 그때는 읽기만을 잘한다든가 토론만을 잘한다는 식으로 말해야 옳다.

두 번째 질문은, 그렇다면 우리 아이들을 독서, 토론, 논술의 팔방미인 또는 만능으로 키워야 하느냐이다. 이런 질문은 반은 맞고 반은 틀리다. 독서, 토론, 논술이 동떨어진 별개의 능력이라면 팔방미인이나 만능이니 하는 말을 적용할 수 있다. 하지만 동떨어진 능력이라기보다는 서로 연계되어 있고 실타래처럼 엉켜 있기에 그런 표현은 적절하지 않다.

그렇다고 해서 읽으면 무조건 토론하고 써야 한다는 강박관념을 이야기하는 것은 아니다. 왜 읽고 왜 토론하고 왜 써야 하는가에 대한 문제의식과 거기에 따른 판단 능력이 중요하다. 이러한 맥락적 언어 능력을 문식력(literacy)이라 한다. 곧 읽기 쓰기를 중심으로 듣기 말하기를 포괄하는 총체적 언어 능력이 문식력이다. 우리나라가 과학적이고 우수한 한글 덕에 글자 해득력(문맹 퇴치율)은 세계 최고지만, 문식력은 OECD 국가 가운데 낮은 수준이라고 한다.

이런 부끄러운 현실을 극복하기 위해서는 통합적 국어 능력을 더욱 키워야 한다. 이전에는 듣기, 말하기, 읽기, 쓰기, 문학, 문법을 배타적으로 배웠지만 이제는 각각의 특이성을 살리면서도 연계성을 더욱 강화해야 한다.

둘, 통합적 문식력 키우기 핵심 전략

그렇다면 통합적 문식력을 키우기 위해서는 어떻게 할 것인가. 네 가지의 길을 함께 생각해 보자.

1) 탐구력 키우기

"구하면 구할 것이다"라는 종교 잠언이 탐구력과 활동력을 키우는데는 제격이다. "뛰는 놈 위에 나는 놈이 있다"라는 짧은 속담이 탐구력이 없는 아이에게는 그저 흔히 듣는 속담에 지나지 않아 이 속담에 대해 말할거리도 쓸거리도 없다. 그러나 조금만 탐구력을 발휘하면 이 짧은 문장을 가지고 몇 날 며칠을 토론할 수 있고 책 한 권을 쓸 수도 있다. 뛰는 놈은 나는 놈이 될 수 없는가. 나는 놈이 뛰는 놈보다 좋은 것인가. 우리 사회에서 뛰는 놈은 누구이고 나는 놈은 누구인가. 뛰는 놈과 나는 놈이 만나 함께 갈 수는 없는가. 이렇게 끊임없이 묻고 따지는 것이 탐구력이고 온몸으로 실행하는 것이 활동력이다. 탐구력과 활동력은 맞물려 간다. 탐구력에 의해 활동력이 촉발되고 활동에 의해 다시 탐구력이 길러지기 때문이다.

2) 지식욕과 문제해결력 키우기

탐구력이 뛰어나면 으레 지식욕과 문제 해결력이 높아져 통합적 국어 능력을 촉진시킨다. 이때의 지식욕은 단순히 백과사전식 지식이 아니라 꼬리에 꼬리를 물고 이어지는 연쇄사슬식 지식이고 이 꼬리 저 꼬리가 때에 따라 하나의 꼬리가 되기도, 여러 꼬리가 되기도 하는 꼬리꼬리 지식이다. 위 속담 문제 해결을 위해서는 국어사전 지식도 필요하고, 뛰는 놈 나는 놈의 위계성에 따른 사회학적 지식도 필요하다. 때로는 뛰는 놈 나는 놈의 생물학적 능력을 따지기 위해 생물학적 지식도 따져 보아야 할 것이다. 사회학적 문제가 더 중요한지 생물학적 지식이 더 중요한지를 따지기 위해 치열한 사유와 토론도 필요하리라. 이러한 지식 횡단은 문제 해결과의 긴장 관계를 유지할 때 공허한 지식이 아닌 생산적인 지식이 된다. 그러한 지식은 문제해결 수단으로서의 지식이면서도 또 다른 문제를 촉발하는 지식이 되기도 한다.

3) 표현력 키우기

능동적 표현력이 중요하다. 인간만이 창조적인 언어를 가졌다는 것은 바로 인간은 표현 동물임을 의미한다. 책은 독자 입장에서 보면 이해의 대상이지만, 그 이전에 이미 능동적 표현체임을 아로새길 필요가 있다. 어떤 저자의 치열한 노력과 적극적 표현의 결과물인 것이다. 그런 책을 이해한다는 것은 그런 능동적 표현 문화에 참여한다는 것을 의미한다. 그렇다고 똑같은 책을 쓰자는 것이 아니라 책 내용에 대해 몇 마디 말이건 쪼가리 글이건 능동적으로 쓰고 발표하는 것이 중요하다는 것이다.

지금은 1인 블로그 시대다. 블로그는 디지털 시대의 표현 욕망의 해방구다. 온 가족이 하나의 블로그를 만들 수도 있고 각자 만들어도 좋다. 서로 읽은 책에 대해 질문이나 발제를 10개씩 던져 보자. 또 서로 댓글을 달아 보자. 밥상머리에서는 그 댓글로 이야기꽃을 피워 보자. 똑같은 내용이라도 컴퓨터로 읽을 때와 대화를 나눌 때, 그 의미와 느낌이 사뭇 달라질 수 있다. 아이들은 이렇게 매체를 넘나들며 또 다른 배움과 나눔의 즐거움을 얻을 것이다. 가족끼리 격론이 벌어진다면 더더욱 즐거운 소통의 장이 열리리라. 이렇게 해서 아이들은 자연스럽게 읽기와 쓰기, 작은 토론, 붙이기(사진, 동영상), 덧보태기(사진 설명문 따위)를 시도할 것이다. 이렇게 하다 보면 아이들은 가족과의 소통을 넘어서는 세계와 이미 줄이 닿아 있을 것이다. 연계와 통합은 그런 것이다.

4) 토론력과 실천력 키워 가기

마지막으로 토론력과 실천력 키우기를 내세우고 싶다. 내가 쓴 책

가운데 청소년들과 오래 소통한 책은 송재희 선생님과 함께 지은 『대중매체 읽고 쓰고 생각하기(세종서적)』라는 책이다. 1999년부터 지금까지 37쇄나 찍었으니 독자들의 많은 사랑을 받은 셈이다. 이 책이 유달리 가슴에 와 닿는 것은 청소년들과 직접 소통하면서 쓴 책이기 때문이다. 중고생들이 좋아했던 『드래곤볼(토리야마 아키라 지음, 서울문화사)』, 『슬램덩크(이노우에 다케히코 지음, 대원씨아이)』와 같은 만화뿐만 아니라 영화, 문학, 노래 가사 들을 함께 보고 듣고 감상하며 나눈 이야기를 중심으로 엮은 것이다.

　나도 처음에는 학생들에게 『죄와 벌』, 『메밀꽃 필 무렵』 등과 같은 고전이나 명작만을 읽으라고 권했다. 그러나 이런 책만으로 학생들과 소통하는 것은 한계가 있었다. '세일러문'과 같은 학생들이 좋아하는 매체로 출발하며 가슴 뜨거운 소통을 하다 보니, 어느새 헤르만 헤세의 『수레바퀴 밑에서』까지 함께 읽게 되었다. 이런 과정에서 중요하게 깨달은 것이 있었다. 학생들에게 그들만의 생각하는 세계를 열어주니 어른들보다도 더 깊이 생각하고 읽어낸다는 것이다. 다음과 같은 기록을 보라.

은 먼저 한 사람씩 돌아가면서 어떤 이유로 슬램덩크가 선풍적인 인기를 끌어오고 있는 것인지 자신의 생각을 개략적으로 말해보자.

덕 일단 우리나라의 경우 붐을 탈 수 있는 적절한 시기적 조건을 가지고 있었다. 당시에 NBA의 인기가 시작되고 있었고 동시에 텔레비전 농구 드라마인 마지막 승부가 높은 시청률을 보이며 반영되고 있었다. 따라서 농구 만화인 슬램덩크가 인기를 끌게 된 것이다. 뿐만 아니라 캐릭터 상품 판매라는 일본의 상업적 전략이 잘 맞아 떨어져 들어갔다.

석 일단 슬램덩크의 내용면에서 다양하다는 강점을 가지고 있다. 코믹함, 재미있음을 바탕으로 농구에 목숨을 걸었다시피 한 사람들의 비장미, 가미된 자극적 요소인 폭력성, 여기다가 연애적인 요소까지 혼합하여 농구만화라는 특징을 가지면서도 다양한 내용을 다루고 있다.

선 농구라는 스포츠 경기 장면을 접하면서 카타르시스를 느낄 수 있다. 또 보는 사람이 만족할 정도로 그림이 잘 그려졌다. 인물들의 이미지도 잘 설정되었다.

버 내가 생각하기에 우리 세대는 어딘가에 특별히 열정을 쏟아 부을 기회가 적은 것 같다. 이런 현실에서 슬램덩크의 인물들은 열정을 분출시킬 창문을 가지고 있었다. 이것이 우리에게 결정적으로 카타르시스를 느끼게 하는 요소가 된다.

자 캐릭터들을 살펴보면 각각 개성이 매우 뚜렷하다. 그리고 색다른 이미지를 지닌 등장인물들이 많으므로 자신이 좋아하는 스타일을 골라보는 재미가 있다. 또 농구라는 스포츠가 박진감이 있고 빠르기 때문에 젊은이들의 감성에 적합한 장점을 가지고 있다.

윤 다양한 캐릭터들이 다양한 성격을 보이고 있다. 그룹 H.O.T.가 인기를 얻는 이유도 다섯 명의 멤버가 서로 다른 개성으로 설정되어 팬들의 구미에 맞추어져 있기 때문이다. 이처럼 많은 캐릭터들 중에 자신이 좋아하는 인물이 설정되면 그 전체에 대한 관심이 커지는 특성을 이용한 것 같다. 또 농구는 다른 운동 경기보다 묘기와 같은 장면이 많이 벌어질 수 있기 때문에 만화의 소재로 삼기 적절하다.

은 보편적으로 운동 경기에는 남자학생들의 관심이 더 높다. 스포츠 만화, 즉 농구를 소재로 삼았다는 점이 남학생들에게 인기를 얻을 수 있는 요인이 되었고, 여학생들에게는 특징적인 남자 캐릭터들이 등장하여 인기를 끌 수 있는 요인이 되었다. 순정만화는 여학생들에게, 또 무협지류는 남학생들에게 인기가 많은 반면, 슬램덩크는 남녀 모두가 즐길 수 있는 요소를 만들어 놓았기 때문에 보다 폭넓은 인기를 얻을 수 있었다고 생각한다.

혜 그렇다. 얼마 전 흥행에 크게 성공한 영화 <쉬리>처럼 슬램덩크도 남자들과 여자들의 관심을 동시에 끌 수 있었다는 것이 큰 요인이었던 것 같다. 농구와 사랑을 적절히 조화시켜 청소년들의 공감대를 형성시켰다는 것이 가장 큰 매력이다.

호 슬램덩크는 작품 자체의 구성이 매우 치밀하다. 거기에 끊임없는 반전과 예상치 못한 결과를 부가하여 일련의 문학적인 매력까지 갖춘 수준이 높은 작품이라 할 만하다.

은 지금까지 각자의 생각을 조금씩 말해보았다. 각자 모두 다른 이야기를 했지만 이를 묶어 보자면 크게 내용면에서의 성공 이유와 상업적 전략 측면에서의 성공 이유로 나누어 볼 수 있겠다. 그럼 이제부터는 내용면에서 어떠한 특징을 가지기 때문에 성공을 거두게 되었는지 자세하게 이야기해보는 것이 좋겠다. (뒤 줄임)

이런 토론을 어찌 어른들이 나눌 수 있겠는가. 이런 토론을 거쳐 다음과 같은 분석을 해 내는 청소년들의 예지에서 어른들이 넘볼 수 없는 그들만의 생각의 힘, 자유의 욕망, 치열한 나눔의 빛을 본다.

		인물	입장	장점	단점
발산형	팀	후기 변덕규, 채치수	개인	리더쉽↑	
			팀	기둥의 역할	리더쉽 남용 우려
	개인	전기 변덕규, 강백호 송태섭	개인	빠른 발전	
			팀	분위기 꾼	개인플레이
내재형	팀	이정환, 윤대협	개인	리더쉽↑	
			팀	기둥의 역할	리더쉽 남용 우려
	개인	정대만, 서태웅, 윤대협	개인	발전의 동기	
			팀	팀의 에이스. 구원자	개인플레이 우려

슬램덩크 지역예선에서 나타난 승부욕에 대한 분류

요즘 모둠별 독서토론이 인기다. 토론을 준비하면서 주어진 토론거리에 대해 고민하다 보면 자연스럽게 지식을 쌓을 수 있을 뿐 아니라 모둠원끼리 서로 부대끼면서 알뜰살뜰 정과 의리가 생기기 때문이다. 또한 모둠별 토론은 자신의 생각이나 의견을 강하게 내세우면서도 상대를 배려하지 않으면 토론할 수 없다. 바로 배려의 미덕을 자연스럽게 익히게 된다.

이런 토론을 가정에서부터 하면 어떨까. 2009년 문광부 주최 가족 독서 토론 대회 동상 수상작을 읽으면서 온 가족이 함께 하는 글을 마무리하려 한다.

2009년 문광부 주최 가족 독서 토론 대회 동상 수상작

가족명	초등부 저학년 다찬이네 가족 -또물또 통합국어교육 (http://cafe.daum.net/tosagoto)	연락처	010-2327-3838
도서명	그럼 오리너구리 자리는 어디지?	토론 날짜	2009년 9월 25일
출판사	주니어파랑새(물구나무)	작가	제랄드 스테르
토론 주제	1. 오리너구리는 오리인가, 너구리인가.(다찬 물음) 2. 오리너구리는 처음에 왜 왕따가 되었나. 주변에 오리너구리 같은 친구는 없는가.(다현) 3. 담임선생님은 어떤 식으로 학생들을 나눴나.(엄마) 4. 어떻게 나누면 좋겠나.(아빠)		

▷ 줄거리

김다현(덕의초등학교 5학년)

동물학교에 새로운 동물 오리너구리가 왔습니다. 선생님께서 "우유를 먹는 동물들은 이쪽, 오리 같이 부리나 물갈퀴가 있는 동물들은 저쪽, 곰처럼 털이 달리고 발톱이 달린 동물들은 요기로 오너라."

하지만 오리너구리는 우유를 먹고, 오리 같이 부리나 물갈퀴가 달려 있고, 곰처럼 털과 발톱이 있었습니다. 오리너구리가 우유를 먹는 포유류 무리에 같이 있으려고 하니까, 선생님이 말했습니다.

"오리너구리야, 내 말을 잘못 알아들었구나. 여기 이 동물들은 모두 엄마의 젖을 먹는 동물들이야."

"하지만 저도 엄마 배에 매달려 젖을 먹는데요."

"아 그렇구나."

그래서 선생님은 끝내 모두를 자신의 능력에 따라 나누게 합니다. 그리고 한 학기가 흘러 오리너구리는 친구들에게 우정상을 받게 된다는 이야기입니다.

▷ 저자 : 제랄드 스테르 _ 알라딘

1949년 프랑스 파리에서 태어나 동화 및 희곡 작가로 활동하고 있다. 지은 책으로 『푸푸르는 꿈의 나라를 찾아요』, 『푸푸르가 이사를 해요』, 『푸푸르는 어둠이 무섭대요』 등이 있다.

▷ 그림 : 윌리 글라조에르

1938년 체코에서 태어나 독일에서 미술 공부를 했다. 작품으로는 〈속죄양의 아내〉, 〈완두콩 장군〉 등이 있다.

▷ 역자 : 이성임

1959년 서울에서 태어났다. 연세대 불어불문학과를 졸업하고, 프랑스 파리4대학에서 박사과정(현대 프랑스 소설)을 수료했다. 옮긴 책으로 『철학이란 무엇인가』, 『아이들이 본 성경』, 『시루스 박사 3-6』, 『소중한 주주브』, 『세밀화 동물백과』 등이 있다.

▷ **토론내용**

아빠 : 지금부터 제1회 가족 독서토론회를 시작하겠습니다. 박수(짝짝짝)! 독서토론회를 맞이해서 한 마디!

다찬 : 안뇽하세용……. <u>으흐흐흐</u>.

(다 같이 웃느라 잠시 중단)

미리 토론거리를 하나씩 준비한다.

골고루 한마디씩 하기 방식(원탁 토론)으로 진행(일부 잡담은 기록하지 않음)

1. 오리너구리는 오리인가, 너구리인가.(다찬 물음)

아빠 : 다찬이부터 얘기해 보자.

다찬 : 오리라고 생각해.

엄마 : 왜 그렇게 생각하지.

다찬 : 주둥이가 중요하잖아. 갈퀴도 있고.

다현 : 난 너구리라고 생각해. 너구리같은 털도 있고 새끼도 낳잖아.

엄마 : 나도 다현이 말에 동의해.

아빠 : 난 그냥 오리도 아니고 너구리도 아닌 오리너구리로 보고 싶어.

다찬 : 그게 뭐야. 어느 한 쪽에 속해야지.

아빠 : 그게 속한 거야.

다현 : 더 강한 곳에 속하게 해야 해.

엄마 : 아빠 말이 맞는 거 같기도 하다. 이렇게 모호한 것들이 꽤 있어. 해면이

　　　 라든가.

다현 : 맞아. 이승만 대통령도 미국 사람인지 한국 사람인지…… 섞여 있어.

다찬 : 우리 반 박정운(여자아이, 가명)도 그래. 남자같이 생겼어.

아빠 : 그래서 무슨 문제가 있지. 여자가 남자처럼 생기면 안 되나.

다찬 : 안 돼. 여자애가 남자처럼 생겨 남자 아이들이 싫어해.

엄마 : 그건 너무하다.

아빠 : 맞아. 남자처럼 생겼다고 왕따 당하면 안 되지. 두 번째 문제로 넘어가 보자.

2. 오리너구리는 처음에 왜 왕따가 되었나. 주변에 오리너구리 같은 친구는 없는가.(다현)

아빠 : 오리너구리는 왜 처음에 왕따 당했지. 이번에는 다현이부터 얘기해 보자.

다찬 : 처음에 전학 와서 그런 거 아닐까. 원래부터 있었으면 괜찮았을 텐데.

다현 : 자리를 못 잡아서 그래.

엄마 : 왜 자리를 못잡았느냐지.

아빠 : 끼리끼리 어울리는 습관 때문 아닐까. 실제로 왕따 당하는 애들이 너희 반에는 있니.

다현 : 우리 반에는 없어.

엄마 : 정말. 그럼 진짜 멋진 반인걸.

다찬 : 우리 반에는 조정만(가명)이가 왕따야.

아빠 : 왜 그렇지.

다찬 : 응. 뚱뚱한데다가 완전 타이밍이고…… 지우개 같은 걸 잘 가져가. 내가 저번에 벌 설 때도 내 지우개 가져갔어.

아빠 : 타이밍이 뭐야.

다찬 : 시간을 잘 맞추어 일을 저지른다는 뜻이야.

엄마 : 어린애들이 별 속어를 다 쓰네. 허참…….

아빠 : 그 애 좋은 점은 없니.

다찬 : 잽싸.

아빠 : 뚱뚱하면서 잽싸면 멋진 거 아니니. 그럼 그런 애를 위해 우리가 뭘 할 수 있을까. 다현이는 어떻게 생각하지.

다현 : 우리 반에는 그런 애가 없어 잘 모르겠는데.

엄마 : 일단 정만이가 친절하게 변하려고 노력해야 해. 엄마 아빠가 많이 돌봐 주어야 하고.

아빠 : 근데 다현이네 반애들은 어떻게 왕따도 없고 그렇게 잘 지내지.

다현 : 우리 반은 학급회의가 발달되어 있어. 문제 생기면 거기서 다 해결해.

아빠 : 그럼 이제 나누는 문제에 대해 논의해 보자.

3. 담임선생님은 어떤 식으로 학생들을 나눴나.(엄마)

다찬 : 선생님은 비슷하게 생긴 동물끼리 모이게 했잖아.

다현 : 그건 처음이고 나중에는 능력에 따라 나누었어. 오리너구리가 슬퍼하 니까 선생님이 능력별로 자리를 나눴잖아.

아빠 : 능력에 따라 나누는 것이나 생김새로 나누는 것이나 그게 아닌가. 생김 새로 나누는 게 꼭 나쁜 거는 아니잖아.

엄마 : 선생님은 다함께 놀게 해서 놀이를 통해 맘껏 능력을 발휘하게 한 거야. 관계를 맺어 준 거지. 참 좋은 선생님인 것 같아. 새로운 방법으로 자리 를 정해줘서 반 친구들이 모두 즐겁게 지낼 수 있도록 했잖아.

다현 : 그래 맞아. 놀다 보면 자기 장점이 나오기 마련이야.

다찬 : 그래서 오리너구리가 우정상도 받잖아. 잘 됐어.

아빠 : 그러네. 놀이조차 할 수 없는 애들은 어떻게 하지.

다찬 : 여러 놀이를 하면 되잖아.

4. 어떻게 나누면 좋겠나.(아빠)

다현 : 아예 나누지 말고 다 함께 지내게 하면 되잖아.

엄마 : 그래도 자리를 잡아 주어야 하잖아.

다현 : 나누면 왕따가 생겨. 그러니까 아예 나누지 말자고.

아빠 : 그게 가능할까.

엄마 : 너무 무질서해지잖아.

다현 : 그럼 오리와 부엉이를 같이 모이게 하자. 『오리와 부엉이』란 책에서처럼 서로가 다르다는 것을 인정해 주면서 함께 지내면 되지 않을까?

엄마 : 아주 다른 동물들을 인정하면서 함께 놀게 하자는 것이지. 참 좋은 생각이네.

▷ **마무리**

아빠 : 동물 분류 문제를 멋진 관계 놀이로 풀어낸 멋진 토론이 되었구나. 토론에 참가한 느낌 한 마디씩 해 보자.

다현 : 재미있었어.

다찬 : 왜 재미있었어?

다현 : 다 함께 하니까 재미있지.

다찬 : 나도 재미있었어.

엄마 : 나도 재미있었어. 다찬, 다현이랑 책 한 권 가지고 서로 생각을 나누니까. 즐거운 시간이었어. 이제 앞으로 자주 이런 시간을 갖자.

아빠 : 나는 토론이 잘 되고 안 되고를 떠나 책 한 권 밥상 위에 놓고 우리 가족
　　　 이 모여 얘기를 나눈 것 자체가 좋았고…… 중간 중간 평소 생각하지
　　　 못했던 서로의 생각을 엿볼 수 있어서 좋았어.

아빠 : 오리너구리로 오행시 지어 오리너구리에게 한 마디씩 하고 끝내자. 내
　　　 가 먼저 해볼게.

오 : 오리너구리야.

리(이) : 이렇게 멋진

너 : 너를 만나 보니

구 : 구수하구나.

리(이) : 이보다 더 좋을 수 없구나.

다찬

오 : 오리너구리야. 잘 먹고 잘 살아.

리(이) : 이렇게 멋진 오리너구리야 잘 먹고 잘 살아.

너 : 너를 보니 반가워.

구 : 구린내 냄새가 싫진 않아.

리(이) : 이렇게 바뀐 오리너구리랑 잘 먹고 잘 살아.

다현

오 : 오리너구리야.

리 : 리어카 타고

너 : 너와 함께

구 : 구수한 밥을 먹으며

리 : 리어카 타고 여행을 떠나자.

엄마 : 난 그냥 한마디 할래. 오리너구리야. 처음에는 자리가 없어 슬프고 힘들
　　　었지만 나중에는 친구들과 잘 지내 우정상까지 받게 되어 네가 자랑스
　　　럽구나.

아빠 : 이제 마치겠습니다. 짝짝짝. 다 같이 안녕.

▷ **가족 독서 토론 결과(다현이가 정리)**

　『그럼 오리너구리의 자리는 어디지?』를 읽고 가족들과 애기를 해 보았다. 이 책
의 내용은 동물 입학식 날, 선생님께서 자신에 생김새에 따라 나누어 보라고 한다.
하지만 오리너구리는 곰처럼 털과 발톱이 있고, 오리처럼 부리와 물갈퀴가 있고, 젖
을 먹는다. 그렇게 나뉘는 과정에서 오리너구리는 슬퍼하고, 선생님은 다른 기준으
로 나눈다는 내용이다.

　먼저 우리는 이 기준에 따라 이야기 해 보았다. 일단 자신의 재능대로 기준을 나
누라는 의견이 나왔다. 하지만 자신의 재능대로 나눈다면 재능이 다 다를 수도 있
고, 재능이 없을 수도 있을 것이다. 그렇다고 친한 친구들끼리 모인다면 그것도 문
제가 될 것이다. 나는 모두가 나뉘지 않고 함께 했으면 좋겠다는 생각을 했다. 하지
만 모두가 나뉘지 않고 함께 한다면 싫어하는 친구들도 있을 것 같다. 따라서 다양
한 놀이나 관계를 통해 모두가 자유롭게 능력을 발휘하고 관계를 맺는 것이 소중함
을 알았다.

　우리는 이 토론을 통해 어떻게 나누느냐가 중요하다는 것을 알았다.

셋, 더불어 만들어 가는 세상

2013년 4월 20일. 서울 구로 도서관에서 대한민국 역사상 처음으로 어른과 초등 5, 6학년 아이들의 4 : 4로 이루어진 작은 토론대회가 있었다. 어른들은 아이들의 부모였으므로 부모와 아이들과의 토론인 셈이다. 주제는 '양치기 소년 이야기에서 소년의 거짓말이 과연 나쁜가, 아니면 어른들의 책임이 더 큰가'였다. 사회는 글쓴이가 봤다. 미처 녹음을 하지 못해 전반적인 흐름을 글쓴이가 재구성해 보았다.

먼저 각자 소년을 지지하는 쪽과 어른을 지지하는 쪽의 근거를 모두 써보는 시간을 가졌다. 좀 더 합리적인 생각과 토론을 위해 각자의 의견이나 주장과 관계없이 대립된 논점을 모두 정리하고 생각해 본 것이다. 마지막 토론에서는 어른들은 "아무튼 소년의 거짓말은 잘못됐다."는 쪽에 섰고 아이들은 "소년의 거짓말보다 어른들의 잘못이 더 크다."는 쪽에 섰다.

아이들이 먼저 포문을 열었다. 어린 소년이 늑대가 나타날 수 있는 위험한 곳에서 양을 돌보도록 한 것은 어른의 잘못이라는 것이다. 이에 대해 어른들은 늑대가 나타나면 어른들이 바로 달려가서 구해줄 수 있는 위치이기 때문에 문제가 없다고 보았다. 그리고 아이들은 어린 소년이 심심하지 않도록 친구와 함께 양을 돌보거나 무섭지 않도록 어른과 함께 양을 돌보게 했어야 했다고 했다. 이에 대해 어른들은 그보다 더 힘든 일을 해야 하므로 그나마 쉬운 일에 속

▲ 어른과 초등 5, 6학년 아이들의 작은 토론대회 장면

하는 양 돌보기를 소년에게 맡긴 것이고 다른 소년 소녀들도 그 당시에는 각자 자기의 일이 있었을 것이라고 반박했다.

또한 아이들은 어린 소년이 늑대와 마주쳤을 때 위험에 처해지지 않도록 평소에 비상 연락체계나 안전망을 구축해 두어야 하는데 그렇게 해 놓지 않은 것은 어른의 잘못이라고 당당히 되받았다. 이에 대해 어른들은 그 당시에는 전화나 119같은 비상망이 없었으므로 소년을 볼 수 있는 위치에서 어른들이 있었으므로 소년이 거짓말만 안 했어도 아무런 문제가 없었을 것이다.

토론은 백중지세였다. 어른들은 원래 거짓말은 나쁘다고 강조했지만 아이들은 그렇게 심심한 상황에서 거짓말 놀이를 할 수밖에 없는 소년의 마음을 왜 헤아리지 못하느냐고 맞받았다. 하지만 어른들은 본인의 심심함을 달래기 위해 남의 입장을 전혀 배려하지 않는 소년의 태도는 나쁘며 본인의 재미를 위해 마을 사람들의 신뢰를 이용했으므로 나쁘다고 꾸짖듯이 말했다. 이에 대해 아이들은 기죽지 않고 신뢰가 중요하지만 소년의 입장에서는 신뢰보다 자신의 무료함을 달래는 것이 더 절박한 문제였다고 보았다. 또 소년의 입장에서는 끝까지 자기를 믿어주지 않는 어른들이 야속할 수밖에 없는 것으로 보았다.

　마지막 쐐기는 아이들이 박았다. 소년의 거짓말이 나쁘다는 것을 인정한다면 그것이야말로 어른들 잘못의 근거가 된다는 것이었다. 아주 심심해서 거짓말을 하게 만든 것도 어른이고 소년을 제대로 가르치지 못한 것도 어른들 아니냐는 것이다.

　이것은 개인의 주장과는 관계없이 팀별 입장을 대변하는 토론이었기에 최종 자기 생각을 쓰는 논술문에서는 의견이 갈렸다. 한 어린이는 토론 훈련을 위해 어른들 의견을 일일이 반박했지만 자신은 소년의 거짓말은 어쨌거나 나쁘다고 생각한다고 했다. 그 이유는 아무리 심심했어도 마을 사람들을 속이는 일을 해서는 안 된다는 것이다. 심심함을 이겨낼 수 있는 방법을 얼마든지 만들어낼 수 있기 때문이라는 것이다. 어른들의 반성도 있었다. 양치기 소년이 나쁜 목적을 가지고 거짓말을 한 것은 아니기에 이해하고 소년을 끝까지 돌보았어야 한다는 것이다. 소년이 고의적으로 거짓말을 한 것은 그만큼 평소 소년에 대한 관심이 적어서였음이 분명하므로 어른들이 많이 반성해야 한다고 적었다. 토론이 끝난 뒤 뒤풀이에서는 늑대가 나쁘다는 이야기까지 나왔다.

　토론의 전반적인 흐름은 백중지세였으므로 심사위원은 나이가 적어도 한참 적은 아이들의 손을 들어 주었다. 승패를 떠나 부모님들과 그 자녀들이 마주 앉아 인류의 고전인 옛 이야기로 풍성한 대화를 나눈 것 자체가 모두의 승리였다.

찾아보기

ㄱ

가르침 53

가마 198

가사노동 193

가정 192

가치 기준 110

가치관 99

간호사 132

갈참나무 115

감동 119

강호 194

개성 141

개인적 의지 182

개체 191

거둥 38

거시 – 미시 54

거시 주체 152

게놈 122

격쟁 42

경(經) 23

경국대전 65

경제 60

경험 46

고백 35

고슴도치 127

고슴도치식 상호작용 127

고운 말 267

고운 이름 자랑하기 대회 265

고전 23, 98, 228

고전 동화 238

고전읽기 98

고정관념 53, 64, 199, 212

곤충의 DNA 122

골든벨 286

곰 64

공룡 122

공멸 127

공병우 박사 290

공사백서 41

공자 21, 289

공지영 193

과학 190

과학 지식 190

관계 114

관계 설정 119, 161

관동별곡 194

관동팔경 194

관심 51

관점 54, 71, 98

관점 설정 156

관찰 119

광기 139

광인들 140

광자 125

교과 지식 199

교차 토론 63

구조주의적 사회관 184

국민 소득 245

국어운동 262

국토 사랑 197
권력 53, 134
규장각 42
근거 64
근대 144, 190
근대소설 145
근대화 150
긍정 − 부정 54
기행문 195
김동인 146
김수환 추기경 290
김치 120
꿈 14

ㄴ
나도향 204
낙산사 194
낙엽 115
난징조약 176
남문 199
남여완보 198
낭만적 혁명관 184
노동자 계급 166
노래 121

노인 115
논술 223
논어 20, 23
논쟁 132
누리그물 255
능참봉 39
니체 288

ㄷ
다윈 190
닿소리 32
데카르트 148, 193
데카메론 144
도덕적 판단력 249
도토리 115
독서 15
독서교육 246
독서동아리 284
독서법 20
독선 127
독수리 206
동국이상국집 96
동아리 15, 277
동아리활동 287

동인 195
또물또 288

ㄹ
라마르크 190
렘브란트 146
로열티 24
루쉰 165
루이스 플레처 129
르네상스 144

ㅁ
마녀 사냥 140
마이클 크라이튼 121
말글얼 262
말소리 272
말솜씨 132
맥락 64, 153, 194, 195
맥락 설정 155, 196
먹거리 120
멋그림 20
멸종 122
명작 201
명필 248

모범생 141
모순 179
모음 272
몰입 21
무정 145
문설주 205
문예부흥기 144
문제 설정 156
문제의식 25
문제전략 26, 156
문제제기 31, 51
문체반정 43
문학 179, 213
물리학 193
물음 32
미셸 푸코 139
미시 주체 152
민중 215
밀로스 포먼 129

ㅂ
박씨전 192
박완서 193
반식민지화 176

반통섭 교육 190
발문 22
방법서설 148
배경지식 46
배우리님 264
배움 175, 182
백설공주 236
백악기 123
법정 스님 290
벙어리 삼룡이 204
벼농사 257
변증법적 모순 185
변화 114
보카치오 144
보편적 가치 234
복잡 114
복잡성 120
복잡한 시스템 127
본능 207
본질적 변화 184
봉사활동 287
부분 203
부이치치 289
부조리 179

분석 64
분석 전략 237
불경 23
붕당정치 196
비속어 132
비정상 131, 141
비판적 공존 31
비평 218
빈익빈 부익부 25

ㅅ
사대부 194, 196
사도세지 36
사람의 됨됨이 114
사랑 51
사마천 289
사투리 135
사회변혁 186
사회학 192
산성 35
상대적 빈곤 25
상대주의 102
상대주의 관점 99
상상 247

상생관계 119
상생작용 127
상속 문제 193
상언 42
상호작용 114, 119, 125, 161, 182, 185
생물학 193
생성효과 127
생태계 119
서클 277
선입견 212
선조 195
선택 182
선택 의지 183
성경 23
성리학적 자연관 196
세계관 99, 193
세계화 272
세상살이 254
세종 289
세포핵 122
소극적 독서 212
소극적 순종형 192
소극적 읽기 212

소크라테스 289
소통 218
소학 20
소행성 123
수원성 35
수학 190
수학여행 194
순장 127
스승 21, 183
스펙트럼 74
스필버그 121
시각 52
시민계급 151
시스템 120
시중 288
신도시 수원성 199
신문고 제도 64
신해통공 42
신해혁명 176
실어증 132
실존주의 201
실천 182
실천 방향 186
실천의식 26

싼게 비지떡 24

ㅇ

안도현 114
안분지족 196
안빈낙도 196
안울림소리 273
앎 175
앎의 실천 46
애오라지 27
양비론 44
양성모음 274
양치기 소년 26
어린왕자 27
언어 양식 131
언어문화 272
에고 125
에스키모 256
엘니뇨현상 124
여성 해방 192
여성노동 192
역사 139, 165, 186, 215, 247
역사 의식 190
역사적 맥락 45

역사적 자료 139
열녀 192
영웅 215
영정조 시기 199
영화 121
오륜행실도 44
5·4운동 177
요약 216
욕망 53
용기 133
용불용설 190
우유부단형 235
우정 114
운명 13, 165, 186
울대 32
울림소리 32, 273
월송정 194
위인 14
유클리드 기하학 193
융릉 38
융통성 133
융합 190, 199
융합합성어 194
융합형 지식 190

은어 267
은유적 사고 248
음성모음 274
음운 지식 272
읍성 35
의미 119
의사결정 능력 249
의성어 274
의태어 274
이광수 145
이누이트족 256
이론 125
이름 260
이링 페처 193
이방인 201
이분법 74
이분법적 사고 74
이상주의 101
이성 144
이솝우화 236
이차방정식 193
이춘풍전 192
익명성 269
인류 190

인생 14
인식론적 관점 54
인자 127
인터넷 언어 268
일관성 155
일상 언어 269

ㅈ

자만 127
자본가 152
자본주의 25, 192
자연 194
자연선택설 191
자유세계 133
자율활동 287
자음 272
자존심 125
잠자리 눈 63
장끼전 192
잭 니콜슨 129
저항의식 132
적극－소극 54
적극적 읽기 212
적자생존설 190

적혈구 122

전략 71

전원 예찬 196

전자 125

전쟁 193

전체-부분 54

전체 203

전통 문화 279

절대주의 102

절대주의 관점 99

정상 131, 141

정약용 289

정조 36

정체성 269

정치인 195

정치적 배경 195

정치전략 44

제대로 읽기 215

제도 134

제도권 132

제자 21

존엄성 111

주관-객관 54

주체 148

주체성 266

주체의지 184

죽림 195

죽림칠현 195

죽서루 194

중용 288

중화인민공화국 177

쥐 115

쥬라기 123

쥬라기 공원 121

지배계급 193

지식 51, 183, 190

지식인 175

지지대 고개 38

지혜 183

진로와 직업 283

진로활동 287

진실 31

진화론 190

집중 읽기 203

ㅊ

창의·인성 교육 245

창의성 245

창조 119

천자문 13

청년 166

청소년 20, 267, 277

체험학습 246

초인 288

총체적 관점 63

최현배 15, 262

축제 209

춘향전 204

취하요리 166

친구 114

ㅋ

카뮈 201

퀴리 289

크라이튼 122

ㅌ

탈근대 190

탕평책 41

토끼뜀 13

토론 133, 218

토박이말 이름 15, 263

토지 사유화 196

통념 24, 53, 64, 199

통섭 190

통섭 교육 190

통섭 학습 194

통신 언어 268

통합 190

통합 요약 217

통합교육 141, 193, 196

통합사고 141

ㅍ

패러디 236

패러디 동화 193

폐름기 123

편부모 258

평면도형 193

표어 254

표준어 135, 267

프랑스대혁명 192

프로메테우스 206

플로지스톤 125

필연 114

ㅎ

하급관리 65

하층민 198

한냥 고개 38

한글 이름 265

한글이름펴기 모임 264

한부모 258

한석봉 247

한자 260

한자식 이름 15, 263

합리성 190

합리적 다수 72

행동 실천력 249

혁명 169, 179

혁명적 변화 185

현실주의 101

형벌 206

형식성 193

혜경궁 홍씨 36

홀소리 32

확산적 사고 248

환자 132

효성 36

훈민정음 286

흑백사고 74

흥부전 204, 228

희망 119, 121, 133, 187

저자 **김슬옹** tomulto@hanmail.net

김슬옹 교수는 우리나라 독서논술을 가르치는 분들이라면 모르는 사람이 없을 정도로 이 분야의 전설로 통한다. 2006년에는 교보코칭센터 조사에서 가장 듣고 싶은 강사 1위로 뽑혔고 초등학생부터 할아버지, 할머니까지 각종 강의 평가에서 최고의 평가를 받는 전천후 강사다.

1996년에는 삶쓰기 통합논술 교육을 최초로 주창하였으며 1999년에는 베스트셀러 청소년 매체활용 통합독서·논술책인 『대중매체 읽고 쓰고 생각하기』를 기획 집필했다. 2000년부터는 또물또 독서논술 바람을 일으켜 중고등학교 특강을 비롯해 전국 13개 연수원에서 십여 년간 통합교육을 강의해 왔다. 2000년에는 21세기 문화인(세계일보)으로 뽑힌 바 있으며 30여 년간의 사회봉사로 연세봉사상을, 35년간의 한글운동과 연구 공로로 문화체육부장관상(2012년)을 받았다. 군부대 무료 독서 강연으로 파주시장상(2011년)을, 「훈민정음은 과학이다」라는 평론으로 짚신문학평론상(2007년)을 받았다.

2011년에는 미국 현지의 Sam S. Kim 목사에 의해 미국 오바마 대통령에게까지 그의 교육 활약상이 보고되었다. 현재 한글학회 연구위원, (사)전국독서새물결모임 독서교육연구소장, 세종대학교 겸임교수, 한글문화연대 운영위원, 또물또세종한말글연구소 대표로 있다.

국립철도고등학교와 연세대 국어국문학과(학사, 석사), 상명대 국어국문학과(훈민정음학 박사), 동국대 국어교육학과(국어교육학 박사)를 마쳤다.

지식과 삶과 생각을 넘나드는 통합교육 길잡이
열린 눈으로 생각의 무지개를 펼쳐라

초판1쇄 발행   2013년 6월 7일
초판2쇄 발행   2013년 11월 22일
초판3쇄 발행   2016년 10월 20일

지 은 이 김슬옹
펴 낸 이 최종숙
펴 낸 곳 글누림출판사

책임편집 이태곤
디 자 인 이홍주 안혜진
편   집 권분옥 문선희 홍혜정 최용환 박지인 고나희
마 케 팅 박태훈 안현진

주   소 서울시 서초구 동광로 46길 6-6 문창빌딩 2층(우 06589)
전   화 02-3409-2055(대표), 2058(영업), 2060(편집)
팩   스 02-3409-2059
홈페이지 http://www.geulnurim.co.kr
전자메일 nurim3888@hanmail.net
등록번호 제303-2005-000038호(2005. 10. 5)

ISBN 978-89-6327-221-4 43810

정가 15,000원